GAROTA
Nova-iorquina

GAROTA
Nova-iorquina

MARCOS MURIHEL

Pandorga
NACIONAL

1ª EDIÇÃO
2022

Todos os direitos reservados
Copyright © 2022 by Editora Pandorga

Direção Editorial
Silvia Vasconcelos

Produção Editorial
Equipe Editora Pandorga

Revisão
Mônica Almeida
Henrique Tadeu Malfará de Souza

Capa e diagramação
Saavedra Edições

Texto de acordo com as normas do Novo Acordo Ortográfico da Língua Portuguesa
(Decreto Legislativo nº 54, de 1995)

Dados Internacionais de Catalogação na Publicação (CIP) de acordo com o ISBD
Ficha elaborada pelo bibliotecário Odilio Hilario Moreira Junior - CRB-8/9949

M977g	Murihel, Marcos	
	Garota Nova-Iorquina / Marcos Murihel. - Cotia, SP : Pandorga, 2022.	
	304p.; il.; 14x21 cm.	
	ISBN: 978-65-5579-187-7	
	1. Literatura brasileira. 2. Ficção. I. Título.	
2022-2342		CDD 869.8992
		CDU 821.134.3(81)

Índice para catálogo sistemático:
1. Literatura brasileira: Ficção 869.8992
2. Literatura brasileira: Ficção 821.134.3(81)

2022
IMPRESSO NO BRASIL
PRINTED IN BRAZIL
DIREITOS CEDIDOS PARA ESTA EDIÇÃO À
VITAL EDITORA
RODOVIA RAPOSO TAVARES, KM 22
GRANJA VIANA – COTIA – SP
Tel. (11) 4612-6404
WWW.EDITORAPANDORGA.COM.BR

Os escolhidos

18 DE OUTUBRO DE 1948.

— Aquela é Nova York, Sils. América finalmente!

Não era uma frase qualquer, mas o consolo que Eva dava a sua filha após a longa jornada no navio militar. À frente, a imponente Estátua da Liberdade recebia aquela menina menonita do sul da Rússia.

Sils arqueou as sobrancelhas loiras para ver a estátua. Agora entendia o porquê de tanta expectativa das pessoas.

Qualquer coisa parece uma aventura quando somos crianças, ainda que alguns refugiados esqueléticos e fedorentos estejam ao seu lado, falando em recomeçar a vida na América após a Segunda Guerra.

— Sils!!! — Eva gritou ao longe. — Gabrielle Sils, eu estava te procurando por esse navio inteiro, onde você estava? Desculpe, senhor capitão... Minha filha...

— Tudo bem!

— Mãe, olha a TV! Mãe, olha ali, mãe! Televisão!

A mãe bruscamente se esgueirou para cochichar no ouvido da filha:

— Sils, olhe! Quero lhe explicar uma coisa. Essa máquina é perigosa, nunca mais olhe para isso! Não é coisa para meninas menonitas.

Uma explicação básica, os menonitas são conhecidos por três características marcantes: vida extremamente religiosa; aversão a tecnologia e mulheres, sendo... aquilo que lhes mandam ser.

Naquele instante, um grupo de pessoas surgiu logo atrás delas para contemplar a Estátua da Liberdade. Foi então que um senhor de idade, com lágrimas nos olhos, apontou naquela direção e contou a história por trás do monumento.

— Foi um presente da França para a América, projetada por Gustave Eiffel.

Sils ainda não sabia, mas o destino tinha lhe reservado uma grande batalha ali mesmo em solo nova-iorquino, uma batalha cujo fim ninguém poderá julgar, pois estará acima do bem e do mal.

✼ ✼ ✼

20 anos depois.

Janeiro de 1968. Prévia da eleição republicana para governador de Nova York.

— Então... como o Senhor candidato pretende superar o fato de ser desconhecido para ser eleito na disputa republicana?

Sentiu algo de tendencioso na pergunta? Se a resposta for sim, talvez seu ego seja muito frágil para o serviço público. Se pensou não, é muito inocente para a política e estaria morto em rede nacional em poucos minutos.

O repórter basicamente chamou Kardner Deschamps de desconhecido, o que era uma meia-verdade; além de ser um democrata fervoroso, em vez de dizer o nome de Kardner, usou "Senhor candidato" e, se o senhor candidato gaguejasse um centímetro, o interrogador emendaria outra pauta, fazendo-o parecer estúpido.

Veja, não há resposta exata sobre a tendenciosidade da pergunta e, se você tem um problema com isso, então não é muito afeito à democracia de maneira geral. A verdade é que não há resposta absoluta, tudo varia de acordo com quem tem o microfone.

Ainda assim, um repórter democrata não assustaria, pois poucos homens se assustam quando são advogados de sucesso em Nova York...

Kardner Deschamps era um deles. Provavelmente, o melhor advogado de Direito Civil da cidade. Vindo de uma família rica no auge da retumbante década de 1960 e com uma carreira consolidada no mundo jurídico, ele estava alçando voo num campo totalmente novo... e perigoso.

Ser eleito o governador de Nova York? Após duas décadas de domínio democrata? Essa era a missão a que o homem se propunha.

— Eu acho que a eleição republicana é uma prévia justa, eles sempre escolhem o candidato com o melhor projeto de desenvolvimento para Nova York, acredito que fama ou popularidade não seja o principal pré-requisito para a escolha do candidato do partido...

Enquanto o repórter engolia em seco, Kardner sorria com seus indefectíveis óculos escuros. Ele não disse quem era... um playboy arrogante e desconhecido... Resumidamente um bostinha, ao menos era assim conhecido no próprio partido.

Por que era apelidado de "o anjo"? Era a ironia que os membros do partido faziam com ele. Das roupas de grife e voz suave aos métodos poucos ortodoxos usados nos tribunais... Algumas mulheres não viam muito sentido pejorativo.

— A convenção republicana será em cinco dias... Uma votação geral com delegados, mas o que realmente importa são os nove falcões. Dentre eles, dois são da sua família, seu pai e seu tio. Você é o favorito para as prévias da eleição?

Nove superdelegados que iriam votar e decidir o candidato republicano ao governo de Nova York, e Kardner era o judeu privilegiado, com dois parentes no círculo de aço. Depois ele lidaria com o fato de concorrer contra uma geração nova-iorquina virgem de republicanos.

Seria Kardner Deschamps o homem para derrubar o *status quo*? Talvez, porém ele tinha um concorrente de peso, chamado

Riley Cooper, famoso como procurador linha-dura da cidade... e bem mais experiente.

— Não sou favorito, Riley é um grande nome e... tenho pouco contato com meu tio. — Agora o semblante de irritação era visível no advogado.

Em teoria Kardner teria dois falcões, seu pai e seu tio. Apostas em Kardner para a eleição?... Não tão rápido.

Amado e conhecido eram dois adjetivos simpáticos que corriam nos lábios dos delegados republicanos eleitores, em referência a Riley Cooper. *Playboy*, arrogante e desconhecido eram três adjetivos não muito simpáticos conhecidos para Kardner Deschamps. Desculpe repetir, mas essa é apenas a verdade.

Na verdade, o advogado negociador era muito bem-educado, comunicativo como poucos. Também era um intelectual, extremamente vaidoso com seus ternos italianos. Adicione à ascensão meteórica de um jovem de trinta anos a liderança do partido e você terá muita gente falando de si pela boa e velha inveja.

Kardner não quis comentar, aquela era uma matéria delicada; tinha contato com o tio, Domenico Deschamps, mas nunca endossara sua candidatura.

O pai de Kardner, Frank Deschamps, mal falava com o irmão gêmeo, uma mágoa que remontava à Segunda Guerra. Nem tudo é revolução na década de 1960.

No fundo, Kardner não queria misturar família com política, porque não queria passar a imagem de privilegiado. Favorito era a palavra que ele se recusava a escutar em seu íntimo, ainda que nunca tivesse visto Riley como competidor à altura na eleição.

A irritação veio porque poderia ter respondido melhor à pergunta que o fizera parecer um menino mimado. Poderia ter falado dos acordos que fez, das negociações que celebrou, de seus projetos, mas é da natureza humana, ninguém quer ser feito, todos querem se fazer e no processo a ânsia por parecer obscurece a clareza de raciocínio.

Kardner não era diferente de qualquer ser humano... queria ser eleito candidato republicano por seus méritos e, por mais chacotas que a entrevista gerasse, seguiria em frente.

Nos bastidores, Kardner podia contar com o voto de quatro falcões, seu pai incluso. Riley também tinha três certos, os únicos que sobravam eram Nathaniel Ingram e seu tio, Domenico Deschamps.

Fosse o que fosse, para a eleição em cinco dias, era preciso mais do que sobrenome e dinheiro, era preciso mais do que a elasticidade moral de um advogado de sucesso; era preciso ser "o escolhido".

★ ★ ★

Pensilvânia, Colônia Menonita.

— Você é a escolhida! Querida, Deus a abençoou! Vamos, me abrace.

Eva Sils estava radiante. Há mais de vinte anos, havia chegado como mãe solteira, com a roupa do corpo. Agora ia casar pela primeira vez uma filha dentro dos Estados Unidos.

Sua filha mais velha, Gabrielle Sils, nem tanto.

— Posso caminhar e pensar um pouco lá fora, dez minutos?

Os dez minutos mais importantes da sua vida.

— Mas pensar o quê? Os Dickers são os menonitas mais ricos da Pensilvânia, eles procuraram meninas na América inteira e escolheram você! Otto quer casar com você! Ele ficou impressionado por você saber ler e também a tabuada.

O olhar confuso de Sils não assustou sua mãe. Para Sils, tudo caía de uma única vez. Ela nunca havia sido escolhida para nada, pois havia passado a maior parte da vida como babá dos demais irmãos.

— Se quer sair um pouco, vá! Fique o tempo que quiser, deixe que eu limpo.

Eva a liberou, convicta de que era apenas uma questão de tempo.

Sils saiu caminhando em marcha lenta, observando e tocando cada cômodo da casa em que ela passara a vida inteira. Logo atrás, sua mãe tagarelava sobre casamento. Sils olhou pela janela, seu pai adotivo pastoreava ovelhas, como todos os dias, só que naquele dia ele parecia tão distante, tão distante dela, mesmo ali a algumas centenas de metros.

Ela ouvia todo o discurso da mãe, mas não encarnava o espírito do momento; sua imaginação vagava em outra dimensão, sua mente balbuciava pensamentos desconexos. Por um instante a alma se retorceu dentro do próprio corpo, parecendo querer viajar para o distante, apenas assistindo a seu antigo vaso ser arrematado por um rico desconhecido.

Por um rápido momento, Sils pensou em seu pai biológico, o homem desconhecido, soldado de guerra americano que havia libertado sua cidadezinha no sul da Rússia... Era o que sua mãe contava.

Ela gostava de fantasiar sobre esse homem, cheio de audácia e coragem; ficção ou não, era outra história, o enredo era bom. Esse homem aceitaria um casamento arranjado?

Só então saiu para o gramado do lado de fora da cozinha e simplesmente vagou entre os lençóis pendurados. Sua vida estava em uma encruzilhada. Era esse então o real propósito? Era assim que acabava?

De fato, era uma grande oportunidade, um homem bom, decente, capaz de prover a casa... Mas era o homem que ela amava? Poderia aprender a amá-lo?

Um filme passou em sua cabeça. Ela dizia a sua mãe que estava partindo, ia trabalhar na fábrica de móveis, de onde poderia viajar e realizar o sonho de conhecer Nova York...

Só então acordou com a visão de jovens meninas menonitas na colina observando-a. A notícia tinha se espalhado; era verdade, Otto era um grande partido.

Da porta, sua mãe a encarava; a vida não é como assistimos na televisão, por mais excitante que seja para uma garota menonita, cujo destino é traçado no nascimento... Ao menos é assim que são ensinadas.

Sils retornou à cozinha, olhando a mãe nos olhos, decidida.

— Eu me caso com Otto.

Eva levantou os braços.

— Com uma condição — acrescentou Sils.

— O que você quiser, minha filha.

— Sei que a senhora tem uma foto do meu pai biológico... Eu nunca a vi... Eu a quero para mim e qualquer coisa dele...

— É só isso? A foto do seu pai biológico... Então tudo bem. Para ver você casada, faço tudo.

Eva Sils não fez caso, apenas abraçou a filha, que retribuiu o abraço, mantendo-se impassível.

"Se eu fugir de casa... Pelas regras da comunidade, uma vez em contato permanente com o mundo externo, não poderia mais voltar. Isso é loucura! Teria de tomar todas as decisões de vida. Não teria minha comunidade. E para onde eu iria?"

"Nova York! Nova York!"

A família Sils tinha como principal fonte de renda a venda de leite, e o principal comprador de leite era um mercadinho em Scranton. Todos os dias Sils e o pai iam à casa do dono para negociar.

Bem anexo ao mercadinho do dono havia um janelão que dava vista para dentro, por onde Gabrielle Sils assistia à televisão clandestinamente.

Enquanto seu padrasto entrava para os fundos para acertar o pagamento e tomar café, Sils resistia para não espiar pela janela. Controlar a si mesma era o objetivo, ainda que fosse rodopiando na calçada feito doida.

Até meu casamento, pode ser a última vez que venho e o vejo... Michael. Ok, fique calma, você não precisa disso. Respire, respire.

Quando ela ouviu a voz do seu *crush* na tevê, não se conteve; a janela e Sils se encontraram em segundos após sua carreira. Diante da TV, como sempre, uma senhora idosa assistia e lhe veio aquela velha pergunta:

Por que só essa senhora de idade assiste a essa história? Eu nunca vejo ninguém jovem assistindo. Será que ninguém jovem se interessa por novela?

Um dia ela saberá por que somente aquela velha assistia e com essa resposta em mãos muitas outras cairão no lugar.

— Dom Deschamps!

Sils deu um pulo para trás assustada, parando ofegante e com a mão no peito.

— Matthew, você quase me mata do coração!

— Esse é o nome desse ator, o Michael... O nome real dele é Dom Deschamps.

— Você não parece feliz. Seu futuro marido sabe que você gosta de TV?

Sils balançou a cabeça negativamente, enquanto mantinha os olhos voltados para a tela.

— Como descobriu o nome real dele?

— Eu li numa revista outro dia que esse cara é um homem solitário e triste, que mora em Nova York numa grande mansão.

— Solitário? Triste? Nossa! Não brinca?! — perguntou, olhando atravessado como se estivesse tendo um vislumbre de como aquilo guardava semelhança com o momento atual de sua vida.

Hotel Viña del Mar, eleição republicana.

Bebedeira, charutos e fofocas sobre cargos, era assim que a maioria dos delegados, os ordinários, aguardava no *lobby* do luxuoso restaurante do hotel... Em uma sala reservada da cobertura estavam os nove falcões, Kardner e Riley.

A votação iria começar e a eleição seria decidida.

Sem demora, quatro delegados manifestaram apoio a Kardner e três para Riley, como esperado. 4 x 3 para Kardner.

Nathaniel Ingram não havia se decidido, Dom Deschamps estava ausente. Esse, de fato, era um cenário mais previsível para os analistas republicanos... Só não fale isso para o coração de Kardner. Ele contava com o tio... e muito!

Nathaniel levantou o braço, todas as conversas paralelas cessaram na mesa.

Kardner sentiu o coração acelerar, *só mais um voto*. Riley estava desesperado por um.

— Bom dia. Desculpe o incômodo, meu nome é Grace Holland — disse a elegante e misteriosa senhora para a chata e enfadonha Dona Eva Sils.

Não é todo dia que se veem socialites se envolvendo com caipiras, exceto quando precisam deles desesperadamente... Mesmo que tenham de interroper o almoço em que eram acertados os últimos detalhes entre as famílias Sils e Dicker.

— Bom dia — respondeu uma desconfiada Eva Sils.

— Estávamos indo para Nova York, furou um pneu de nosso carro. Sob este sol implacável gostaria de pedir um favor, se não for incomodar, claro! Uma garrafa de água para mim e meus homens.

— Ah, é só isso?! Claro. Por favor, entre... Sils, vá com a senhora Grace até a cozinha e encha uma garrafa grande de dois litros.

Dona Eva e o marido rapidamente a deixaram entrar para os fundos, junto com Sils. Enquanto Grace Holland passava, as crianças aspiravam o ar, cochichando sobre como aquela mulher era cheirosa.

Enquanto enchia a garrafa com um funil, Sils não podia deixar de fitar aquela sofisticada mulher, de roupas elegantes e perfume enfeitiçante.

Foi quando Eva Sils retornou pisando forte para recomendar-lhe:

— Ouça, os Dickers são rígidos, nada de falar sobre o direito de assistir à televisão, está ouvindo?

Sils acenou positivamente. Grace observou a cena, tentando fingir não ver uma menina sendo forçada a um casamento com um marido rico e imbecil.

Sils pegou uma faca para cortar a garrafa e sem querer acertou os dedos das mãos... A faca desceu reto, um pouco de sangue, um pouco de medo de tudo. Nada demais, era preciso um pano para a ferida e fingir a realização de um sonho.

Com o sangue escorrendo, Sils encarou Grace, que rapidamente fez o mesmo, olhando de volta nos olhos dela. Ela tentava não olhar ou não falar nada, mas não conseguiu permanecer assim por muito tempo.

— A senhora é de Nova York? Nunca conheci ninguém de Nova York! Nunca vi ninguém cheirar tão bem!

Grace sorriu.

— Gostaria de conhecer Nova York? Uma menina bonita e simpática como você faria sucesso em Nova York.

Sils se fez de desentendida, abaixou a cabeça, sorrindo sem graça, enquanto enchia a garrafa com água. Grace notou o desconforto; talvez Sils fosse uma "alma gêmea".

— Posso lhe fazer uma pergunta?

— Claro.

— Como imagina sua vida daqui a dez anos?

A menonita deixou água correr fora do funil da garrafa... De onde tinha vindo aquela pergunta tão profunda? Havia uma desconfiança no ar. Sils sabia se impor quando necessário, e Grace provavelmente era uma dessas mulheres pomposas, querendo fazer pouco de sua condição menonita.

— Senhora Grace, eu conheço cidades, não tão grandes como Nova York, mas meu pai já me levou...

— Eu não perguntei se conhecia cidades...

— Ah, claro! Muita gente faz isso, esse olhar de piedade para os menonitas, como se vivêssemos numa jaula, e as pessoas falam que na cidade você tem a opção de ir a um bar diferente, um cinema, um shopping... Senhorita Grace, dentro da minha comunidade também tenho opções, porque as suas opções seriam melhores que as minhas?!

Grace sorriu, olhando nos olhos de Sils.

— Querida, não é a quantidade de opções que lhe fará livre, mas a perseverança e a paixão de seguir em frente. Se ficar paralisada, nunca terá uma decisão perfeita e não lhe restará muito senão se lembrar de quem é e por que segue adiante.

Há momentos na vida de cada um de nós em que, como diriam os antigos, o cavalo passa selado, cabe a você montar, e é realmente incrível como muitas vezes o sinal aparece num momento em que estamos completamente despreparados.

Talvez alguém pergunte por que seria incrível um sinal chegar quando estamos despreparados, e eu lhe digo que um sinal é um meio de comunicação que nos leva a uma descoberta. Como você espera descobrir algo que já espera?

Por isso, a vida nos pega de surpresa, justamente para sermos surpreendidos a ponto de não termos a opção racional instântanea; reagimos de coração, para que apenas e somente nos reste um sentimento real.

O estranho silêncio rapidamente foi desfeito pelo sorriso meigo de Grace. Sils também sorria, aturdida com aquelas palavras que realmente pareciam soar algum gonzo do destino dentro de sua alma.

A pequena menonita tinha uma resposta padrão para quem ousasse gozar de seu estilo de vida e, vejam só, a resposta foi usada; mas não era sobre opções que Grace havia perguntado, era sobre se imaginar em dez anos.

Não havia resposta, pois em dez anos Sils não se via em lugar algum, havia algo desconhecido adiante; por alguns instantes, quis escanear uma resposta básica, mas nada parecia ressoar com a verdade.

Pela primeira vez, Sils entendeu que queria construir uma vida, ser uma participante ativa, não apenas inserida na história de alguém que a escolhesse como uma vaca premiada que lhe desse sete ou oito crias, ficando todos os dias e todas as noites à disposição dos seus caprichos.

Se não havia resposta, então sim, talvez houvesse algo a ser descoberto. Em sua mente o caminho não estava completamente selado e pavimentado.

Com a garrafa na mão, Grace fez menção de chamar Sils até o carro e lá colocou um envelope lacrado no seu bolso.

— Você pode ter bonecas?

Ela já não era tão jovem para brincar de boneca, mas também não era tão moderna para usar perfume.

— Sim, posso — respondeu, coçando a cabeça. — Apesar de já fazer um tempo que não brinco.

— No envelope que lhe entreguei há duzentos dólares e dentro da boneca há meu perfume, que eu mesma produzi. Chama-se Dulce dela Vita. Lembre-se, grandes sonhos exigem grandes escolhas.

Sils olhou detalhadamente para a boneca de plástico, percebendo que a cabeça era removível, bastando desrosquear.

Sils assim o fez, e o tórax estava cheio do perfume.

Agora ela entendia, de repente o destino tinha lançado todas as opções ao mesmo tempo.

Era verdade, Deus havia jogado uma carta com Sils, talvez fosse a roda da fortuna, com dinheiro, fama e realização; talvez fosse a morte, na forma de frustração, engano e solidão, engolida no turbilhão da cidade.

Geralmente as pessoas costumam dizer que você faz seu próprio destino, mas às vezes o destino vai até você, então aqui jaz a pergunta: se a estrada se abre diante de seus olhos, você a seguirá porque ela magicamente apareceu? Ou porque, através dela, pode vislumbrar o fim da jornada?

Um desejo descrente da própria sorte sempre terá no orgulho seu último fim; uma estrada sem fim, por mais bela e encantadora que seja, é apenas uma estrada.

Faça suas apostas, pois Gabrielle Sils não terá direito ao meio-termo, ou ela decidirá seu próprio destino. Ou será arrastada por ele.

★ ★ ★

Hotel Viña del Mar.

Tédio, vontade de se embriagar e falar mal dos democratas, essas eram as razões da impaciência de todos os falcões republicanos. Era melhor Nathaniel votar logo em Kardner e acabar com aquilo. Por isso, ele apontou logo para o advogado.

— Kardner — Nathaniel começou —, qual é a sua visão sobre a ameaça soviética? Como você lida com comunistas?

Os outros falcões se entreolharam. Kardner era candidato a governador de Nova York, não a presidente. Aquela pergunta parecia muito abstrata. Mas, enfim, Kardner tinha de responder.

Kardner fechou a cara e franziu o cenho. Como toda família empreendedora de sucesso, a família Deschamps tinha horror a qualquer cheiro de comunismo, ainda mais diante de Nathaniel Ingram, o judeu mais rico da América.

— Devemos agir com firmeza contra a União Soviética. Eles jogam sujo, não respeitam as leis e controlam toda a informação a que seu povo tem acesso. São os caras maus do mundo.

— Se aparecerem em Cuba, prontos para lançar um ataque nuclear, o que devemos fazer?

— O presidente deveria declarar estado de sítio. As garantias constitucionais deveriam ser levantadas, e todo e qualquer imigrante soviético chegado nos últimos 20 anos deveria ser posto sob suspeita. Simples assim!

Em pé no fim da mesa, Joe Mackennan, o marqueteiro de Kardner, dava o ok.

— Porém, aconselho que se lembrem bem da última frase de Kardner "todo e qualquer imigrante soviético chegado nos últimos 20 anos deve ser posto sob suspeita".

Nathaniel tinha ouvido com atenção.

— Senhor Kardner, sabia que meus avós vieram da Polônia? Acredito que, pelos seus critérios, deveriam ser postos num campo de concentração durante o período.

Kardner perdeu a cor. De repente, ele tentou adequar sua frase, falando em vigilância, depois tentou se retratar totalmente, mas a situação não estava boa. Os delegados de lado a lado protestaram o assunto, era matéria delicada.

O advogado tentou driblar a questão. Em pé, começou a discorrer sobre suas razões para ser o governador. Disse que estava disposto a lutar por cada casa, cada hectare de Nova York com os democratas. Lutar contra a mídia, lutar contra uma administração democrata que faria de tudo para se manter.

Nathaniel era o mais rico dos falcões e não deixou de perceber aquele verbo tão utilizado por Kardner: "lutar".

— Senhor Kardner, acredito que esteja disposto a lutar. Você diz que vai lutar pelos valores do partido, contra a corrupção do governo, lutar contra os democratas. Mas, entenda, quando você toma grandes decisões, precisa ter certeza de que as está tomando pelas razões certas. Não tenho razões para votar em Riley. Mas agora tenho boas razões para não votar em você. Logo, voto em Riley.

Kardner não acreditou. Os demais delegados ficaram indignados. Raiva era o voto que os demais delegados davam a Nathaniel, pois o impasse poderia seguir noite adentro.

Nathaniel os olhou de volta com ainda mais ferocidade, jogando a frase que gente rica gosta de jogar, porque, sabe lá Deus, algum Satanás lhes deu o direito.

— Enquanto a bola está no ar, nenhum jogador tem posição definida!

Kardner ouviu, balançando a cabeça. A bola estava no ar e ele não pretendia sair daquela reunião com ela fora de suas mãos.

"Não nasci para perder".

De fato, a pergunta não tinha a intenção de descobrir a ideologia de Kardner. Era um teste para saber como Kardner agiria em caso de uma crise grave. Nem o advogado nem seu marqueteiro sabiam das origens de Nathaniel. Ninguém sabia.

Na dúvida, ele havia sido treinado para sapecar qualquer coisa parecida com União Soviética, comunismo, coletivo. Pecou pelo excesso.

Agora a eleição estava empatada. 4x4.

Na casa de Gabrielle Sils, não havia muita novidade, de fato muito do hoje era igual a ontem e assim seguia a vida dos menonitas. Exceto no inverno, quando a vida era contada em meses iguais.

Era isso, até que seu desastrado pai, Thomaz Sils, teve a brilhante ideia de martelar uma calha no telhado num dia de ventania.

Imagine a coordenação motora das cabras que sobem as montanhas driblando rochas e fugindo de predadores. Agora pegue essa sagacidade e multiplique por menos três, e você terá a agilidade de Thomaz Sils, não muito mais que uma pererca aleijada. Sim! Ele caiu, para piorar, com o corpo por cima do braço.

— Depressa, Eva, mande chamar o médico da vila!

A mulher saiu depressa e retornou rapidamente, confusa.

— Mas, se não me engano, hoje vence a parcela do cavalo do pessoal de Trenton.

— Ah, meu Deus! Nessa confusão eu nem me lembrei do dinheiro do Holms em Trenton.

— Podemos pedir para o Tucker levar o dinheiro para nós.

— Não! Eva Tucker trabalha o dia inteiro e tem uma família grande. Temos que pensar em outra coisa. Nunca atrasei uma dívida e não vai ser agora que vou atrasar!

Eles ficaram para lá e para cá, coçando a cabeça, até que uma vozinha tímida, quase inaudível, disse:

— Eu posso ir.

A bem da verdade, aquelas palavras foram tão abruptas, que a própria Gabrielle Sils se assustou com a sua audácia.

— O quê? — Eva indagou, em um tom ultrajado. — Gabrielle Sils, eu espero que você não esteja falando sério, está? Nem pensar! Não, senhora!

— Mas eu sei dirigir a charrete.

— Não, senhora! Uma mulher desacompanhada! Não! Não vai sair por aí como uma messalina, nada disso! O senhor Holms pode esperar uns dias.

— Não! Não! Não! — interveio Thomaz. — Eu nunca atrasei uma dívida e não vai ser hoje que vou atrasar!

— Mas, Thomaz! Gabrielle...

— Ela está noiva, não vai sair por aí.

— Ela vai assistir TV!

— Ela passou anos assistindo e não morreu. Assunto encerrado, ela vai.

★ ★ ★

Arrumando suas coisas, Gabrielle Sils se assegurou de guardar a boneca em meio aos poucos panos de roupa que levava. Chegou a mudar de posição várias vezes para se assegurar de que o perfume não vazasse. O dinheiro, ela guardava dentro do sutiã.

Durante o trajeto de Sils, o trem passaria por Scranton, justamente no dia da convenção republicana.

Sils partiu. Não havia ninguém para se despedir, não parecia uma despedida, nem ela mesma sabia o que estava fazendo. Quando virou a cabeça e olhou a estrada adiante, respirou fundo, se benzeu e disse a si mesma, baixinho:

Quem sabe... eu encontre Grace e ela me leve para um passeio em Nova York... Só um passeio e volto.

O que você diz quando quer convencer alguém reticente: "Sem compromisso, apenas experimente". Era a voz da razão conservadora de Sils, mas também era a voz da estrada sem fim.

A força da mente

ALÍVIO, ALEGRIA E EMOÇÃO PRÉ-BEBEDEIRA, ESTES ERAM agora os sentimentos dos falcões ao ver Domenico Deschamps na porta. A eleição seria desempatada.

Kardner suspirou e olhou sorrindo para o tio.

Mas Dom Deschamps apenas caminhou em silêncio até seu lugar. Depois com um sinal de rosto apontou para porta, onde estava seu assistente. De imediato, ele escoltou uma mulher cega na altura de seus joelhos. Um rapazinho de olhar triste a guiava.

Kardner notou que a criança quase não olhava nos olhos de ninguém. Parecia assustada demais em meio àquele ambiente luxuoso.

— Kardner, esta mulher é pobre, vive na periferia, ficou cega e tem este filho para criar. Olhe para ela e diga, como governador, o que você faria por ela?

Com a experiência das audiências, Kardner se pôs de pé, para jorrar sua oratória de forma eloquente sobre algum tipo de projeto. Era hora de brilhar!

— Eu poderia criar um projeto de lei para deficientes; para o menino, eu criaria uma escola de tempo...

Dom levantou o braço.

— Que menino?

Kardner tratou de apontar o pequenino, agarrado às pernas da mãe.

— Ele não é uma criança! Tem vinte e dois anos. Tem esse tamanho por um tumor no cérebro, que os médicos dizem ser incurável.

De pé que estava, Kardner parou. Subitamente, suas pernas tinham congelado, observando o olhar alquebrado do rapaz, e algo como uma espécie de frio cortante desceu por sua espinha.

As palavras começaram a faltar, e ele gaguejava. A ideia de que aquela "criança adorável" era um rapaz atrofiado era simplesmente afrontosa demais.

Os falcões o observavam e ele estava cada vez mais nervoso, sabia que tinha de falar algo, sentia o coração na ponta dos dedos. O que era aquilo? Ninguém sabia, era tão absurdo, chegou a achar que estava tendo algum tipo de ataque.

Dom tinha perdido a paciência.

— Riley, o que você, como governador, faria?

— Eu daria um emprego de dois salários-mínimos para ela no governo e manteria um time de médicos e profissionais de saúde realizando visitas periódicas.

A mulher sorriu! Finalmente alguém ali parecia se importar. Todos os falcões se entreolharam e entenderam a mensagem. Riley era um político, conhecia o povo de perto e estava disposto a jogar o jogo de "ganhar votos".

— Com algumas condições. Meu voto vai para Riley.

As palavras de Dom atingiram como uma adaga o peito de Kardner. Apenas o som delas. Simplesmente isso deixou seu corpo escornado na parede. Por alguns instantes, seguiu calado. A verdade era que aquele projeto de três anos e meio tinha acabado de ser destruído bem na sua frente.

Em seu íntimo, estava ciente de que algo mudara dentro de si, e, para seguir adiante com o mínimo de hombridade, o certo seria fazer um discurso e parabenizar Riley.

Porém, àquela altura, com todos olhando para ele, encarado pela derrota, naquele momento se sentia apenas fraco e esgotado de tanto perguntar a si mesmo a razão de, em primeiro lugar, ter feito tudo aquilo.

Por que, afinal de contas, estava lá? Para ficar paralisado de terror diante da crueza de Nova York?! Ele sabia que existia. Sempre estivera lá. Só não imaginava o quanto poderia ser afetado. O olhar abatido daquele rapaz, a forma como ele parecia ausente, tudo foi tão brusco e desanimador, que ele simplesmente não pôde "atuar".

Foi quando chegou a imaginar sobriamente que, daquela forma, seria melhor. Ele não havia sido feito para aquela jornada. Não, ele não era o escolhido, e seu tio fizera questão de mostrar isso.

Mas Domenico Deschamps ainda não havia terminado.

— Voto em Riley com a condição de que Kardner seja o vice. Os demais concordam? Também quero anunciar minha aposentadoria das atividades do partido. Não participarei dessa campanha, estou muito velho e acho que o serviço tem de ficar com a nova geração.

Todos assentiram.

Kardner ainda estava vagando em outro universo. Ele ouviu aquilo e sentiu aquelas últimas palavras como uma espécie de eulógia num funeral solene.

Dom Deschamps timidamente caminhou até ele para lhe entregar um escrito de sua falecida mãe escritora. Era uma poesia que falava sobre despedida.

Ele simplesmente abaixou a cabeça e abandonou o prédio em silêncio.

Diante da magnífica mansão de Dom Deschamps, tudo parecia em paz e harmonia com seus jardins franceses e fontes de água. Até um jovem padre bater à porta. Assim que o mordomo atendeu, o padre pediu para falar com o dono da casa.

— Bom dia, senhor! Vim lhe dar um especial bom-dia! Somos da vigília pastoral de Santa Maria, gostaria de saber se o senhor teria interesse em que eu e as irmãs viéssemos rezar o terço em sua casa.

O velho ouvinte era o homem atarracado que um dia fora galã de Hollywood, com hipnotizantes olhos azuis, e que acabara de derrubar o próprio sobrinho.

O ex-astro agora tinha um cabelo cinza, liso, todo penteado para trás, barba farta e grisalha, bengala na mão direita e lábios retorcidos para baixo de tanta raiva acumulada na vida.

— Olhe, padre, admiro sua coragem de vir até aqui para me oferecer suas preces. Só tem um problema nisso tudo: esse velho judeu que vos fala queria muito perguntar, a seu querido Deus, por que ele deixou alguém como Hitler tostar meu pai e minha mãe, minha esposa e meus dois filhos pelo puro e simples prazer. Você ou seu Deus tem alguma resposta?

O padre ficou desconcertado.

— Senhor, eu acredito que...

— Não! Não acredita em nada, vá você e seu Deus rezar na casa de qualquer outro idiota. Ou então no quinto dos infernos!

E pá! Bateu a porta na cara do sacerdote.

O velho seguiu a passos pesados rumo à sala, quando a campainha tocou novamente.

Ele bufou alto, remexendo os lábios.

Dom abriu a porta e, a meio caminho de fazê-lo por completo, soltou um estrondoso grito:

— Vá dar bom-dia lá na puta que te pariu, filho de uma puta! Veado...

Do outro lado da porta, Kardner Deschamps, de paletó e gravata, permanecia impassível, com os óculos escuros e as duas mãos nos bolsos. Até falar de forma irônica:

— Eu não sei exatamente o porquê, tio, mas acho que estamos baixando um pouquinho nosso nível. Mas pode ser só uma impressão!

— Não! Não! Me desculpe! Isso não era para você. Chegou um canalha de um padre aqui da região! Veio encher meu saco.

— Ah, sim! Malditos padres, com suas orações e conforto para a alma.

Quando Kardner entrou, a vitrola tocava música clássica.

— Vejo que sua paixão por Tchaikovski se mantém além de qualquer guerra-fria.

— Tchaikovski não era um maldito soviético.

— O que você diz quando alguém chega e pergunta o nome desses três gatinhos fofos?

Dom Deschamps bufou, querendo saber se aquela era uma pergunta séria.

— O que você acha que eu digo? O nome deles cacete! Judas, Nietzsche e Nostradamus.

— Esses nomes foram inspirados em alguma novela ou peça sua?

— Não! Esses nomes são apenas uma forma de torná-los menos fofos! E uma forma de testar quando quero saber se uma visita minha é um veado democrata! E você caiu quando disse que eram fofos! Taí, veado e democrata!

Kardner riu. Ele sabia que seu tio o tinha mais ou menos como um filho disfarçado, não apenas pela incrível semelhança física, mas pela habilidade de negociação.

Todos na família Deschamps sabiam da decepção do magnata petroleiro por ter perdido sua família. Logo em seguida, ter pegado a caxumba que o tornou estéril. Talvez alguém já tenha visto por aí um velho rico, solitário e amargurado.

O fato é que aquela conversinha fiada com ar de normalidade estava ficando sem tração. Agora Kardner e Dom se olhavam em silêncio à espera de quem ia sacar primeiro.

— Tio, não serei o vice de Riley, eu...

Dom Deschamps estalou os dedos, interrompendo:

— Você não quer ser o escudeiro de Riley porque isso é demais para o seu ego. Riley, todos nós sabemos, nunca fez nada que prestasse como procurador geral de Nova York. Eu tenho nojo do marqueteiro dele. Só para não ficarem dúvidas caso me interpretem mal. Eu tenho nojo do marqueteiro dele.

Kardner não entendeu.

— Se tem tanta aversão a Riley, se sabe que ele é incompetente, então por que diabos votou nele?

— Ele é um ótimo candidato para vencer e deverá tudo a mim. Mas ele também é um ótimo candidato para perder!

— Você acha que...

Dom acenou com a cabeça.

— Isso mesmo, acho que não importa quem seja o candidato, irá perder. Sendo o vice de Riley, você apenas peregrina pelo estado tornando-se conhecido do público. Caso haja uma derrota, não será sua! Mas ainda assim ficará conhecido do grande público.

Indignado, Kardner se levantou bufando. Ele sabia que o tio era metido a maquiavélico e sabichão, mas realmente achava que o teste pelo qual havia sido reprovado era real, vindo de uma preocupação genuína do coração do tio quanto ao estado.

Na verdade, todos tinham armado para derrubá-lo, não apenas Nathaniel. Mas também Dom. Só que, ao contrário de Nathaniel, Dom derrubara Kardner por piedade, falta de fé no sobrinho e o mais asqueroso de tudo... proteção ao nome Deschamps.

— Você é tão arrogante! — Kardner gritou. — Armou para mim. Você acha que não consigo, não é? Acha que levaria o nome de perdedor para dentro da família.

— Kardner, há duas décadas os democratas governam aqui, eu mesmo vi e gastei meu dinheiro. Já perdemos demais. Seja o vice agora e torne-se conhecido.

— Perdemos porque nossos candidatos entravam com essa atitude sua, porque não eram capazes de lutar. Você sabe que sou capaz de lutar.

— Acalme-se! Seja forte para lutar, seja grande para vencer!

— Você não tem o direito de me chamar de pequeno!

— Não chamei, apenas disse que agora não é seu tempo. Você viu aquela mulher com o filho e simplesmente congelou! Estou mentindo?!

— Naquela noite, fui preparado para impressionar e jurar fidelidade a velhos ricos de terno. Ainda não estou em campanha com o público. Você, mais que ninguém, sabe que sou capaz de me comunicar com as pessoas, sabe que me importo, sou capaz de estar presente.

A paciência nunca havia sido o forte de Dom Deschamps e ele começou a perdê-la com a teimosia do sobrinho.

— É verdade! Ninguém pode envolver as pessoas como você faz. Mas também é verdade que ninguém pode se desligar delas do jeito que só você faz!

Aquela era uma verdade inconveniente. Kardner sabia disso, mas sem muitas armas à disposição apelou ao que achava que era certo dizer naquele momento.

— É justamente por aquelas pessoas que entrei neste projeto. Talvez eu não esteja assim tão acostumado com a realidade crua do que iria enfrentar. Mas, acredite, eu me movo por um sonho para Nova York. Livrá-la dos democratas.

— Você diz que se move pelos seus sonhos. Mas só se atrai por eles quando as pessoas dizem que são impossíveis. Sonhos são para quem pensa no futuro. Faça bem o que tem para hoje e prepare-se para o impossível amanhã! Seja o vice de Riley e acabe com isso!

— Quer que eu seja o vice de Riley, quando nem você mesmo acredita. Não vai dar um tostão furado para a campanha. Qual o sentido?

— Estou velho, cansado de brigas e intrigas. Não tenho herdeiro, peguei uma maldita caxumba que não me permite ter filhos e pretendo doar tudo que tenho para garantir bolsas estudantis para jovens pobres. Não vou torrar meu dinheiro em política.

Kardner rosnou zombando. O tio não era muito afeito aos pobres.

— Como você é ingrato! Meu pai cuidou de você! Quando chegou à América, ele deu-lhe abrigo, ensinou-lhe a língua!

Foi desse ponto em diante que os decibéis excederam o limite permitido pela lei... e pela velha e boa civilidade.

— Ele era o mais velho, era obrigação dele! Havia prometido a nosso pai!

— Por quanto tempo isso vai perdurar?! Não foi culpa dele! — Kardner fez uma pausa, olhou nos olhos dele e falou suavemente: — Não havia nada que ele pudesse fazer. Não estava a seu alcance conseguir os vistos com o governo americano para sua família!

Dom Deschamps escutou aquela última parte absolutamente atordoado, fazia tempo que não remexia naquela velha ferida. Ele começou a tremer e respirar com dificuldade. Então, sentou-se, consciente de que não estava bem, e permaneceu fitando a foto de sua esposa e os dois filhos falecidos.

Só então, com muita dificuldade e pausadamente, ele conseguiu falar:

— Ele podia ter conseguido. Naquela época já era um advogado de sucesso, bem relacionado na administração de Roosevelt... Então, você será o vice ou não?

Os tremelicos aumentaram, e a respiração ficou ainda mais difícil.

Kardner se levantou assustado e se aproximou do tio.

— O senhor está bem?

— Diga que será o vice!

O rosto de Dom começou a empalidecer, Kardner se assustou. A família não era grande, seu tio era um mentor e ele, absolutamente, em hipótese nenhuma, podia ser o causador da discussão que mataria Dom Deschamps.

— Sim! Serei o vice.

Kardner já ia se apressar para pegar o carro, quando o tio o puxou pela camisa e falou em voz baixa:

— Leve lençóis e travesseiros daqui, não quero nada daquele lixo hospitalar que eles chamam de quarto. Não se preocupe! É apenas meu infarto semestral. Ah! E se eu morrer...

Kardner o olhou nos olhos, atordoado.

Dom Deschamps já estava ofegante e com o rosto cor de talco.

— Aqueles oito dólares que você me deve daquela *pizza* que eu lhe paguei ano passado, pode passar! — Ele terminou com a mão estendida.

★ ★ ★

Scranton, Pensilvânia.
Congresso Nacional do Partido Republicano.
No púlpito, como um bom samaritano republicano, Kardner estava aceitando sua indicação como vice, de quebra despejando aqui e acolá, um pouco de lei e ordem para a plateia. Bem de frente, na primeira fila, Riley, Mackennan e o pai de Kardner, Frank Deschamps.

— Senhor Frank, soube do que houve com seu irmão Dom? — perguntou Mackennan.

— Sim. Kardner me contou. Um infarto, que, junto com Hitler, é um dos grandes choferes de judeus para o outro mundo. Mas Domenico Deschamps tem um couro duro! Tirando a bomba atômica, não sei o que pode matar meu irmão! Aquela peste não morre! Dom era para ser apenas um ex-ator deprimente de Hollywood vivendo numa casa colonial espanhola na Califórnia. Aí o desgraçado achou petróleo no primeiro buraco que furou no Texas!

Enquanto isso, Kardner se dirige ao fim de um discurso errante. Estava gaguejando, esquecendo nomes e falando numa lentidão que não lhe era comum.

Ao fim do discurso, o advogado negociador retornou à primeira fila junto a seu pai.

— Não será um grande vice-governador com esses discursos. O que houve? Você está bem? — Frank perguntou.

— Desculpe! Estou muito cansado, fiquei muito preocupado com o tio Dom. Ah! E também estou bêbado pela primeira vez na vida.

— Vá para o hotel, descanse.

— Não vai dar. Vou para Nova York ainda hoje. Tenho de organizar um almoço para o pessoal do sindicato da construção civil amanhã. O carro já está preparado.

Frank Deschamps balançou a cabeça, bufando.

— De carro, à noite, cansado e sozinho? Bêbado! Nada disso! Pelo menos vá de trem. Eu levo o carro.

Kardner concordou.

— Kardner, seu sentimento de culpa e embriaguez não farão seu tio entrar na campanha!

— É exatamente por isso que estou bebendo.

Scranton, Pensilvânia.

— Oh, Senhorita Sils, obrigado! Aceita um café?

Ela educamente recusou. Precisava decidir sua vida.

Tudo poderia ter morrido ali, com Sils tendo todos os motivos do mundo para retornar para casa. O que fez a diferença? Uma capa de jornal.

Dom Deschamps entre a vida e a morte no hospital.

Ela começou a respirar ofegante, tomou rápido um gole de café, o que a fez queimar a língua; era difícil acreditar no que estava lendo.

Meu Deus, ele está morrendo, não pode ser!

Ela caminhou pensativa pela calçada. Se era verdade que seu *crush* havia tido um infarto e estava muito mal no hospital, talvez não custasse nada lhe fazer uma visita.

Como seria a reação dela ao descobrir que o "amor da sua vida" era um velho caquético, miserável, frustrado e ganancioso?

Bem, daí é outra história. Aquilo que é feito por amor está acima do bem e do mal.

Trenton era perto de Nova York, ela poderia descer e de lá partir para a Grande Maçã.

Se antes havia dúvidas, se tudo parecia uma quimera, como um sonho de alguém que gosta de chegar ao desfiladeiro, mas nunca pula, agora Sils tinha uma real e séria motivação.

Dom Deschamps estava morrendo, o único homem que ela amou, ou achava que amava, bem ali pertinho na cidade que ela sonhava conhecer. New York, New York...

Era uma fuga? Em sua mente confusa parecia mais caridade! Fosse o que fosse, o destino jogou todas as cartas que tinha para levar Sils até Nova York.

Não custa lembrar que os profetas muitas vezes dizem que o futuro apenas repete o passado e alguém já tinha dito no passado o que poderia ser o amanhã.

Uma menina simpática e bonita como você faria sucesso em Nova York.

— Moço — perguntou para o rapaz da venda de jornal —, pode me dizer a que horas sai o próximo trem para Trenton ou Nova York?

— Bem, agora só tem um saindo às três da manhã. Esse é o do trecho mais longo até Nova York.

— Madrugada... Ok! Obrigada!

Um cambaleante Kardner entrou no trem caminhando e se escorando nas poltronas pelo corredor. Subitamente todas as luzes internas do trem se apagaram. Com a maioria dos passageiros dormindo, o trem não tinha cortinas de vidro, apenas janelas de madeira que corriam no trilho, ou seja, o ambiente era um breu completo.

— Desculpem! Desculpem! Ah, eu sei o exagero, me perdoem. Este judeu triste e bêbado vai para Nova York, não para um campo de concentração.

Kardner sentou ao lado de Sils.

— Boa noite!

— Boa noite! — respondeu, assustada.

— Vai a Nova York? — ele perguntou.

— Não sei, vou descer em Trenton. Mas queria saber como é Nova York! Você já foi à Estátua da Liberdade?

Kardner quis rir, mas se segurou.

— Ah, não! Ah, bem... Acho que nunca tive tempo. Quanto à cidade... É uma cidade maravilhosa.

— Sempre que eu penso em Nova York, eu penso em alguém que sabe, como posso dizer... de certa forma, ama a vida e busca seus sonhos.

Alguns instantes de silêncio vagaram pelo ar escuro, aquela declaração idealista feria de morte o pragmatismo visceral arraigado da família judia Deschamps.

Kardner riu e dessa vez não ia deixar passar:

— Você é muito caipira e inocente!

Sils conhecia muito bem o significado de caipira, saindo da boca de um nova-iorquino. Ela assistia a esse tipo de zombaria nas novelas.

— Posso ser caipira, mas não entro bêbada em trens! Você é cínico e sem coração, mal posso esperar o momento de nos despedirmos!

O advogado negociador percebeu que havia passado dos limites. Ele puxou um pedaço de papel. Era exatamente o escrito entregue por Dom com a poesia de despedida de sua mãe.

Kardner desembrulhou o papel, enquanto dizia a Sils que não era tão troglodita assim, ao menos sua falecida mãe era uma escritora e poeta. No meio do breu da escuridão, ele não precisava ler. Aquele texto fora gravado havia muito tempo em sua cabeça. Sua mãe havia escrito pouco antes de morrer.

Quando você volta? Eu e você somos inocentes diante dessas palavras porque homens de carne dizem eu te amo, colinas douradas ao pôr do sol dizem quando você volta, ainda assim eu me perdi, por esquecer que fantasias são apenas fantasias, minha alma peregrina retirou-se para as altas montanhas, lá eu vi nas cartas do acaso seu destino das estrelas. Aquele que me chama eu pouco entendo, eu pouco conheço. Sei que seu olhar é um mistério, sinto que quero ouvir sobre lendas e tesouros de uma terra distante. Mas eu e você somos um vento sem pátria, rebeldes que conquistam no silêncio do adeus, pois a vida nasce por dentro quando amar é existir do lado de fora.

Não houve muito tempo para Kardner receber os elogios.

Outra vez desculpas saíam da sua boca, quando o trem freou bruscamente e ele teve de segurar na mão de Sils. Um ato por demais íntimo para a conservadora menonita.

Sils reuniu mais alguns gramas de indignação e passou a desfiar declarações sobre sua decência inculcada em sua criação conservadora. Assim seguiu, e ela foi falando, falando, falando...

Até que Kardner roncou e caiu em seu ombro.

— Sai de cima de mim, seu folgado! Senhor? Senhor? Ótimo, dormiu! Espero que Nova York não tenha tantos idiotas!

Alguns passageiros rosnaram e tossiram em sinal de incômodo.

— Oh, caipira! — redarguiu um passageiro. — Todo mundo no trem já sabe que você ama Nova York! Agora será que dá para fazer silêncio para dormirmos?

Sils havia se decidido a partir, não porque queria impressionar Kardner ou fugir de casa. Ela queria apenas sentir um breve saboreio de Nova York. Ela queria apenas o empoderamento de estar lá, ainda que fosse por um dia e, sim, quem sabe, ver Dom Deschamps.

Seria bem mais fácil ela falar com o sobrinho, que estava bem ali. Mas quis o destino que Kardner estivesse bêbado pela primeira vez na vida, frustrado com seu tio e sendo um perfeito idiota. Dom ia morrer, mas tinha dito a verdade.

É verdade, ninguém pode envolver as pessoas como você faz. Mas também é verdade que ninguém pode se desligar delas do jeito que só você faz.

★ ★ ★

— Parada Nova York em dez minutos! Atenção! Parada Nova York em dez minutos!

Com o raio de sol na cara, Kardner acordou tateando pelo banco ao lado. Ele abriu os olhos atordoado, olhando de um lado para o outro no corredor, e não havia nada.

Coçou os olhos, esfregou o rosto, então parou subitamente.

Havia um perfume maravilhoso em sua mão. Era o perfume do potentíssimo Dulce dela Vita, que havia impregnado no momento em que Kardner segurou na mão de Sils para se proteger da freada do trem.

— Humm! Meu Deus! É o melhor aroma que já provei na vida! Espera, havia alguém comigo. Uma moça.

Kardner agarrou a manga do agente do trem.

— Senhor, alguém viajou ao meu lado, certo?

— Sim! Uma moça. Mas ela já desceu.

— Sabe para onde ela foi?

— Ela desceu em Trenton, Senhor.

E, sem mais nem menos, Kardner ficou pensando, a bem da verdade, sonhando, sobre aquela garota que tinha viajado a seu lado.

Naquele momento, teve a impressão de que tinha dormido tão bem, e não era o álcool, muito menos o conforto dos bancos do trem. Ele sentiu como se uma presença confortadora estivesse a seu lado.

Quem era a garota? Seria loira, morena, tinha uma voz bonita? Havia uma presença de espírito diferente, com certeza!

Mas, afinal de contas, por que estava se questionando sobre uma mulher que ele não viu, cujo diálogo não durou mais que cinco minutos? Se essa mulher existia, então era uma mulher impossível.

Seriam mesmo proféticas as palavras de Dom, pois sonhos são para quem pensa no futuro. É mais fácil se sair bem hoje e estar preparado para o impossível amanhã.

Kardner lembrava.

Você diz que se move pelos seus sonhos, mas só se atrai por eles quando as pessoas dizem que é impossível.

Não tire os olhos da bola

REUNIÃO REPUBLICANA EM ALBANY.
Fevereiro de 1968, nove meses para a eleição.

— Para o cidadão cumpridor da lei — Riley Cooper começou seu discurso em tom grave —, o trabalhador, o pai de família que acorda cedo para botar comida na mesa, para as mulheres que sonham com sua independência, para todas essas pessoas eu digo: — Nós os protegeremos e os incentivaremos com nossos programas.

Com as mãos congelando, a plateia do comício explodiu em aplausos histriônicos. Era uma forma de matar dois coelhos de uma cajadada só: eles apoiavam Riley e se certificavam de que ainda tinha sensibilidade nas mãos.

— Mas para aqueles que estão aqui — Riley seguiu — ou que desejam vir para este país com o intuito único e exclusivo de se aproveitar de nosso sistema, para esses, só tenho uma coisa a dizer: a moleza acabou!

A plateia repetiu, gritando euforicamente, aquele que era o mantra da campanha de Riley e Kardner:

— A moleza acabou! A moleza acabou! A moleza acabou!

Ao lado de Riley, Frank Deschamps soprou em seu ouvido:

— Kardner já deve estar vindo. Não se preocupe, ele vai fechar o apoio com o sindicato da construção civil. Às dez horas estará aqui.

* * *

Não tão distante, em seu belo escritório em Manhattan, Kardner Deschamps tentava fechar o apoio do sindicato da construção civil rapidamente para se juntar a Riley no comício em Albany.

— Nós apoiaremos a chapa de vocês com uma condição — o presidente do sindicato disse, com o dedo em riste.

Kardner se inclinou, querendo encerrar logo aquela discussão; em sua cabeça um número pulsava 10, 10, 10. Ele tinha de estar às dez horas no comício.

— Que vocês deixem de apoiar a política de estado santuário de Nova York... Senhor Kardner, olha, nós, da construção civil, estamos sendo dizimados pela imigração ilegal, esses latinos vêm aqui trabalhar quase de graça, aí complica! Veja, esses dias chegaram uns costa-riquenhos ao canteiro, trabalhando por comida, aí, meu amigo, vai pro inferno...

Enquanto o presidente do sindicato falava sem parar sobre imigrantes ilegais, Kardner rememorava em sua mente as três regras de ouro do advogado negociador, repassadas por seu pai.

Ele tinha apenas 12 anos quando seu pai e seu tio o faziam decorar e repetir na frente deles.

— *Agora você já é um homenzinho... Qual é a primeira regra, Kardner?*

— *NÃO HÁ NENHUMA INDIVIDUALIDADE, APENAS O OBJETIVO! O advogado negociador não tem partido, religião ou ideologia, ele não está aqui para vencer ou ser derrotado, ele está aqui para conectar pontos e chegar a um acordo. Assim, não lutamos contra bandidos armados, nós os fazemos se renderem...*

— Então? — indagou o presidente do sindicato.

— Ok — Kardner respondeu voltando do transe. — Vamos endurecer as leis para imigrantes ilegais. Acredite, os democratas serão sempre a favor deles, porque eles são seu público, conosco é diferente. Vamos condicionar o medicare estadual, que somente atenda nativos e imigrantes legais.

— Senhor Deschamps, o que me garante que vai manter sua palavra?

Num flash, aquele pensamento transpassou a mente de Kardner. Era a segunda regra de ouro:

— *NÃO SE COMUNIQUE, DEIXE SUA MARCA NAS PESSOAS! Aperte a mão, olhe nos olhos, sorria, fale com paixão, vista-se para a negociação como se fosse encontrar a mulher da sua vida, cheire de uma forma que outros negociadores queiram lamber você, mantenha distância corporal de meio metro, use metáforas, domine a exatidão da informação, pergunte se alguém pode fazer melhor. Como? Quando? Onde?*

Kardner se levantou, chegou a meio metro de seu interlocutor, abriu e fechou o terno rapidamente, a baforada do perfume inundou a sala, então, sorridentemente, ele arguiu:

— Neste exato momento, especialistas dizem que há quinhentos mil imigrantes ilegais em Nova York, existem 42 comunidades de maioria latina na cidade, 50% de todos esses imigrantes ilegais trabalham limpando casas ou restaurantes, 30% trabalham como serventes na construção civil e 20% pulam de galho em galho. Nós sabemos quem são, quantos são e onde estão... Agora eu lhe pergunto, você deve ter conversado com o lado democrata e eu estou curioso para saber o que eles lhe disseram.

— Preciso de garantias.

Kardner fechou os olhos outra vez, e a terceira regra surgiu na voz de seu pai:

No primeiro encontro comigo, você fica sabendo quem eu sou e meu ofício, no segundo você fica sabendo que eu sou muito bom no que faço, no terceiro você quer ser eu.

Kardner puxou a manga, tirou o Rolex e parou os ponteiros mostrando a hora exata em que eles estavam conversando.

— Está cheio de testemunhas aqui, todos estão vendo a minha promessa, mas eu vou mais longe. Eu vou colocar esse meu Rolex de ouro num cofre, vou dar a chave para o seu assessor, os ponteiros estão parados aqui, 9h30, veja... Então, depois de eleitos, se...

Veja bem, se não passarmos a lei contra os imigrantes, o relógio será seu... A chave do cofre fica com seu assessor. Se eu descumprir minha promessa, o relógio é seu!

O presidente do sindicato ficou pasmo.

— Senhor Kardner, está fechado nosso apoio! Mas, por favor, tome seu relógio, não precisa disso... Acho que não seria apropriado.

Kardner apertou a mão e olhou nos olhos do homem. A cabeça ainda pulsava... dez horas, dez horas, dez horas. Ele precisava chegar às dez horas ao comício.

★ ★ ★

NOVA YORK. PENNSYLVANIA STATION.

Paga a dívida do pai em Trenton, Sils se apressou para comprar o bilhete para Nova York e, quando finalmente chegou, mal o trem parou, ela já foi saltando.

— Ei, menina, cuidado!

Não há de se surpreender que sua primeira reação fora de deslumbramento, mesclado com tropeções, esbarrões e pisoteamento de pés alheios. Sils simplesmente andava sem olhar para a frente ou para os lados.

"Olhe para a frente, caipira idiota". Não adiantava, ela simplesmente não ouvia.

Sua cabeça girava para todos os lados e sua boca permanecia aberta, efeito da nada mais nada menos Pennsylvania Station. Um belíssimo prédio em estilo arquitetônico romano que recepcionava os viajantes de trem em Nova York.

Pennsylvania Station era uma daquelas típicas construções do século 19 que eram levantadas para enriquecer a harmonia da paisagem e não para encher bolsos de dinheiro.

Depois de cansar de olhar as colunatas em estilo romano, Sils saiu e viu carros amarelos. Através das novelas, ela sabia que, se acenasse, aqueles carros a levariam para onde quisesse.

— Para onde, senhora?
— Nova York, Manhattan! — ela disse, com a boca cheia, enquanto tirava uma maçã da sacola e a mordia despudoradamente.

Manhattan era o nome do bairro aonde seus personagens preferidos iam e, a bem da verdade, era o único bairro que ela conhecia por nome.

★ ★ ★

Já dentro do carro, Kardner apressou seu motorista, enquanto rememorava todo o roteiro que ele tinha minuciosamente planejado para o encontro republicano.

— Dez horas! Dez horas, lá! Pisa, pisa!

Antes de atravessar o rio Hudson, Kardner gritou bruscamente:

— Espere, vire à esquerda agora... Isso.

O motorista desceu mais ao sul e parou ao lado da torre de São Francisco, fundada na década de 1930 por imigrantes italianos.

Não que Kardner fosse religioso, tampouco católico; o que ele queria era apenas ajustar a hora do seu Rolex que tinha ficado parado.

Nem é preciso dizer que, ao lado da torre franciscana, havia uma igreja. Quando católicos não têm nada para fazer, eles levantam igrejas; quando se cansam das igrejas, levantam mosteiros e torres, e aquela torre era uma imitação fula do Big Ben, diga-se de passagem.

Feia ou bela, ainda apontava a hora exata. Aquela região era familiar para Kardner, o Tribunal de Apelações de Nova York ficava ao lado da torre, e todos os membros do Judiciário e advogados paravam ali para saber a hora certa.

A torre de São Francisco era uma espécie de relógio informal do Tribunal de Apelações.

★ ★ ★

Kardner continuava apressado; ele olhou, olhou, mas aquilo parecia uma conspiração de circunstâncias estranhas para fazê-lo se atrasar.

Mais uma característica comum da família Deschamps. São obcecados com pontualidade, considerando o atraso o pior pecado da galáxia.

— O que foi? — perguntou o motorista, naturalizado com o estado apressado da família.

— Não consigo ver a droga da hora, tá cheio de pombos!

De fato, havia milhares de pombos voando ao redor e pendurados nos ponteiros da torre franciscana.

— Pronto, 9h40. Dá tempo de chegarmos às dez horas lá?

O motorista rosnou em tom zombeteiro:

— Dá tempo que sobra!

★ ★ ★

Perto da entrada do comício, o carro de Kardner foi barrado. Sem entender o que acontecia, ele baixou o vidro para poder assistir com maior riqueza de detalhes ao tumulto e à gritaria.

Mackennan, seu marqueteiro, aproximou-se do carro:

— Kardner? — disse, ofegante.

— O que aconteceu?

— Pelo amor de Deus, não é seguro ficar aqui. Fique no carro e retorne para casa! Não fique aqui, vá para casa!

— Sim, homem! Mas o que aconteceu?! Está me assustando!

— Às dez horas em ponto, alguém na multidão abriu fogo durante o comício. Riley Cooper estava no púlpito entretendo a plateia e te esperando, então foi atingido com três tiros e está na emergência do hospital.

Sem reação, Kardner ficou pálido e simplesmente deixou o corpo cair para trás no banco.

— E o meu pai?

— O senhor Frank Deschamps pediu que você fosse para a casa dele com urgência... Cara, você tem muita sorte de ter chegado atrasado, cinco minutos mais cedo e você teria recebido aquelas balas.

Pela primeira vez na vida Kardner se atrasara para um evento oficial. Em sua cabeça aquela imagem reproduzia-se insistentemente, no momento em que ele gritou bruscamente para o motorista virar à esquerda antes de atravessar o Hudson.

Aquilo era muito estranho, seu motorista dirigia em Nova York havia mais de dez anos e tinha lhe assegurado que chegariam a tempo.

★ ★ ★

— Como está Riley?

Vendo o estado alterado do filho, Frank Deschamps primeiro lhe pediu que se sentasse à mesa.

— O almoço hoje é carne de gado cozida. Você gosta, não gosta? — perguntou, na maior tranquilidade.

Kardner sentou, colocou o pano sobre as pernas e, sem pestanejar, fez menção de perguntar outra vez sobre Riley. Seu pai se antecipou.

— Riley levou dois tiros, o terceiro foi de raspão, um na barriga e outro no pescoço. Relaxe, ele está fora de perigo. Mas a família de Riley pediu e ele mesmo aceitou... Ele está fora não apenas da campanha... Aliás, ele está fora da política!

— Isso significa...

— Significa que você será o candidato a governador e vamos arranjar um bom vice para você.

— Mas, pai... Queria ao menos ver antes o Riley.

— Kardner! Não temos tempo para drama! Lembre-se de que nós nunca nos rendemos para nossos adversários. Lembre-se disso,

Kardner! É questão de honra vencer a eleição... Já pedi segurança federal para você. Não se preocupe, está sendo providenciada.

— Mas eu nem falei com os outros delegados do partido...

— Eu falei. Já está tudo certo.

Toda aquela conjunção de circunstâncias o deixou atônito. Tudo era simplesmente inconcebível em sua cabeça.

Kardner havia sido irresponsável com o tempo, mas estava a salvo, e agora que rumos seguir? E de quebra havia ganhado a cabeça da chapa pela qual tanto lutara. Assim, do nada?

Bem, alguém no passado deixara a mensagem pelo caminho, Kardner lembrava, as palavras estavam lá, cortantes como uma navalha afiada saindo da boca de Nathaniel Ingram.

Enquanto a bola está no ar, nenhum jogador tem posição fixa.

★ ★ ★

— Tio Dom! Nossa senhora, nessa correria... Eu me esqueci de visitá-lo.

Frank fez um sinal brusco para a cozinha, pedindo que a comida viesse logo. Assim que Kardner deu a primeira mordida, seu pai engatou outra bomba:

— Seu tio me ligou do hospital.

— Como ele está?

Frank respirou fundo e deu seu pior sorriso amarelo, o que era típico de seus prenúncios apocalípticos.

— Não acharam nada no coração, porém exames mais detalhados mostraram grandes manchas nos pulmões. Os médicos acham que é um linfoma.

— Câncer? — Kardner perguntou rapidamente.

— Sim. Seu tio é teimoso demais, vivia com falta de ar, fumando, e nunca procurava um médico. Agora parece que o câncer já se espalhou e...

— E o quê?

— Os médicos deram a ele no máximo dez meses de vida. Esse câncer de pulmão é o resultado dessa cultura de charutos que se impregnou em nós.

Todo o resquício de alguma aura de normalidade que circundava a mesa se esvaiu. Atordoado, Kardner abaixou a cabeça e permaneceu silente. Seu pai seguiu a praxe. Ele sabia, apesar das desavenças, que o pai estava tão triste quanto ele, mas não era padrão na família falar desses sentimentos.

Sua mãe morrera cedo, e ele havia crescido na presença de homens fortes. Kardner estava acostumado a reprimir sentimentos. Parte de sua habilidade como negociador advinha de sua capacidade de dissimular o próprio estado de espírito.

A perspectiva fatalista estava incrustada na saga de sua família judaica. Kardner sabia, não havia nada que olhar para trás, apenas seguir em frente.

Grandes sonhos exigem grandes escolhas

POUCO ANTES DO WASHINGTON SQUARE PARK, O MOTORISTA do táxi fitou Sils pelo retrovisor. A primeira coisa que lhe veio à cabeça foi uma suspeita comum de todo taxista experiente. Aquele sotaque, sapatos cheirando a cela de cavalo, o vestido amassado e os sacos cheirando a fruta estragada. Caipireza total! Ele podia cobrar o preço que quisesse.

Em média, uma viagem de táxi naquele horário da Pennsylvania Station até Battery Park custava na base de 40, 50 dólares.

— Moça, a viagem vai ficar por duzentos dólares!

Sils engoliu em seco, logo suas mãos estavam se esfregando no vestido, coçando a nuca, ou mesmo em sua boca decepando unhas, tudo isso ao mesmo tempo.

Como havia sido ensinada a vida inteira, tinha de dizer a verdade para aquele pobre homem.

— Senhor, desculpe, mas não tenho esse dinheiro para pagar... Quer dizer até tenho, mas se lhe der fico sem nada.

O motorista freou e encostou do lado da calçada.

— Quanto você tem aí que pode me dar?

— Cento e oitenta dólares, daí fico com vinte.

— Você sabe, eu poderia chamar a polícia, o que você fez não se faz, mas vou aceitar seus 180 dólares.

— Mas, senhor... Não aceitaria essa galinha desossada como parte do pagamento?

— Não recebo em galinhas, só em dinheiro.

— Mas sem nenhum dinheiro eu...
— Tudo bem, 175 dólares, nem um centavo a menos. Daqui até a Estátua da Liberdade você caminha apenas cinco quadras e com cinco dólares você pode pegar um bote e remar até Liberty Island. Ok?

Sils concordou prontamente, apertando a mão do taxista, animada que estava com a simples menção de que estava a míseras cinco quadras da Estátua da Liberdade.

Passava pouco de meio-dia, sol a pino, e era mesmo difícil para todos os transeuntes deixarem de olhar com admiração aquela figura jovem, usando um vestido estilo vovó do século 19, com passadas minúsculas, enquanto carregava sacos e malas como um estivador de docas carrega cimento e concreto.

Uma hora o saco estava empinado em cima da cabeça, outra na frente dos peitos, então em toda esquina ela parava um pouco, sentada em cima da bagagem, arfando como um maratonista.

Até que um *bus tour* passou buzinando; no topo, um homenzinho com o megafone na mão, aos berros:

— Venha, aproveite, só hoje, nosso passeio completo para a Estátua da Liberdade. Suba e aproveite essa maravilhosa viagem! Venham todos!

O ônibus passava devagar, pegando pessoas nas calçadas.

De um pulo, Sils saiu de cima das malas, ajeitou o vestido, agarrou a bagagem e tentou correr. O ônibus estava numa quadra paralela e, para piorar, numa zona de aclive.

Sils correu, assoviou, gritou, acenou, pulou e nada! Ela percebeu que a única forma de parar o ônibus seria chegar mais perto. Quando ela atravessou a rua, subiu as escadas da calçada na maior velocidade possível, atravessou o quarteirão, esbarrando em todos os pedestres, até que chegou ao fim, agora tinha de descer as escadas o mais rápido possível.

Mas a bagagem atrapalhava, o ônibus ia passar, então ela colocou a mala e o saco na beirada do último degrau e os chutou escada abaixo; a bagagem ia rolando, com Sils atrás, tentando se desculpar com as pessoas.

Quando ela finalmente chegou lá embaixo, uma multidão do outro lado da calçada acenou e o ônibus desviou. O ônibus ia lotar e Sils perderia sua oportunidade.

— Ei, moço gordo! Não é justo, chamei primeiro!

Ela abriu o saco, pegou uma maçã e jogou, acertando a cabeça do homenzinho.

— Volta para tua roça, caipira!

— Amish doida! — gritou outro, enquanto o ônibus partia.

— Não sou amish! Sou menonita! Temos água encanada!

Ao longe, uma decepcionada Sils via o ônibus virar à esquerda e sumir. Ela parou decepcionada, então sentou sobre a bagagem arfando ainda mais.

★ ★ ★

— Senhor, pode me dizer a que distância... — parou, arfando. — A que distância fica a Estátua da Liberdade?

— Mais ou menos umas quinze quadras descendo ao sul — foi a resposta seca.

Sils deixou a cabeça cair sobre a bagagem. Ela sabia que havia sido enganada pelo taxista, sabia que não tinha a noção exata de onde estava o sul e também não sabia se tinha fôlego suficiente para continuar a caminhada. Ela se lembrou de sua cama aconchegante, o quarto limpo e o cheiro da rabada que a mãe preparava.

Seria tão mais fácil desistir, ela pensava, simplesmente voltar para casa e levar uma vida normal, bastava pegar a ficha que sua mãe guardara em sua bolsa e pronto.

Havia um telefone público bem na esquina da frente, ela só precisava atravessar a rua, e foi o exatamente o que fez.

Porém, a um passo do orelhão, olhou deslumbrada para a mais linda vitrine que já havia visto na história de sua curta vida. Posicionado no centro, um manequim feminino vestia um deslumbrante vestido cor nude com um chapéu de laço e um colar de esmeraldas no pescoço.

Das poucas atividades domésticas que Sils apreciava, costurar era de longe sua paixão, e ela havia desenvolvido certa noção, fosse pelas personagens de televisão, fosse costurando escondida restos de vestidos que sua mãe lhe dava.

Na fachada um nome que ela nunca tinha visto: GUCCI.

Sils sorrateiramente entrou na loja, circundando o vestido.

Assustadas, as vendedoras chegaram perto.

— Quanto é esse vestido? Esses outros... Esses outros enfeites... Conjunto, certo?

— Ah... Bem caro, minha filha! — uma vendedora falou.

E simplesmente deram as costas.

— Um dia vou usar algo assim — Sils disse calmamente, enquanto examinava os recortes da roupa.

— Uh, garota, você ia arrasar no festival do milho!

Gargalhadas estouraram do outro lado do balcão. Sils deu as costas, caminhando lentamente para a saída.

— Ei, espere! — gritou uma das vendedoras.

Sils se virou, e a garota apontou para a TV em cores acoplada na parede.

— Quando você namorar esse homem, pode vir aqui comprar o vestido!

Mais uma rodada de gargalhadas ruidosas, mas desta vez Sils manteve-se impassível, com os olhos vidrados na TV.

É ele, Domenico Deschamps.

Sils caminhou de costas para a saída da loja, olhando seu querido Domenico Deschamps dar uma entrevista. A TV estava no mudo.

Assim que saiu da loja, estranhou a aparência saudável de Dom Deschamps.

— Para alguém que está doente, ele parece muito bem — disse a si mesma.

O penteado parecia um pouco diferente do usual, ele era também mais forte, mas o sorriso permanecia o mesmo. O que Sils obviamente não sabia era que o homem na TV não era Domenico Deschamps, mas seu sobrinho Kardner Deschamps, que calhava de ser filho de seu irmão gêmeo Frank Deschamps. Para piorar, Kardner, à exceção do cabelo mais claro, parecia-se ainda mais com o tio do que com o pai.

Quando Sils saiu da loja, ela imediatamente espalmou a mão para cima, olhando fixamente a ficha do orelhão.

Uma respiração profunda, ela fechou os olhos e virou a face para o céu. Aquele era um ponto de virada em sua vida. Ela podia sentir. Uma decisão definitiva teria de ser tomada.

— Enquanto você estiver aqui, eu nunca serei livre!

Ela correu, pegou impulso e jogou a ficha no alto de um prédio baixo.

Sem dinheiro, sem ficha de orelhão, sem rumo ou sequer uma casa para dormir.

E, para aquele momento, alguém já tinha dito as palavras certas, a mulher cheirosa, que mais parecia a fada madrinha de Sils, cochichou outra vez em seu ouvido:

— *Grandes sonhos exigem grandes escolhas.*

✱ ✱ ✱

— Senhor Kardner, senhor Kardner! — gritava o exército de repórteres na entrada do hospital.

O saguão de entrada havia se tornado um caos, perguntas de todos os tipos, fotos e mais fotos. Kardner se valia de seguranças que mais pareciam capangas de um coronel, abrindo caminho receosos de um linchamento. Ele só conseguiu atravessar a entrada do hospital depois de uma verdadeira batalha.

— Senhor Kardner, depois do atentado a Riley, qual será a posição do Partido Republicano sobre a imigração ilegal?

— Nós repudiamos veementemente o covarde atentado perpetrado por esse mexicano, que, aliás, já havia cometido delitos anteriormente, mas, como não tinha documentos, não pôde ficar nos registros da polícia... Nossa posição, e a minha posição é a mesma de sempre, tolerância zero com imigração ilegal! Como Riley gostava de falar, a moleza acabou!

— Senhor Kardner! Senhor Kardner! Uma última pergunta — berrava um repórter, em meio a uma multidão de braços, câmeras, flashes, microfones, todos num turbilhão, golpeando cabeças e narizes.

No centro, Kardner permanecia com o semblante estoico, os Deschamps o haviam treinado para permanecer calmo sob circunstâncias árduas, como forma de impressionar.

— A última, Ok, pessoal?! Tenho que ver meu tio!

— Senhor Kardner, o Canadá acabou de legalizar o aborto, e a Suprema Corte está para julgar o caso Roe x Wade...

Do outro lado, Mackennan arregalou os olhos na direção de Kardner, naquilo que poderia ser interpretado como "casca de banana de gigante."

— A depender da decisão, ela pode legalizar o aborto social na América. Como advogado, qual é sua posição pessoal sobre a legalização do aborto e a posição do partido?

Kardner estranhamente sorriu. Aquela era, para muitos candidatos, uma pergunta de alto grau de letalidade; para ele, seria uma oportunidade de falar dentro do campo do Direito Constitucional que ele tão bem dominava.

— O real debate aqui é quando começa a vida. Quem vai definir quando começa a vida? A ciência! Eu e você não podemos fazer especulações teóricas sobre um assunto tão complexo! Com a informação disponível hoje, pessoalmente, sou contra o aborto social, mas, caso a Suprema Corte legalize, eu acato. A lei não se discute, se cumpre.

Mackennan, Frank Deschamps e todos os repórteres observaram Kardner com uma admiração disfarçada. A maioria dos candidatos se enrolava em respostas contraditórias, gaguejava sobre o direito à vida, mas Kardner era um advogado treinado com uma retórica contundente.

Você poderia discordar de sua posição, mas ela estava sempre ancorada na ciência, e também não se podia negar que ele sabia defendê-la.

No corredor do hospital, a caminho do leito, Mackennan entregou a Kardner uma carta de apoio dos demais delegados republicanos, ao seu lado Frank Deschamps seguiu cumprimentando-o pela performance na entrevista.

— Aborto não é exatamente um assunto de Estado, mas você se saiu bem — Mackennan ponderou.

✷ ✷ ✷

Quando Kardner abriu a porta do quarto, viu o tio se inclinar na cama lhe fazendo gestos com a cabeça.

Não foi com menor espanto que percebeu o charuto na mão.

— Aqui, tio, seus oito dólares.

— Viu o que fiz, Frank? — apontou para Kardner. — Disciplina!

— É, ele tem! Ele é meu filho!

Um estranho silêncio se alongou no ar.

— Dom, você me disse ao telefone que queria falar com ele.

— Disse?

— Sim... E, a propósito, agradeço... pela ligação... por ter se lembrado de me ligar.

— Como assim agradece? Eu te ligo trimestralmente, todo dia 5, entre 1h25 e 2h34, pra falar mal dos democratas!

— Coincidentemente, esse é exatamente o horário do meu descanso e muitas vezes me acorda.

— Eu sei, percebo seu raciocínio lento... Está perdoado!

— Tio?

— O que era mesmo?! Ah! Você soube do Canadá? Legalizou o aborto! E lá agora metade de toda a renda vai para o governo... Meus amigos, acho que está claro o que se passa aqui, não?! — Dom disse, em tom grave.

Frank, Kardner e Mackennan se entreolharam confusos, enquanto Dom Deschamps acenava com a cabeça.

— Agentes comunistas soviéticos se infiltraram no governo canadense! Considero meu dever moral, antes de morrer, criar uma milícia de cinquenta mil homens para derrubar o governo canadense, então anexamos o Canadá aos Estados Unidos, acabamos com essa coisa de francês no Quebec...

— Tio, somos descendentes de franceses...

— Foda-se a França! Aqui é a América! Enfim, como eu ia dizendo, pegamos o Canadá, pegamos o Alaska...

— O Alaska já é nosso...

— Melhor ainda, agora veja meu plano! Escuta só! Pegamos toda a neve dessas regiões, posicionamos canhões de gelo na costa oeste, quando os aviões soviéticos se aproximarem, bombardearíamos as nuvens, o que faria gerar rochas de granizo, derrubando todos os aviões... Hum? O que acham? Fantástico, não? Acho que consegui... Vamos vencer a escória soviética... E aí, quem está comigo?

Mais alguns instantes de silêncio.

— Sim, nós estamos com você — respondeu Frank Deschamps, diante da face de horror de Kardner e Mackennan.

— Desde que você ajude na campanha de Kardner — completou Frank.

— Ajudo, desde que Kardner seja o vice e... prometa-me que não vai namorar esquerdistas.

— Mas não é apenas ajuda financeira, Dom. Quero seu grupo de mídia atacando o candidato democrata e suas políticas...

Kardner, você pode prometer a seu tio não ter relações com mulheres de esquerda?

— Prometo!

— Nos meus tempos de ator — retomou Dom Deschamps — em Los Angeles namorei uma doida de esquerda...

Kardner, Mackennan e Frank reviraram os olhos. Lá vinha outra história mirabolante.

— A maluca tinha o sovaco mais cabeludo que o meu, parecia o King Kong e cheirava como tampa. Um dia me pediu para experimentar um cigarro, aí o otário aqui não sabia o que era, fumei aquele caralho, passei três dias doido, sem dormir, no terceiro dia passei a noite suando em bicas, correndo pelado no jardim com uma espingarda na mão, enquanto apoiava Patton e Omar Bradley a atravessarem o Reno, os nazistas estavam escondidos... Enquanto isso o patife do Eisenhower fazia política em Washington...

— Ok, tio, vamos indo. Temos um acordo, certo?

— Sem mulheres de esquerda e anexação do Canadá! E também vai casar com uma moça judia, ter dois filhos e um deles terá o nome de Tchaikovski!

Kardner arregalou os olhos para o pai, que apenas devolveu outro do tipo "Fazer o quê? Ele paga sua campanha".

— Feito.

★ ★ ★

Já sozinho, na viagem de volta para casa, Kardner parou o carro num bar conhecido pelo público liberal. Ele sentou ao balcão e sem demoras fez um sinal de uísque.

Irene, a bartender, era uma jovem socióloga prodígio da Universidade de Columbia.

Ela era tão boa que trabalhava no bar como forma de criar uma base de pesquisa.

— Ka! Você não bebe álcool, por que sempre pede? Principalmente porque ainda são cinco da tarde!

— Tenho fé de que alguém vai se aproximar e beber.

Ela sorriu ironicamente, balançando a cabeça.

— Vimos a sua entrevista falando sobre aborto e ciência, sua sorte é que não tenho um pau na minha mão. Daria na sua cabeça.

— Quer debater o aborto social comigo?

— Não estou no clima, já que você não tem útero!

— Sabe — ela começou —, qualquer mulher de esquerda vai olhar um metido a macho alfa com a velha desconfiança de que é alguém inseguro e por isso mesmo um escroque dominador... Mas eu sou uma cientista, preciso realizar experiências, gosto de te usar como cobaia.

— Então, quer dizer que sou um cara inseguro, aliás, um escroque dominador.

— Nós, mulheres, podemos sentir caras carentes!

— Mas eu ainda nem te chamei para dormir comigo, não ainda...

— Mas você quer. Se veio, é porque quer transar comigo. Pra você é excitante foder com meninas de esquerda. É isso! Nós podemos te dominar!

Kardner recebeu aquele comentário com um irônico UAU!

— Quer dizer que as mulheres de esquerda me dominam e eu sou carente? Algum conselho para esse pobre e mísero carente?

Irene balançou a cabeça positivamente, antes de emendar seu último comentário da noite:

— Eu sei que você está em campanha e, se eu posso lhe dar um conselho como cientista, repito como cientista... Fique longe da biologia, fique longe do estrogênio! Não se preocupe, você não vai se apaixonar por nenhuma de nós... Mas tome especial cuidado com mulheres de cabelo claro, pois isso denota nível mais alto de estrogênio, também fique atento a mulheres de cintura fina e quadris largos, outro sinal de estrogênio alto no corpo.

Kardner sorriu, derramou o uísque no copo do vizinho e deu uma boa gorjeta a Irene.

— Hoje vou para casa sozinho. Já está anoitecendo, vou embora, vai que aparece alguma mulher de cintura fina e cabelo claro!

— Rezarei todos os dias para que isso aconteça e ela foda sua vida, seu viadinho conservador. Agora vá embora, garoto... e boa noite.

— Boa noite.

★ ★ ★

Um pouco mais embaixo, no sul de Manhattan, Sils percebeu que já estava anoitecendo e suas pernas já estavam bambas de fome. Ela sabia, tinha de sacrificar seu sonho de ver a Estátua da Liberdade e, com seus 25 dólares no bolso, comer alguma coisa com urgência.

Não muito longe, avistou uma padaria estilizada, vizinha a uma loja de roupas. Caminhando na direção, voltou a se lembrar do vestido nude da Gucci; pensava em como ele vestiria nela, se o caimento ficaria elegante.

De fato, parecia pouca costura num quadril como o dela, um pouco mais largo que o normal.

— Senhor, quanto é essa torta?

— 30 dólares.

— E esse bolo?

— 33 dólares.

— E esse outro pequenininho?

— 25 dólares.

— Se você cortar esse de 33 dólares ao meio, posso pagar 16,50?

— Desculpe, moça, não posso... São as ordens, só vendo bolo inteiro, pelo preço inteiro — respondeu o atendente impaciente.

Sils saiu da confeitaria, sentindo que já não seria capaz de andar mais que cinco quadras; o estômago, cansado de roncar, havia resolvido hibernar, a bagagem estava cada vez mais pesada e ela seguiu a muitas custas arrastando os pés duas quadras abaixo.

— Senhor, pode me dizer onde tem uma lanchonete que venda salgados a cinco dólares?

— O homem olhou e sorriu. Ali, minha filha — ele apontou a noroeste —, é a pior lanchonete da Pequena Itália. Deve ter alguma coisa nesse preço.

Sils reuniu as últimas gotas de força e se dirigiu até aquela espelunca, com cartaz escrito em letras garrafais em italiano.

TURMA SPETTACOLARE

Que nome estranho!
Quando ela entrou, viu as mesas e as cadeiras postas, mas não havia ninguém. No balcão, nem um mísero salgado ou doce nas prateleiras, apenas chapéus nas paredes e vassouras penduradas pelo teto. O mais absurdo de tudo era não haver nenhum ser humano vivo para atender ou dar satisfação.

— Olá, tem alguém para atender?

E a resposta foi só silêncio.

Ao lado do balcão, onde supostamente deveria haver pessoas e comidas, uma portinhola lateral, dessas de Velho Oeste, como Sils já tinha visto nas novelas de época. Ela ficou curiosa e particularmente tentada a refazer as clássicas cenas.

Foi quando ela pegou o chapéu, botou na cabeça e atravessou a porta para o outro lado.

— Mãos para cima!

Mas essa portinhola lateral dava acesso a um lugar que ela nunca tinha imaginado.

Um teatro abandonado.

Quando Sils olhou, não acreditou no que viu: assentos estofados, enfileirados um nível acima do outro, no fundo um grande palco de madeira com as luzes acesas.

Sils desceu lentamente, observando cada detalhe daquele belo teatro, bonito em seu desenho e estilo original, mas ao mesmo tempo tão malcuidado. Estava absolutamente imundo, com as poltronas rasgadas e o piso rangendo.

Sem mostra de timidez, a menonita subiu no palco com o chapéu e mais uma vez ensaiou sua cena de Velho Oeste:

— Mãos para cima, seu patife! Bang! Bang! Eu lhe disse, o crime nunca compensa! Agora venha, minha querida, está tudo bem, estou aqui!

A aspirante a atriz pulou do outro lado, jogando o chapéu no chão.

★ ★ ★

— Bravooo! — foi o grito do fundo da plateia.

Sils deu um berro nervoso desses bem agudos que só as mulheres sabem dar para ferir os tímpanos alheios.

— Quem é você? — perguntou, virando-se com os olhos arregalados para aquele homem nanico.

— Espatacular! Maravilhoso! — o velho homem dizia batendo palmas. — Mas é sensacional! Simplesmente fantástico! Essa é a melhor atuação que vi em anos, digna de Fellini! Vittorio De Sica! Madonna mia, de que galáxia caímos nós para nos encontrarmos aqui?

— Quem é você? — ela perguntou se afastando, assustada.

— Meu nome é Luigi Lorenzo Lucca di Calabria e Pietro Maria da Sicília e Palermo... Mas todos me chamam de Siciliano... acham mais fácil.

Sils olhou chocada aquele homem de um metro e meio, todo malvestido, cheirando a macaco, pele morena, barba farta, com aqueles cabelos longos e desgrenhados, nariz longo e pontiagudo que lhe davam um ar de Albert Einstein latino.

Fora aquele nome, que mais parecia um dicionário italiano inteiro.

— É um nome bem longo... Meu nome é Gabrielle Sils. O senhor trabalha aqui, neste teatro? — perguntou, assustada.

O Siciliano encheu o peito, sorrindo com todos os dentes para o horizonte:

— Ora, sou o dono do teatro! Trabalhei aqui! Fui ator, roteirista, dançarino, músico e produtor! Ah, querida, se você visse os gritos da multidão, quando eu dançava naqueles dias... E as luzes se acenderam, e o público foi à loucura! Loucura total! — concluiu, de olhos fechados.

A jovem menonita sorriu excitada com aquela figura excêntrica, que parecia deslocada em algum tipo de década distante.

— Desculpe a intrusão, mas o que aconteceu com o teatro? Parece um pouco abandonado.

— Assumi novos projetos profissionais e fiquei sem tempo para o teatro.

— Que projetos?

— Virei padeiro, leiteiro, cambista de rinha de galo, e tive uma atração num programa de rádio.

— Rádio, nossa que legal! Adoro rádio — Sils olhou surpresa. — Qual era o programa?

— Chamava-se "Peidando com a boca discretamente"... O pessoal adorava quando eu fazia o "noite silenciosa" ou "balinha carinhosa", mas o meu preferido era o terrível "rasga-lata!", porém acabamos saindo do ar.

Sils sorriu meio por educação, meio por horror.

— E saíram do ar por quê?

— Perdemos audiência para um programa de uma rádio rival, chamado "Peidando com a traseira descaradamente"... Que o Satanás os leve para o inferno, plagiadores malditos!!!

Já impaciente, Sils tornou à carga perguntando o porquê de o teatro estar naquele estado.

— Foi apenas esse o motivo?

— Bom — o Siciliano coçou a cabeça, sorrindo sem graça —, tive uns probleminhas com bebida e acabei gastando um pouco além...

— Ah entendo.

— Mas sempre sonhei, sempre soube que voltaria aos holofotes... eu sabia que com minha experiência poderia agenciar novos talentos, busquei e esperei... então você apareceu. Meu Deus, quanta luz você tem, garota! Eu posso sentir! Eu tenho um *feeling* para essas coisas!

Siciliano caminhou ao redor de Sils, olhando-a dos pés à cabeça, para logo se aproximar sem muita cerimônia, pulando, rodopiando, socando o ar, como se estivesse possuído por algum tipo de espírito sacana.

— Eu sabia! — gritou, eufórico.

Sils ia perguntar o que estava acontecendo, ele poderia estar tendo algum tipo de convulsão e ela poderia levá-lo ao hospital, mas, antes mesmo de ela começar a falar, o Siciliano se antecipou:

— Eu reconheço uma grande estrela de Hollywood assim que a vejo!

Sils olhou incrédula. Franziu o cenho para depois rir.

— Eu? Uma estrela de Hollywood? Não, não, não. Acho que o senhor se enganou, tenho de voltar para casa, eu só queria comer um pouco, passar a noite e...

Siciliano levantou o dedo, interrompendo em sinal de silêncio. Depois foi até o palco correndo, voltando esbaforido com um caderno e uma caneta na mão.

— Xiu! Xiu! Xiu... Não quero ouvir nem uma palavra mais, mocinha — disse, tentando recuperar o ar. Me diga, quantos anos tem? E quantos banhos toma por dia?

— Vinte e seis e tento tomar pelo menos dois banhos por dia, mas o que isso tem...

O velho produtor berrou como se fosse ter um ataque.

— Xiu! Xiu! Não interrompa! Estou tentando acessar o universo, suas interrupções estão bloqueando a luz! Agora me diga, vamos fazer um questionário vocacional. Você bebe? Se sim, uísque ou cerveja? Tem problemas de coração? Fígado? Coluna? Hemorroidas?

— Não! — ela respondeu, já ciente de que não estava falando com alguém normal.

— Sabe se vestir? Hum... Olhando daqui acho que não precisamos de resposta... Com absoluta certeza, não! — ele disse, enquanto rodopiava Sils com as mãos.

A menonita olhou ultrajada.

— Querida, não se irrite. Simplesmente deixe fluir essa energia espiritual do nosso encontro, saia do julgamento. Estou sentindo uma luz verde-acinzentada na sua aura, sim, ela está vindo e ela dança um tipo de rumba que se parece com um tango bêbado... Não há nada feio ou belo neste mundo... Simplesmente deixe fluir. Seu vestido parece um pano de mesa sujo que uma vaca ruminou por três horas. Relaxe... envie luz e amor para essa vaca ruminante... Você e a vaca são uma só agora... Inspire e transpire, deixando fluir toda a energia da mãe terra... Isso, vai e volta...

Sils levantou o dedo para falar.

— SUBLIME A ENERGIA DO JULGAMENTO! — ele gritou dramaticamente, para o horror da ouvinte. Aceite a si mesma! Respire, você é perfeita, garota. Se você está vestida para o concurso de baranga do milho do século 19... Isso é irrelevante. Agora me diga, sabe matemática?

— Não.

— Sabe administrar dinheiro?

— Não.

— Saberia fingir ser alguém...

— Não.

O velho anão parou coçando a cabeça.

— Hum, espere um momento... Mas é claro! Como não pensei nisso antes?! Seria perfeita para um papel de retardada mental!

— O que você quer dizer?!

— Calma, relaxe! Você é a expressão da sua cultura menonita, mas você é perfeita para Hollywood, há defeitos? Sim como todos. Você é burra? Não! Apenas meio estúpida! Meio lesada, sim! Meio vesga, meio gorda, sobrancelha de leão, cabelo de palha de milho eletrocutada, cabeça de batata oval... Mas quem sou eu pra julgar!

— Obrigada pela ênfase.

— Ah sim. Vamos retornar ao questionário vocacional... Você se considera uma pessoa egocêntrica?

— Um pouco.

— NÃO REPRIMA!!!

— Então, sim, sou egocêntrica.

— Hum... muito bem, dissolvemos o karma negativo da negatividade. Tem noção do ridículo?

— Pelo visto não.

— Se acha bonita?

— Ah, bom... Não sei... Tem dias que eu me olho e...

— Hum, se acha a tal! Egocêntrica e ainda por cima arrogante! É desesperada para aparecer? Inclusive alimentando polêmicas vazias?

— Claro que não!

— Hum... Negação. Egocêntrica, arrogante e também hipócrita... Ok, perfeita para Hollywood!

— Como você ousa...

Antes que Sils pudesse protestar contra aquele diagnóstico, Siciliano atravessou novamente.

— Xiii. Donatelaaaa, Donatelaaa!!! Velha surda!!!

Quando Sils olhou para trás, viu apenas a larga silhueta entre as sombras daquela mulher corpulenta de avental e vassoura na mão. Apesar do óbvio sangue italiano, Sils não viu em Donatela qualquer vestígio de emoção alegre em seus olhos, que miravam o Siciliano.

— O que você quer, velho bêbado? Além de não fazer nada na vida, agora resolveu sequestrar uma garota?

O Siciliano tratou de explicar para Donatela toda a situação.

Sils foi devidamente apresentada e sem muitas delongas levada ao lugar que os italianos mais amam na vida... a cozinha.

✶ ✶ ✶

— Ah, querida, me desculpe por isso, esse velho deve ter enchido sua cabeça... Já providenciei uma cama com lençóis limpinhos, tudo bem! E aqui está. Espero que goste, Sils... É ensopado de galinha — Donatela disse, enquanto servia Sils na mesa.

Morrendo de fome, a garota menonita comeu sorridente e de uma forma que muitos classificariam como um desespero feliz.

— A senhora que fez?

— Não. Foi nossa padeira, uma moça que trabalha conosco... Consideramos da família... Espera que eu vou chamar.

Sils estava esperando mais uma italiana rechonchuda e falante, mas o que veio foi uma mulher com o corpo em formato violão, pele cor de caramelo e um sotaque que ela nunca tinha ouvido antes.

— Essa é nossa cozinheira mexicana, Carmem Maria.

Sils se levantou e ficou animada ao receber um inesperado abraço carinhoso daquela mulher tão bonita que não parecia ser tão mais velha que ela.

— Carmem Maria, prazer.

Carmem e Sils se abraçaram e, antes que Sils pudesse levar a colher de volta à boca, outra integrante da trupe Spettacolare tinha chegado... dançando hip hop.

— Sils, quero te apresentar nossa outra integrante da confeitaria... Esta é Jin Sun, mas só a chamamos de Jiso. É nossa dançarina e cantora, nossa artista.

— Prazer, Gabrielle Sils... Nossa, uma cantora!

— E dançarina! — Jiso completou balançando o corpo.

Rapidamente ela ficou sabendo da jornada das duas garotas, ambas imigrantes fugindo das dificuldades de seu país natal.

Carmem veio do México sozinha em busca de emprego, Jiso era uma chinesa refugiada de guerra, sua família morava próximo à fronteira entre as Coreias quando a guerra estourou.

A família de Jiso foi obrigada a abandonar o país; primeiro imigraram para o Canadá, de onde atravessaram a fronteira e vieram para os Estados Unidos.

Sils ouvia com atenção, enquanto aquelas duas garotas contavam um pouco de suas histórias de superação.

— Minha família está toda no México, só eu e meu filho estamos aqui. Vim trabalhar como camareira. Às vezes mando dinheiro para eles, quando sobra — Carmem contou, sorrindo discretamente.

— Minha família está aqui. Meu pai trabalha numa mina de carvão no Kentucky... Mas o dinheiro serve basicamente para pagar o tratamento dele — Jiso falou. — Minha mãe trabalha lavando copos num restaurante em Chinatown... Eu comecei como dançarina e cantora de rua, ganhando uns trocados, até que um dia...

— Nós a vimos e a trouxemos para cá — Donatela completou, sorrindo.

— Nossa, que incrível! Eu não sei nem o que falar, isso é tão...

Antes que Sils terminasse, Siciliano entrou correndo na cozinha com um papel na mão.

— Aqui! Aqui! Aqui! — disse, sem fôlego.

Donatela, Carmem, Jiso e Sils o olharam com olhar interrogativo.

— O concurso da garota alemã, na pequena Alemanha, bem aqui, Lower East Side, Manhattan... A convenção germânica vai sair esta semana. Vocês, menonitas, falam alemão, certo? Não é, Sils?

Ela fez que sim com a cabeça. Mas, antes que o Siciliano lhe explicasse, ela o interrompeu.

— Senhor Siciliano, Donatela, Carmem, Jiso, fico muito grata por terem me acolhido esta noite. Mas amanhã vou ter de voltar para casa. Meus pais já devem estar preocupados...

O Siciliano levantou a mão, tomando um ar grave para contar uma história:

— Sils, ouça, quero lhe falar um pouco sobre perseverança e determinação, características dos miseráveis alemães, sem ofensa...

Donatela e as garotas reviraram os olhos.

— Um dia, depois de uma longa e árdua batalha.

— Pare! Velho doido! — Donatela gritou. — A menina tem família!

O homem suspendeu a história para argumentar que Sils podia ligar para seus familiares no outro dia, porém ela replicou que eles não tinham telefone.

— Cartas! — ele berrou, balançando os braços para o alto.

— Eu levo uma carta sua dizendo que você vai ficar uma semana conosco porque ficou doente. Dessa forma dará tempo de ao menos participar desse concurso. Depois você volta para casa.

Sils balançou a cabeça.

— Por favor! Só unzinho, eu juro, juro mesmo! Só esse concurso e você pode voltar. Só me dê a chance de mostrá-la para as pessoas, é tudo que peço... Por favor, diga que sim, siiim?

Acuada pela obsessão do Siciliano, Sils olhou ansiosa para Carmem e Donatela.

— Esse velho é louco, menina! — Donatela falou. — Mas você tem juízo pelos dois... Vá lá, mostre para aqueles alemães o que é beleza!

— Sils, você é linda e simpática, tem tudo para ganhar — Carmem reiterou.

Como um gato que caiu do caminhão da mudança, Siciliano ficou de joelhos, com os olhos arregalados na direção daquela menonita.

Ela se lembrou do que a esperava em casa: a vida provinciana, o casamento com Otto Dicker, cada dia igual ao outro e provavelmente uma ninhada de crianças.

— Tudo bem, eu vou!

★ ★ ★

A semana passou num piscar de olhos. Um dia antes do previsto, bem no dia do festival alemão, os pais de Sils apareceram de surpresa. E não foi com menos surpresa que eles logo ficaram sabendo da participação de sua inocente filha no luxuriante festival alemão.

— Ela não vai! Ora, não está doente?! — Eva Sils bateu o pé ao lado da cama onde Sils se fazia de doente.

— Papai, diga alguma coisa! — Sils falou com os olhos marejados.

Thomaz Sils balançou a cabeça.

— Querida, você sabe que eu sempre te apoio, mas, talvez, sua mãe tenha razão, você vai casar e...

Abruptamente, o italiano entrou pela porta do quarto.

— Então, ela vai? — ele perguntou interrompendo.

— Já ouviu falar em bater na porta, mal-educado! — Eva o repreendeu. — Claro que Sils não vai... O futuro marido dela está esperando, daqui ela só sai para o casamento!

— Já entendi, é uma pena! — Siciliano intercedeu. — A alemanhazinha está morrendo aqui em Nova York, eles estão até usando meninas italianas e irlandesas para se passar por alemães no concurso.

Eva arregalou os olhos, virando rapidamente para Sils.

— O quê? Mas é o fim dos tempos! Católicos se passando por alemães? Sils, você vai para esse concurso e trate de ganhar! Nós, os alemães, não podemos dar chance para essa gentalha católica! — ela terminou gesticulando na direção de Siciliano.

Ele sorriu sem graça para logo falar:

— Obrigado pela parte que me toca... Agora, se me permite, Sils... Temos de nos preparar.

Sils acenou positivamente e de um pulo saiu da cama, indo direto experimentar uma roupa alemã a caráter.

Não era nada luxuoso; ela ainda estava obcecada com o vestido que havia visto na vitrine da Gucci, mas isso não importava mais. Pela primeira vez, sentia aquele frescor de ser notada como um ser humano individual, não simplesmente uma parte da engrenagem social, mas alguém com alma própria.

Alguém com sonhos e desejos que podiam se realizar, e não por egoísmo ou ambição, mas por devoção àquela essência dentro dela, que o tempo todo lhe dizia que ela havia nascido para mais, que não era simplesmente mais uma.

Ela era capaz de alcançar mais alto. Bem mais alto.

✱ ✱ ✱

O festival era simplório, as meninas desfilavam pelas ruas, vestidas como camponesas alemãs, carregando canecas de cerveja, enquanto os homens acenavam nas calçadas.

Depois, quando o desfile chegava ao fim, iam para um palco, onde eram selecionadas por sua beleza, simpatia, elegância e conhecimento.

Na última peneira eram chamadas as cinco mais belas. Sils fora uma das sortudas.

Na entrevista, Sils gaguejou um pouco sobre conhecimentos da Alemanha, mas no fim conseguiu dobrar um pouco a plateia com sorrisos.

Na última votação, ficaram duas. Como uma das finalistas, Sils foi chamada à frente junto com sua concorrente.

Ela podia sentir o coração saindo pela boca, suas mãos suavam, e parecia confusa com toda aquela atenção. Ela fora ensinada a vida inteira a não aparecer, mas aquilo não tinha nada demais, estava mais preocupada com o fato de ganhar e fazer com que a outra garota ficasse triste.

Mas, no fim, Sils ficou em segundo lugar. Não sem protestos veementes de parte da torcida, em especial do Siciliano, que tratou de desfilar todos os palavrões possíveis da língua italiana.

Quando ela chegou ao camarim, a decepção era visível. De fato, havia também um misto de alívio, porque ia voltar para sua vida segura, onde todos se conheciam e os dias eram todos iguais.

— Sils, agora vamos para casa! — Eva decretou com firmeza.

A jovem menonita fez que sim com a cabeça, tirou a coroa, mas, antes que pudesse se levantar, foi interrompida com a sempre dramática chegada de Siciliano.

— Aqui! Aqui! Aqui! — ele disse, antes de mostrar o papel que segurava nas mãos.

— Um agente da MGM te viu hoje, ele fez uma oferta, eles querem que você fique trabalhando de figurante nos filmes... Contrato de um ano.

Sils olhou sorrindo para os pais.

— Nada disso, mocinha! Otto Dicker está lhe esperando... Que tipo de mulher quer ser, Sils? A vida não é assim... Já está na hora de assumir responsabilidades e...

Sils balançou a cabeça e se levantou com o dedo em riste.

— QUERO SER UMA MULHER LIVRE, MÃE!!! — ela berrou. — Mãe, já chega! Eu não amo Otto Dicker... Eu quero me casar com um homem que eu ame! Eu quero ganhar meu próprio dinheiro e poder assistir à televisão quando eu quiser no lugar que quiser, quero conhecer novas coisas... Você pode me aceitar assim? Por favor!

Eva olhou ultrajada para Sils.

— É muito bonito, Sils vai abandonar sua família. E como vai se sustentar?

O Siciliano tratou de explicar que, por contrato, Sils ia ganhar quinhentos dólares por mês; além de ficar livre para comerciais, ela ainda poderia continuar morando com a turma Spettacolare o tempo que quisesse.

— Papai, o que acha?

Thomaz apenas levantou a sobrancelha, como se fosse se irritar, então com seu sorriso terno e olhar carinhoso se aproximou para abraçar a filha.

— Minha filha, a caminho de se tornar uma estrela de cinema! Você não faz ideia de como estou orgulhoso! Tem toda a minha bênção, querida.

Ele se virou olhando Eva, que não se constrangeu em derramar lágrimas. Sils imediatamente se aproximou para abraçá-la, enquanto compartilhava a emoção.

Era a emoção que denunciava o óbvio, era a verdadeira despedida de Sils de sua família. Agora ela pertencia ao mundo e teria uma vida própria com uma história própria, e esse mundo era bem distante de sua segura comunidade, um mundo carregado de riscos e desafios com os quais nem sempre estamos preparados para lidar.

— Tudo bem, filha! Eu falo com Otto. Só peço que... se cuide e tome cuidado. Não se esqueça de nós! Você promete?

— Não vou! Nunca! Nem precisava falar, sua boba!

✱ ✱ ✱

Quando toda a poeira baixou, Sils viu os pais partirem.

Assim que pôde respirar um pouco e entender todo aquele turbilhão que rodeava sua vida, foi então que tomou coragem para conhecer aquilo que ela considerava o templo sagrado para o ser humano.

Os estúdios de cinema.

Logo que chegou ao *set* de filmagens da MGM, Sils tratou de aprender o básico das técnicas de câmera e também dos atores.

Ela já se via como alguém que um dia poderia ser protagonista de uma história. Tudo que ela precisava era de uma chance, um teste para mostrar que era capaz.

Depois de dois meses em Nova York, Sils já havia conseguido algumas pontas em comerciais, além de ter se tornado modelo fotográfico para algumas marcas pequenas de roupa.

Não foi com pouca emoção que realizou seu primeiro pequeno sonho. Comprou seu vestido dos sonhos da Gucci.

— Você tem máquina de costura, Donatela?

Donatela apontou para o salão anexo aos camarins, onde ficavam os trajes.

Como toda boa menina menonita, Sils sabia costurar. Donatela até achou que ela tinha mais talento que muitas costureiras profissionais, ao vê-la ajustando a cintura com a agulha e picotando os ombros com a tesoura.

Sils fez os ajustes e o vestido tinha adquirido um novo caimento. Ela vestiu.

— Você está absolutamente deslumbrante! — Donatela falou estupefata.

Tudo parecia correr bem, enquanto ela ganhava dinheiro fora do contrato com a MGM.

Porém, pelo trato inicial ficava em aberto que Sils, em algum momento, teria a oportunidade de protagonizar uma história de cinema.

O problema era que essa chance nunca chegava. Todas as vezes que ia para audiências, perdia os papéis e a justificativa era a mesma. Ela era uma boa menina, bonita, boa atriz e tudo, mas não combinava com o papel. Na verdade, ela não tinha alguém forte para indicá-la.

A MGM parecia satisfeita. Uma vez que já tinha o contrato assinado, a expectativa era observar a garota durante um ano e ver sua evolução; na dúvida, o contrato de figurante seria renovado. Assim, Sils fazia uma ponta ou outra, três vezes na semana, trabalhava na Confeitaria Spettacolare nas folgas e completava o restante com fotos.

Só uma pessoa não estava conformada em esperar um ano...

Ele mesmo, o Siciliano, e na última audição, quando Sils foi recusada pela nona vez seguida, ele perdeu a paciência e foi aos estúdios da MGM falar com sua agenciada, que estava filmando uma ponta como figurante.

★ ★ ★

Sils não percebeu a aproximação, havia acabado de gravar uma tomada, onde trabalhava como recepcionista de hotel. O Siciliano chegou por trás, discretamente, cochichando em seu ouvido:

— Daqui a dez dias vai sair o concurso de garota italiana lá no bairro. Você está dentro!

— Outro concurso? Não! Você é louco? Mas que pergunta a minha?! Não sou italiana! Nem sei nada sobre a Itália, nem fazer massa direito eu sei!

— Passou a ser... Eu ensino a língua! Vai estar cheio de agentes e olheiros lá... Eu percebi o problema, noventa por cento do poder de uma atriz é o sorriso, o simples sorriso da Sophia Loren é capaz de derrubar plateias inteiras, ela tem um sorriso aberto, forte, iluminado! Mas o seu...

— O que tem o meu sorriso?

— Sem querer ofender, parece uma hiena empanzinada!

Sils quis argumentar, mas, enfim, era o Siciliano.

— Não. Isso é loucura! Eu não ganho essas coisas!

— Bem, eu já te inscrevi! Não tem volta! E esse você ganha! Vamos desenvolver o olhar de Sophia Loren. As meninas italianas estão cada dia mais magras!

— Está me chamando de gorda?

— Gostaria de usar o termo fofinha... ou apenas redonda.

Sils balançou a cabeça, rindo. Lá ia ela, vestida a caráter para outro concurso étnico, que não era exatamente a etnia dela.

No fim das contas ela foi e, como previra, não ganhou. Ficou em segundo de novo.

Ela voltou para o camarim, outra vez decepcionada com a coroa de segundo lugar em uma mão e um pão baguete na outra.

Como o Siciliano havia previsto, alguns agentes assistiram ao desfile, que já tinham ouvido falar da garota menonita que havia fugido de casa com o sonho de se tornar uma atriz de Hollywood.

Alguém havia espalhado essa história ligando para as rádios de todo o país, além de montar acampamento nas redações dos jornais de fofoca. Esse alguém era ele mesmo... o Siciliano.

Nem é preciso falar que ele chegou ao camarim de Sils com uma proposta na mão. A diferença era que dessa vez a proposta era para Sils ser protagonista de um filme de um estúdio rival.

— Mas tenho contrato com a MGM — ela argumentou.

— Eu sei, mas junto com a proposta de filme tem a proposta do estúdio... Amanhã mesmo vou mostrar isso para eles. Se não lhe derem nenhum papel relevante, no fim do contrato você muda de estúdio.

A estratégia funcionou, não demorou dez dias para Sils participar de uma audição e logo ser anunciada como protagonista de um filme que a MGM estava lançando.

Era uma comédia romântica chamada *Garota nova-iorquina*.

— Não acredito! — Sils gritou pulando de alegria assim que o Siciliano lhe contou a novidade.

Naquele momento, ela se sentiu invadida por aquela energia eufórica, dessas que eletrizam nosso corpo, fazendo-nos pular, dançar e sorrir, como se já não houvesse qualquer amanhã e tudo fosse pura magia.

É, parece que o momento havia chegado.

★ ★ ★

A alegria da inocente menina menonita só aumentou quando ela leu o roteiro. Não era coincidência, na verdade os roteiristas tinham conhecido sua história de vida e haviam se inspirado.

Era uma história sobre uma menina caipira que chegava a Nova York e vivia uma história de amor atrapalhado com um empresário triste e solitário.

Enquanto ensaiava as falas exaustivamente com o Siciliano, Sils pensava em Dom Deschamps. Ele saberia de sua existência, saberia quem ela era se o filme fizesse sucesso e, quem sabe, ela pudesse visitá-lo e ver qual era o real estado em que se encontrava.

— Você conhece Dom Deschamps? — Sils perguntou ao Siciliano.

Ele lhe lançou um olhar com a estranheza de quem não imaginava que Sils conhecesse outro ator de sua geração.

— Sim... O que tem ele?

Ela juntou as duas mãos sobre o peito.

— Pode me apresentar? Digo, ao menos pode me mostrar onde ele mora... Eu não sei como explicar, mas... acho que estou apaixonada por ele.

Ainda mais dramático que o usual, o Siciliano lhe lançou um olhar de horror.

— Apaioxanada por Domenico Deschamps? Mas esse é o pior homem da face da Terra! Ele é a pessoa mais gananciosa de Nova York, um homem sem nenhum escrúpulo, um pai desnaturado... Os Deschamps são desprezíveis.

Agora era a vez de Sils olhar com horror.

— Escute! Eu sei que ele não é Michael O'Neal da novela *Sonho de amor*. Eu entendo que...

O italiano intercedeu:

— Espera, espera... Você assistiu à novela *Sonho de amor*, com Domenico Deschamps? Essa novela passou em 1940! Assim que Dom Deschamps chegou à América.

— Mas do que você está falando, eu assisti pela janela do dono do mercadinho, acho que não faz nem cinco ou seis meses.

— Você deve ter visto apenas uma reprise.

Saindo do palco do teatro, Siciliano foi até os fundos, na volta colocou um recorte de jornal nas mãos de Sils.

— Esse é Domenico Deschamps — ele apontou.

Sils observou aquela figura velha, de semblante raivoso, com os lábios retorcidos para baixo e o corpo frágil se apoiando numa bengala.

Ao lado da foto, a notícia de que ele havia mandado demitir todos os quinhentos funcionários de uma fábrica de botões que possuía, pelo fato de que dois haviam sido pegos dormindo no horário de expediente.

— Mas esse não é o homem que eu conheço... Agora entendo por que somente aquela senhora idosa assistia — disse, decepcionada.

— A situação piora... Carmem trabalhou como camareira na casa dele e aparentemente voltou com uma criança, filho dele. Ela nunca fala muito sobre o assunto, mas, até onde eu sei, ele nunca deu um centavo pelo filho.

— Meu Deus, isso é horrível! Esse homem é, ele é...

— Um troglodita, sim! É isso que toda a Nova York diz sobre ele, por isso ele é tão solitário. Aliás, toda a família Deschamps é sedenta por poder, eles não têm coração. Parece que um sobrinho dele é candidato ao governo de Nova York, prometendo caçar todos os imigrantes não regularizados do país. As meninas, Carmem e Jiso, estão apavoradas, talvez tenham de ir embora.

Sils sentou na beirada do palco chocada. O homem que ela achava que amava era, na verdade, um velho empresário ganancioso, com um modo desprezível de lidar com pessoas e, o pior, um pai desnaturado que abandonou o próprio filho enquanto mergulhava em dinheiro.

Aquilo era tudo tão louco. De repente, o destino, que parecia ter sido tão benévolo com ela, pregava-lhe uma peça perigosa, era um aviso, um aviso sobre seu idealismo desmedido e como ele podia enganá-la.

— Ele tem um sobrinho candidato a governador?

— Sim. Um rapaz da sua idade, mais ou menos. Advogado muito famoso... Mas enfim, não deve ser coisa boa.

Sils imediatamente desconfiou que Kardner fosse o homem que ela tinha visto na entrevista, talvez, apenas talvez o destino tivesse algo guardado. Ainda assim era melhor sonhar com os olhos mais abertos.

✱ ✱ ✱

Em três semanas, Garota nova-iorquina *quebra recorde de bilheteria.*

Era a manchete do *New York Times*. Não era de admirar, o Siciliano fez questão de levar um exemplar para casa. Sua agenciada estava na cozinha aprendendo a fazer macarrão ao molho branco quando ele chegou com a notícia.

Sils enxugou as mãos no avental, leu a notícia e simplesmente fechou os olhos suspirando alto. Sua alma navegou para um mundo além da razão, havia algo encantador no ar, estava chovendo e pela janela viu aquelas pessoas correndo e se protegendo da água que os carros esparramavam dos buracos, salpicando suas pernas, enquanto elas amaldiçoavam os motoristas; até isso era belo.

Só então teve coragem e saiu correndo na chuva com o jornal nas mãos. Ela não sabia bem o que estava fazendo, tudo que ela queria era tomar um banho de chuva, dar a volta no quarteirão e então voltar para casa.

Mas aquilo era tão sem sentido, simplesmente sair correndo sem rumo jorrando alegria, Sils estava fora de si. Seu corpo vibrava numa dimensão diferente.

Estava acontecendo, era real, sonhos se realizavam, e a vida era maravilhosa demais. No fim ela correu oito quarteirões, só então parou arfando com as duas mãos no joelho. Ela ficou ali alguns instantes, embaixo da marquise de uma loja de sapatos.

Já perto da hora de voltar, uma mulher a chamou pelo nome. Ela olhou assustada. Não fazia ideia de quem era.

— Você é Gabrielle Sils? — a mulher perguntou.

— Sim, sou eu.

— A garota nova-iorquina? Pode me dar seu autógrafo?

Sils olhou fascinada. Ela sorriu e então entendeu o que estava acontecendo.

— Minha assinatura? Você quer minha assinatura? — ela repetia, olhando estaticamente para aquela mulher que podia ser facilmente sua mãe.

— Claro! Eu adorei você no filme e minhas filhas passam o dia falando de você! Quando eu chegar em casa... Acho que elas vão cair para trás.

Sem demora, Sils pegou a caneta e escreveu seu nome.

Na volta ela correu a todo vapor, chutando as poças de água enquanto a chuva caía impiedosamente em sua cabeça e as pessoas a reconheciam gritando por onde ela passava.

Garota nova-iorquina!

Ah, meu Deus! A garota nova-iorquina! Vejam!

Olha a chuva, garota nova-iorquina!

Eu te amo, garota nova-iorquina!

Case comigo, garota nova-iorquina!

Perto de casa Sils parou embaixo de uma biqueira, apenas pulando e girando deixando a água descer sobre a cabeça, então olhou para trás e viu a multidão na chuva olhando e acenando para ela. Então, apenas fechou os olhos e sorriu, deixando a chuva bater em seu rosto.

Não, ela não era a garota alemã, também não era a garota italiana.

Ela era a garota nova-iorquina.

"O que eu estou fazendo da minha vida?"

Diante do espelho, Kardner alinhava sua gravata borboleta, ao passo que remoía os recentes eventos da campanha. Ele ainda estava assustado com o que tinha acontecido com Riley e não importava o quão elegante estivesse naquele smoking, nem as piadas ensaiadas.

Os pensamentos só sintonizavam na insegurança de sua liderança junto ao partido. Sua candidatura era apenas um golpe de sorte.

Ele tinha pesadelos com seu tio gritando com ele: *"Os democratas dominam Nova York há mais de vinte anos, quem você pensa que é?"*

Mas era preciso ser mais rápido. Aquela noite estava reservada para o seu primeiro evento de campanha como candidato a governador, o que incluía o tradicional jantar grego beneficente no arranha-céu Sommer. O jantar era uma cortesia do rei das bebidas de Nova York, Karoslav Sommer, onde ele requisitava políticos, celebridades e empresários da cidade para leiloar qualquer coisa de valor para a caridade, enquanto se embriagavam prometendo apoios de um lado a outro.

Não seria difícil advinhar quem estaria lá. Ela mesma, Gabrielle Sils, que chegara cedo ao evento para logo ser cercada por uma multidão de fotógrafos, luzes, câmeras, acenos e beijos lançados pela multidão. Todo mundo queria um pouco da namoradinha da América.

Ela caminhou devagar na entrada, com a cabeça baixa diante dos flashes. Enquanto os seguranças do estúdio abriam caminho, cabeça alta para alguns, acenos e sorrisos que não eram poucos. Ela estava radiante, usando um vestido de grife, azul-turquesa, busto aberto com um colar de rubi, e seu cabelo loiro tinha um coque alto, com duas mechas finas paralelas às orelhas.

— Onde está Kardner? — perguntou Frank a Mackennan, na entrada. Estava impaciente.

O marqueteiro abriu os braços argumentando que tinha deixado bem claro o horário.

A festa acontecia no lobby do Hotel Sommer, em um grande salão de forma triangular. As mesas democratas e republicanas se mantinham em seus respectivos cantos. Sils, convidada pelos executivos da MGM, estava sentada do lado democrata.

Mas a Garota Nova-Iorquina não teve muito tempo para se acomodar. A cada minuto os garçons se revezavam com bilhetinhos de homens querendo dançar. Havia vários tipos de pretendentes, desde os conhecidos de Hollywood a playboys da cidade, passando por velhos ricos a empresários estrangeiros. Ela se fingiu de desentendida.

Mesmo assim, não pôde impedir a aproximação de Ron Bursa, quarenta e quatro anos, um diretor e produtor da MGM, o mesmo estúdio dela. Ele rapidamente chegou, se apresentou e sentou-se ao lado de Sils para tentar a sorte.

— Deve estar sendo difícil para outras mulheres hoje.

Sils apenas sorriu sem graça. Ele era bem mais velho e estava visivelmente embriagado. Sils não se deu ao trabalho de sequer proferir um monossílabo em retorno. Se ele quisesse atenção teria de apelar.

— Sabe, comprei os direitos de uma nova produção para rodar no próximo semestre, um drama de época da guerra civil, estamos buscando uma protagonista.

Foi o suficiente para ela arregalar os olhos e bombardear o homem com uma barragem de interrogações sobre a história. Bursa era um produtor poderoso em Hollywood. Sils já tinha ouvido falar que ele era um lendário criador de sucessos, conhecido por todos. Já que ele dizia que tinha uma boa história, então era melhor acreditar.

Logo a conversa tinha ganhado corpo, e eles não conversavam com mais ninguém ao redor. Até que Bursa se levantou, tocando o ombro de Sils.

— Vou pegar uma bebida, você quer algo?

— Não bebo, obrigada!

— Posso trazer apenas água, então?

Ela deu sinal positivo. Bursa caminhou pisando forte e salivando como um marinheiro que tinha acabado de chegar de viagem. Ele se aproximou do balcão, pedindo dois copos, então discretamente tirou a cartela de comprimidos do bolso. Tudo estava saindo conforme o planejado. Ele não queria lutar muito. Já havia feito aquilo com outras jovens atrizes e seria mais fácil estuprar a garota nova-iorquina se ela estivesse drogada.

✶ ✶ ✶

— Onde você estava? — Frank perguntou, dando um leve tapa no peito de Kardner.

No hall de entrada do salão, o advogado explicou ao pai que não estava seguro de sua candidatura. Talvez, Dom estivesse correto. Aquela era realmente uma campanha impossível. Frank apenas o aconselhou a conversar com outras lideranças do partido, escutar suas demandas e realizar acordos. Basicamente, precisava dar atenção para formar alianças e não lutar sozinho.

— Faça isso! Mais tarde vá para o discurso com calma. Não tem como dar errado. Os retardados democratas ainda não escolheram o candidato. Nós podemos vencer esssa eleição! Essa é uma boa oportunidade para nos mostrarmos mais unidos e organizados para derrotá-los.

Do lado democrata, a conversa entre Sils e Bursa afunilava na direção do crime. Havia mais de três mil convidados naquela noite, as mesas de Sils e Kardner estavam separadas por quase quinhentos metros, além do campo de visão totalmente bloqueado. Todos os convidados se mantinham de pé, enquanto não havia discurso.

— Sils, ouça! Eu… eu fico um pouco sem graça de nos aprofundarmos aqui, com todo mundo olhando, entende? Eu vou viajar amanhã para fora do país e provavelmente não nos veremos durante meses para falar de contrato… Talvez devêssemos procurar um lugar mais discreto, para não gerar especulações e manipulações, você sabe...

— Ah, sim! Claro, senhor Bursa!

Do lado republicano, Kardner estava atordoado, pois não conseguia dar conta daquela situação. A todo momento, a cada segundo, um novo delegado chegava, depois um prefeito com uma tropa de deputados.

Então, aquele ritual batido: abraço, tapinha nas costas, expressões retóricas típicas de amigos de infância, algo como: "Você tá tão sumido rapaz, apareça!", piada com a gravata borboleta torta, piada com democratas, piada com velhos, piada machista e por fim, a única razão de estarem ali: o preço do apoio.

"Preciso trocar o piso do meu hospital", "Preciso urgentemente reforçar o pilar da ponte Dixon", "Tenho uma sobrinha formada em contabilidade, ótima menina, muito boa, acho que seria ótima na sua administração".

Kardner ia cumprimentando, falando, apertando mãos, sorrindo e dizendo sim de forma tão desenvolta e rápida que o próprio pai se impressionou. Ele era um advogado de sucesso, claro que sabia jogar. O jogo, porém, no fundo ele sabia que não fazia sentido. Todo aquele jantar luxuriante, todas aquelas pessoas desesperadas por uma teta do poder, sua candidatura não tinha nada em comum com aquilo. Por isso, em seu íntimo, ficava mais triste à medida que a noite se aproximava de seu primeiro discurso oficial.

★ ★ ★

— Senhor, todos os quartos estão ocupados. O edifício Sommer era um arranha-céu, pouco menor que o Empire State Building, com um grande hotel cinco estrelas de mesmo nome na parte baixa.

Hotel cujos quartos não veriam a sombra de Bursa e Sils.

— Tem certeza disso? — Bursa perguntou de froma retórica ao gerente.

— Sim.

Bursa pegou o gerente pelo braço e discretamente o afastou da multidão, colocando duzentos dólares em sua mão. Não importava o que, quando ou como. Ele tinha de conseguir ficar a sós com Sils, nem que tivesse que roubar o quarto de alguém.

— Senhor, se quer apenas para uma conversa discreta, posso levá-lo ao topo do prédio, apenas o senhor Sommer tem autorização de ir lá. Tem um heliponto lá, mas não vai chegar nada... Mas tem de prometer que...

Antes que ele terminasse, Bursa prometia não contar nada a ninguém. O plano tinha saído um pouco do caminho, mas ainda servia e, talvez para Bursa, aquele velho asqueroso e doente, Sils não seria capaz de recusar nada, se estivesse para cair de um arranha-céu.

Kardner fez seu primeiro discurso como candidato oficial e até que não tinha ido de todo mal. Ele pediu uma chance, quando no fundo era isso que pedia a si mesmo. Uma chance, uma resposta para seguir em frente com aquilo tudo.

Talvez a resposta tivesse chegado já muito tarde, porque somente na parte final do discurso ele viu quando Riley chegou numa cadeira de rodas e foi simplesmente ostracizado numa mesa a quilômetros de distância. Ele percebeu que pouquíssimos republicanos chegavam aonde ele estava para cumprimentá-lo. Seus escudeiros mais fiéis agora olhavam Kardner como ovelhas esperando seu pastor.

"Meu Deus, o que estou fazendo aqui?"

Ele encerrou o discurso e caminhou para os fundos, dando um aceno a Mackennan. Ele queria ir embora, estava sufocado com aquele ambiente, iria para casa, sentaria na escravinha e escreveria seu discurso de desistência.

— Você não pode fazer isso! — Mackennan berrou.

Kardner se fez de surdo, apenas caminhou rumo à saída. Mas o trânsito na saída estava impossível. Kardner chamou o gerente pedindo para usar o telefone. Ele sabia que o prédio tinha um heliponto no topo e se ele não conseguisse sair por terra sairia pelo ar.

Bem mais acima, Ron Bursa e Sils chegam ao último andar, o elevador se abre e dá para uma sala em L que leva a uma escada em espiral, a qual termina no teto do prédio.

Para desespero dele, Sils não tinha bebido seu copo. Alguém uma vez tinha lhe dito que era charmoso segurar uma taça cheia. Quando eles chegaram ao topo, a garota nova-iorquina teve orgulho do próprio apelido.

O vento bateu em seu rosto, um vento frio e puro como o da colônia, fazendo-a lembrar um pouco da trajetória que a fez chegar aonde estava: literalmente o topo. Mais embaixo, Nova Yorque era uma floresta de luzes, cintilando seu brilho para além da atmosfera. Já não se ouvia tanto o barulho dos carros. Era apenas Nova York do ponto de vista dos anjos à luz das estrelas.

✱ ✱ ✱

— Senhor, não tem autorização para usar o heliponto. As luzes do perímetro não estão funcionando. — O gerente estava esperando.

— Tem certeza? Eu acho que podemos dar um jeito... — Kardner avisou que estava chegando lá.

Com o suborno de praxe, o gerente colocou Kardner na trilha do heliponto no topo do prédio. Sem perder um minuto, o advogado se enfurnou no elevador.

No último andar, o advogado negociador saiu apressado, buscando se situar na direção da escada que o gerente tinha falado. Mas antes de alcançá-la surgiu um obstáculo: Joe Mackennan.

— Você não pode desistir da eleição!

— Mackennan, me deixe apenas ir para casa. Olha, eu estou cansado, vi gente hoje que nunca imaginei ver na vida. Eu sorri para pessoas por quem eu tenho nojo, fiz promessas que juro quebrar. Me deixe apenas ir para casa e depois conversaremos.

Kardner estava decidido, mas precisava despistar seu marqueteiro.

Um andar acima, Bursa e Sils estavam rindo e conversando sério, até que ele finalmente perdeu a paciência apontando para o copo.

— Não vai beber?

Ela sorriu, então levantou o copo como se quisesse brindar, já ia aproximando o copo da boca. Então parou, assustada.

Alguém estava entrando pela porta de acesso. Era Kardner, bem a tempo.

— Boa noite! — Kardner disse timidamente, carregando uma caixinha na mão direita.

Foi rapidamente respondido, enquanto se afastava.

Sils não acreditou. Mesmo com apenas a luz da lua, pôde reparar a semelhança. Seria aquele homem cabisbaixo e triste o sobrinho arrogante e poderoso de Dom Deschamps?

Àquela altura, o plano de Bursa tinha ido por água abaixo. Uma testemunha havia chegado. O hotel tinha todos os quartos alugados e Kardner não era uma testemunha qualquer, era o advogado mais famoso de Nova York.

Uma única ligação dele arrepiaria os cabelos dos procuradores da cidade para desarquivar todas as denúncias das vítimas de Bursa. Por que Kardner faria isso? Bursa era um entusiasta e grande doador democrata, na menor oportunidade os Deschamps o empurrariam para a frente do ônibus.

— Meu Deus! Onde estou com a cabeça? Senhorita Sils, combinei de encontrar com Gregory Peck agora às nove e meia. Teria problema conversarmos depois?

Sils, que estava meio enfeitiçada com a presença de Kardner, apenas acenou positivamente.

★ ★ ★

De costas para Sils, rente ao parapeito, Kardner permanecia fitando a selva de pedra nova-iorquina O homem apelidado pejorativamente de "Anjo" sentia-se confortável nas alturas.

Sils não se fez de rogada, lentamente foi se aproximando do parapeito.

— Desculpe! Mas o senhor é Kardner Deschamps?

Sem virar de costas, ele apenas fez um sinal positivo com a cabeça. O mais educado seria o advogado se virar, apertar a mão, perguntar o nome dela; ora, convenhamos, não era apenas educação era uma obrigação moral para um político. Mas Kardner já não se considerava um.

— Está tudo bem?
— Estou pensando em desistir.
— Não! Pelo amor de Deus, não faça isso!

Kardner se virou com um sorriso no canto do lábio, abriu a caixa que tinha nas mãos, puxando uma vela de faísca; já não era exatamente o itinerário de quem ia se matar.

O advogado negociador não era um homem fatal, ao contrário, tinha "o olhar do anjo". Seu semblante era bonito. Tinha a presença elegante e calma. Sua face andrógina, quase feminina, fazia jus ao apelido.

— Vou desistir da campanha para governador de Nova York. Esse era o meu sonho. Mas eu não tinha noção da dimensão do que seria necessário para vencer uma campanha para governador. Não estou disposto a sacrificar quem eu sou e o que acredito, porque eu não confio nas pessoas que estão ao meu redor. Me desculpe! Sei que você não tem nada a ver com isso. Apenas não foi o roteiro que eu planejei.

A bem da verdade, era um pouco surreal aquela cena. Kardner estava a cinco metros de Sils, ofuscando a penumbra com uma vela faiscando para tudo que era lado. A atração foi imediata, mas o advogado se sentia muito idiota segurando aquela vela e a garota nova-iorquina sabia que os Deschamps não tinham boa fama. Mas, um dia, ela também tivera um sonho e foi preciso algumas pessoas no caminho para convencê-la a seguir em frente e acreditar em si mesma.

— Se me permite um adendo, alguém uma vez me disse que grandes sonhos exigem grandes escolhas. E eu pensava que era sobre minhas ações e ideias, mas ia além disso. Era sobre confiar e ganhar respeito. Durante a minha jornada, eu tive de sacrificar aquilo que era mais conveniente e seguro para confiar em outras pessoas. Agora, as pessoas nas quais eu confiei me respeitam, não porque eu sempre precise confiar nelas, mas porque eu busco reciprocidade. Confie nas pessoas que um dia precisarão confiar em você.

Kardner escutou bem o ultimo trecho: "Confie nas pessoas que confiam em você", e de repente veio aquela epifania. Não! Ele não ia confiar em ninguém previamente tido como honesto. Ele ia apenas engambelar alguns enquanto ganhava tempo. Sils notou espantada a face de Kardner se acender diante das faíscas.

Kardner percebeu sua inonência, porque ele estava esperando carinho e afeto daquelas velhas sanguessugas? Na sua cabeça o script estava pronto.

"Mantenha os amigos perto e os inimigos mais perto ainda".

— Claro! Claro! Porque não foi a minha escolha esse roteiro de ser vice, depois líder. Enfim, é lógico que as lideranças regionais iriam vir aqui me chantagear com mil e uma coisas, eu não sou um líder ainda, não sou governador eleito, sequer sou mencionado em pesquisas!

— Isso! Exatamente! — Sils respondeu sorrindo, sem saber bem de que se tratava.

— Se eu for eleito, sendo um líder popular, esses idiotas não terão margem de negociação comigo. O povo estará ao meu lado e foda-se quem achar ruim. Confiança e respeito! É isso! Não dê confiança hoje a alguém de quem você não possa ganhar o respeito amanhã!

O advogado sorria olhando nos olhos de Sils. Finalmente, ele tinha reformulado seu pensamento e entendido um pouco mais do jogo. Quando ele tivesse a caneta nas mãos, as coisas seriam diferentes. O que ele não podia ter mais nas mãos era a vela de faísca.

— Ai! — Sils tomou um susto ao ver Kardner jogar o braço para cima lançando a vela ao longe. A chama tinha descido até seus dedos.

A garota nova-iorquina se aproximou, segurando a mão queimada de Kardner,

— Não queimou! Está tudo bem.

Agora eles estavam com os corpos bem próximos. Kardner olhou nos olhos de Sils, tentando ser gentil e grato pelo conselho. Também ficou apreciando a face da menonita iluminada pela luz da lua. Agora ali, com Sils, respirando o mesmo ar, ele tinha uma sensação, um sentimento confuso.

— Não me entenda mal. Eu sei que somos dois estranhos no topo de uma arranha-céu... Mas eu não sei. Tenho a impressão de tê-la visto antes.

De fato, ele não tinha visto a jovem. Só havia falado com ela meses atrás, durante uma viagem no trem escuro da Pensilvânia. Mas seu quase coma alcólico não lhe faria lembrar. Já Sils estava no começo do flerte. Com a fuga de casa, havia muita ansiedade, tinha medo de tudo, quanto mais de um estranho sentando-se ao seu lado num trem escuro. Ela havia bloqueado o máximo possivel aquela memória.

Sils ainda era um pouco tímida para o seu status de estrela. Ela notava que as pessoas mudavam da água para o vinho, quando sabiam quem ela era. Foi quando Kardner puxou outra vela da caixa e acendeu.

— Por que essas velas?

Kardner explicou que um helicóptero viria buscá-lo. Mas, como as luzes do perímetro não funcionavam, ele apenas disse ao piloto que iria segurar algum tipo de luz. Desse modo, a luz da vela tornou pública e notória a localização do edifício Sommer. Ele se virava para pousar.

Sils argumentou o óbvio, se aquilo não era perigoso. De fato, era! Mas em 1968 a aviação ainda era uma tecnologia nova, com muita da sua legislação ainda bem aberta. Ou seja, aquilo que não era proibido era permitido.

— Sim, bastante. Mas não há lei proibindo, então... não se preocupe, o pior que pode acontecer é dar um erro no pouso e uma hélice decepar nosso corpo... uma morte rápida e indolor e cheia de glamour no topo de uma arranha-céu!

A garota nova-iorquina deu quatro passos para trás.

— Bem, não posso ficar, tenho de ir. Há uma cláusula no contrato que me impede de estar em lugares em que eu conscientemente identifique um risco à minha integridade física. Se estiver, posso ter meu contrato rescindido.

— Contrato que impede de estar num lugar de risco anormal? Quem é você? Espera! De onde eu te conheço?! Ei? Volta aqui!

Sils era uma mulher ética e muito correta com seus compromissos, mas a verdade era que uma parte dela queria ver Kardner insistir. Agora, com um espaço corporal maior, ela podia parar se virar e falar a verdade.

— Eu sou uma atriz de Hollywood, fui a intérprete de Garota nova-iorquina. Talvez você tenha me visto em algum cartaz, ou no filme, não sei...

Kardner arregalou os olhos, se inclinando para a frente. Ele não era um cinéfilo, longe disso, gostava de alguns dramas indicados por alguns intelectuais, e naquele período de formação de campanha seu foco era muito voltado ao trabalho. Os Deschamps eram obcecados, ainda assim ele tinha ouvido aquela expressão "garota nova-iorquina" nas rodas de conversa.

Kardner balançou a cabeça sorrindo, como se aquilo fosse algum tipo de zoação.

— É sério! Eu sou a intérprete de Garota nova-iorquina. Posso saber a razão do ceticismo?

Kardner suspirou, abaixou a cabeça, depois olhou nos olhos de Sils. Aquilo era meio estranho, mas era verdade.

— Celebridades de Hollywood não se dão bem com republicanos, especialmente celebridades democratas. Não há muita amizade entre nós.

— Eu posso provar se você quiser.

— Prove!

Sils apontou para o céu, sobre o ombro direito de Kardner, avisando que o helicóptero estava chegando. Kardner virou o rosto para olhar, mas não conseguia ver de onde vinha, nesse momento a garota nova-iorquina caminhou rapidamente em sua direção, agarrou a lapela do smoking com as duas mãos e simplesmente tascou um beijo nos lábios de Kardner por uns bons vinte segundos.

O advogado permaneceu imóvel, apenas afastou um pouco a vela de faísca e com a mão livre fez um sinal de legal para um ser inexistente. O poder e o querer para tomar a iniciativa estavam dentro dele, mas seu estilo era diferente. Kardner era um metrossexual, gostava do ritual, bons restaurantes, conversas sobre visões políticas, falar sobre a Europa, sobre Gaudí, o Jardim de Keukenhof e, no final, o beijo.

Um homem metódico à espera da mulher metódica. Mas naquela noite nada estava saindo dentro do roteiro. Sils era uma mulher acostumada com o acaso e o caos. Ela tinha pouco tempo antes de a helicóptero chegar. A chance tinha de ser aproveitada.

Quando ela soltou Kardner, eles se olharam sorrindo, então Sils caminhou para trás ainda de frente para o advogado. Era hora de ir.

Kardner abriu os braços ainda meio aturdido.

— Quer dizer então que é assim, você simplesmente me beija e vai embora?

— Sim! — Ela apenas sorriu olhando em seus olhos, enquanto caminhava lentamente de frente para trás.

Obcecado, ele não se conformava.

— Você não me diz seu nome. Você não me diz onde mora?!

Ela apenas balançava a cabeça, rindo da situação de Kardner.

— É sério? Você não pode fazer isso, você tem que falar algo. Por que me beijou?

Sils já não disfarçava seu riso.

— Eu achei que seria uma cena interessante. Um beijo técnico, nós dois no topo de um arranha-céu, sob a luz das estrelas, com ninguém olhando, roubar um beijo de um advogado famoso, poderoso candidato a governador...

— Você não pode ir embora assim, sem mais nem menos.

— Claro que posso! E vou! Se com um beijinho você já está louquinho por mim, imagine se eu dissesse meu nome e onde moro.

— Não estou louquinho por você! Foi você quem me beijou. É você quem está louquinha por mim.

— Então posso ir embora?

Nem mesmo Sils sabia, ela estava apertando os gatilhos de Kardner. Além de ser extramente controlador, ele se gabava de ser um advogado persuasivo e, naquele contexto, mais parecia um adolescente inseguro.

— Não! Pelo amor de Deus, me dê uma chance! Uma noite, só eu e você. O restaurante é escolha sua, a hora, o dia, tudo você! Eu só quero meia hora da sua atenção. Em meia hora você vai entender quem eu sou!

— Você acha que é o primeiro homem que me faz essa proposta?

— Há muitos! Mas ninguém está mais perto do céu do que eu!

— Preciso de algo a mais, confiança e respeito, lembra? Palavras e promessas bonitas não movem meu mundo! Você ganhou minha confiança hoje à noite, mas será capaz de ganhar meu respeito amanhã?

Sils se virou e dessa vez não iria voltar mais. Kardner permanecia intrigado e inconformado.

— Mas como eu vou saber de você? — Com Sils já na soleira da porta, o advogado tornou a gritar. — Como vamos nos encontrar de novo?

— Essa é a parte em que você ganha meu respeito!

Ela respondeu e saiu porta afora.

✶ ✶ ✶

Cinco minutos depois que o helicóptero chegou, Kardner entrou, frenético. Mal conseguia se sentar. Uma noite louca, do inferno ao céu em poucas horas. Sem demora, perguntou ao piloto o nome da protagonista de Garota nova-iorquina.

— Gabrielle Sils.

— Sabe onde ela mora?

Piloto e copiloto o olharam confusos, como se Kardner os estivesse confundindo com algum tipo de paparazzo.

No edifício Sommer, descendo o elevador, Sils permanecia fantasiando com o beijo de Kardner. Fora tudo tão rápido que agora ela se assustava com sua intempestividade.

Ela poderia ter dito seu endereço e seu nome. Não é que ela quisesse apenas fazer Kardner se esforçar, a questão era que Kardner era um político, candidato ao governo do estado, os assessores da MGM já tinham dado a cartilha, aconselhado mil vezes a não se envolver com figuras controvertidas.

Ela fizera o que fizera muito mais como um ato de rebeldia, para dizer, "Olha sou livre, se quiser beijá-lo, vou beijá-lo". E talvez ficasse só naquilo, uma noite de rebeldia, talvez eles nunca se vissem novamente, e ao menos ela saberia que tinha aproveitado algo, não apenas o beijo roubado, mas ter aconselhado Kardner a continuar na campanha.

Ela nunca saberia que, na verdade, inadvertidamente Kardner a tinha salvado de um abuso com sua simples presença. Ela nunca saberia que ele era o homem do trem que tinha proferido aquela bela poesia. Óbvio e natural alguém deduzir que há excesso de protecionismo e cautela na situação.

A questão é que, infelizmente, a nossa sociedade ainda resume a mulher ao seu parceiro masculino, suas visões políticas, ideias, gostos. No momento em que Sils aparecesse de mãos dadas com Kardner, as pessoas fariam isso com ela.

Aquela filosofia de confiança e respeito fora ensinada a Sils pelo estúdio; se o público americano não pudesse confiar em Kardner hoje, porque respeitariam Sils amanhã?

A verdade é que Sils achava que havia ganhado o respeito do estúdio depois de tudo, e estava na hora de ter seu justo reconhecimento.

★ ★ ★

Três meses para a eleição.

Nem mesmo uma curta viagem de férias de três dias conseguira diminuir a obsessão de Kardner pelo trabalho, afinal, ele era um Deschamps. Por isso não era incomum ele chegar ao amplo e bem decorado escritório em East Side Manhattan num nível diferenciado de taciturnidade.

Agora era para valer. A sorte tinha sido lançada, e ele daria seu melhor no jogo.

Ser o candidato a governador não estava exatamente nas cartas, não naquele ano, e agora faltando três meses para eleição, ele estava mais tenso e neurótico do que o costume.

— Senhor Kardner, bom dia! — disse cada um dos 12 membros do núcleo duro de campanha.

Mas não houve resposta, Kardner costumava dar bom-dia, mostrar recortes de jornal sobre a campanha, tamborilar os dedos nas escrivaninhas alheias, tudo isso em meio a goles de café expresso, devidamente preparado para acompanhar biscoitos.

Biscoitos roubados das escrivaninhas de seus assessores, já que Kardner era conhecido por ser pão-duro. Um pão-duro amante de biscoitos.

Ele ainda estava pensando sobre o atraso que o livrara das balas que atingiram Riley. Era um sinal ou o quê? E por que ele queria tanto um sinal? Kardner podia pensar que seu ego quisesse fazê-lo sentir-se especial com a escapada da morte.

Ele não entendia que seu anseio por um sinal era, em parte, um reflexo da profunda solidão que sentia desde a infância, quando ninguém parecia falar a mesma língua que ele.

Quanto a Sils, ele já havia acionado a rede de informantes do seu escritório e naquele mesmo dia um famoso paparazzo ia conversar com ele. Quanto mais ele descobria os números, as manchetes e toda a idolatria, mais ele mesmo ia se deixando envolver pela aura mitológica da garota nova-iorquina.

Rapidamente sua secretária cortou a sua frente, avisando que seu tio estava lá para vê-lo. Não, não era Dom Deschamps, era seu outro tio Davi Deschamps o intelectual da família, escritor, psicanalista de 55 anos.

— Mande entrar.

Davi Deschamps entrou sem cerimônia, Kardner ainda estava de costas olhando a vidraça, enquanto o tio sentava no sofá ao lado, acendendo um cigarro.

— Achei que tivesse parado! — Kardner falou girando o corpo.

— Você se deita com mulheres de esquerda, por que não posso fumar?

— Você não soube? Tio Dom me fez prometer que vou me casar com uma judia, ter dois filhos, um tem de ser chamado George Tchaikovski e essa mulher não pode ser de esquerda, tem de ser judia que goste de gatos com nomes de figuras controversas da história.

Davi riu alto.

— Ele quer garantir a longevidade do nome da família, acha que Hitler vencerá se desaparecermos.

— Seu tio é assim desde pequeno, tudo tinha de ser do jeito dele, na hora dele, a gente tolera porque o desgraçado achou petróleo. Mas, não entendi a parte do judaísmo, isso é Deus?

— Não sei, acho que a perspectiva da morte mexeu com ele.

Nessa hora, Kardner e o tio trocaram um olhar profundo, o próximo tópico da conversa era claro.

— Por falar em Deus — Davi falou, se levantando sem graça, olhando a vidraça —, soube do atentado com Riley e do seu atraso, você está pensando...

Kardner se antecipou, virando diretamente para o tio, então se aproximou e segurou os braços dele, como se tivesse esperado aquele momento por anos.

— Se estivesse no meu lugar, o que pensaria? Se estivesse escrevendo um livro, o que colocaria nos meus pensamentos?

— No seu lugar não sei o que pensaria. Se estivesse nos seus pensamentos, colocaria que você é o escolhido. Ia vender bem!

— Mas escolhido para quê? É estranho, mas, não sei como, parece que sim, tenho a sensação de que fui escolhido para fazer alguma coisa grande. Mas eu não consigo deixar de me reprimir achando que é apenas meu ego me dizendo aquilo que quero ouvir.

— Como assim, algo grande? Tipo um chamado?

— Quero que as pessoas se lembrem de mim como alguém revolucionário!

Kardner fez um aceno, girou o corpo, dando as costas ao tio. Ele amava contemplar pela vidraçaria. Aquele espetáculo de natureza e concreto sempre traziam à tona um sorriso em seu rosto.

Sua contemplação, como de praxe, seria interrompida pela secretária.

— Kardner, Kardner!

Era o aviso de que o paparazzo havia chegado com um dossiê.

Kardner fez um sinal para a secretária, olhou para o tio, vestiu o paletó, mas não sem antes uma última pergunta:

— Depressa! Nesses três meses de campanha, algum conselho especial?

— Caso se apaixone, certifique-se de que é judia. Agrade quem paga sua campanha!

— Ótimo! — disse Kardner, sorrindo.

Kardner sorriu, apertando a mão do tio e o acompanhando até o elevador.

— Sils tem um problema. — O paparazzo já chegou sentando no sofá e bebendo o café de Kardner. —, está com dificuldades para renovar seu contrato com a MGM. Ela quer o fim das cláusulas de controle de risco, vetar um de três filmes oferecidos e equiparar seu salário com os seus protagonistas masculinos, já que ela gera ainda mais receita que eles.

Isso era informação extrafresquinha, fazia jus um bom pagamento; de resto, Kardner agora sabia onde Sils vivia, seus gostos, o restaurante que frequentava, seu prato predileto...

O advogado se levantou sorrindo; ele tinha tudo, seu informante já sabia o que vinha e estava preparado.

— O que nós temos sobre a MGM?

Basicamente os podres do estúdio. Kardner era um advogado acostumado a negociar. Ele sabia onde doía. O paparazzo colocou o envelope com os papéis nas mãos do advogado.

Com o pagamento nas mãos, o informante já estava de saída, quando Kardner gritou:

— Isso é verdade? Sobre Ron Bursa?

O paparazzo pausou a fala, ele estava assustado. Kardner dificilmente perdia a compostura, mas a pele fina de seu rosto deixava claros seus sentimentos. Ele estava vermelho de ódio.

— Sim! Todo mundo no circulo de atores e executivos de Hollywood sabe. É um segredo falado.

Ele se assustou consigo mesmo ao perceber que estava saindo de si ao perceber que Sils estava em risco.

Tudo isso e aquela conversa risonha sobre mulheres judias, a perspectiva com Sils, tudo tinha despertado outra reflexão. Ele questionava sua solidão, uma velha conhecida com quem ele compartilhava uma relação de amor e ódio. Era verdade que em campanha política, um casal sai mais poderoso.

Sua mente vagueou por antigos relacionamentos, sonhos de um juvenil — ele considerava. — Havia desistido de encontrar alguém, mas talvez a hora tivesse chegado.

★ ★ ★

Durante todo o transcorrer do dia, Kardner se manteve num estado alternado entre o meditativo sobre sua solidão e o excitante ambicioso, instigando-o a vencer apesar dela.

De fato, isso o motivou. Em Chinatown tudo correu bem, os chineses gostaram do que ouviram. Kardner, como sempre, negociou de forma clara e com propostas tentadoras. Falou bem, sabia que tinha uma oratória forte e a usava despudoradamente.

No restante do dia, fez alguns ajustes para a reunião com alguns empresários em Newark. Ao fim de mais um dia produtivo de trabalho, correu para casa para ver, ao lado do tio e do pai, Tom Sherman ser aclamado num gigantesco comício democrata televisionado para todo o público.

Tom Sherman era, assim como Kardner, um advogado de sucesso, homem de 40 anos, branco, família católica, descendente de irlandeses, bom orador e extremamente bem relacionado entre as elites nova-iorquinas.

De tudo isso, apenas um detalhe gritante pegou os Deschamps. A mulher de Tom Sherman era uma pura descendente de italianos do tipo que falava e gesticulava como se estivesse na Calábria.

Durante o discurso, soltou algumas palavras em italiano. Dois dos maiores grupos imigrantes de Nova York estavam ali, irlandeses e italianos.

✼ ✼ ✼

— Isso é problema! — Mackennan apontou logo.

— Não vamos fazer caso disso — Kardner respondeu já se antecipando ao que viria.

— Kardner, Kardner! — Seu pai interveio. — Mackennan tem razão, os maiores grupos imigrantes de Nova York, irlandeses, britânicos, alemães e russos podem se passar uns pelos outros, não há tanta diferença assim, mas os italianos são diferentes, têm aquelas feições mediterrâneas, o jeito católico, latino de ser. Eles podem se identificar facilmente. Se a comunidade italiana se unir em torno dessa chapa, estaremos em maus lençóis, porque eles vão puxar os votos dos gregos, espanhóis, portugueses...

— Vocês estão desconsiderando o fato de que são dois católicos.

— Não, Kardner! Eu sei, eu sei... Você está pensando em Al Smith, sendo ridicularizado na eleição de 1928. Kardner, o tempo passou, a aversão ao Papa diminuiu, não somos protestantes, somos judeus descendentes de franceses, e franceses não imigram para América, eles imigram para Quebec! Além do mais, a América já elegeu um presidente católico, mas o pior de tudo isso é um nome simples: Fiorello Laguardia, ex-prefeito de Nova York. Ele botou ordem na casa, colocou italianos em cargos-chave, fortaleceu a comunidade e fez com que o nova-iorquino médio passasse a admirar a comunidade italiana. Na minha opinião, esse é o ponto-chave que deveríamos considerar.

— Laguardia só foi eleito porque os nova-iorquinos estavam fartos da galera do Tammany Hall... Kennedy? Um presidente católico cuja família fala como protestante, anda como protestante e domina como protestante. Eu posso imitar esse traquejo protestante.

— Não há dúvida de que você vai ter de encarnar o melhor da virtude protestante — Mackennan respondeu. — Mas exatamente agora precisamos estancar o entusiasmo na comunidade italiana.

— Quer que eu me case com uma italiana? Vou logo avisando, não há muitas judias italianas. Se você conhece alguma...

Coube a Frank Deschamps a última palavra com um veredicto que todos aceitariam.

Kardner tinha de adotar uma imagem séria, honesta e disciplinada.

Antes de ir para casa, foi ao famoso bar de Irene, perguntando se ela queria comer algo gostoso. Ele iria pagar, desde que ela o escutasse. Ela aceitou e de cara ele perguntou o que ela tinha achado da convenção democrata. Kardner estava no modo pesquisa.

— Adorei! Nossa, um irlandês e uma católica italiana, você a viu? Tão simpática, tanta classe... E você, um judeu com cara de playboy, vindo de uma família rica. Se fodeu, cara!

— Minha família quer que eu encontre uma esposa!

— Não conte comigo!

— Sou tão terrível assim?

— Não — ela respondeu, com um meio sorriso. — Mas tem algo estranho na forma como você se relaciona, digo isso pelo que vivi e pelo que ouvi de outras meninas.

Kardner ficou em silêncio, e nenhuma palavra a mais foi pronunciada por ambos os lados. O advogado sabia exatamente do que Irene estava falando, era uma reclamação constante de sua família e amigos a sua capacidade de entrar no próprio mundo e ficar lá, como se outros seres humanos não existissem.

Aquilo era um paradoxo gritante na personalidade de Kardner. Ele havia sido ensinado a ficar no controle das situações, mas não era capaz de controlar a forma como simplesmente saía do ar, tragado pela imaginação.

De fato, Kardner era um feixe de contradições. Em um minuto ele podia se comunicar bem, fazer as pessoas rirem e sentirem como se ninguém mais no mundo existisse. No outro, elas podiam passar dançando diante de seus olhos, que ele não esboçaria nenhuma reação.

— Você pode dormir comigo hoje? Não se preocupe, sem sexo, só quero que durma comigo, não quero dormir sozinho, preciso dormir a noite toda, amanhã tenho comício e à noite ainda vou para Little Italy.

— Não sei como minha presença vai ajudar, mas durmo, se você der uma palestra lá na faculdade.

— Feito!

Aquilo iria ajudar, pois durante anos ele sofria com insônia, tinha espasmos noturnos que o faziam acordar com palpitação, mas o pior eram os pesadelos.

★ ★ ★

Já na cama, Irene deitou e virou de lado, não sem antes lhe fazer uma última proposta. Ela queria fazer sexo, mas aproveitou para negociar com seu desejo.

— Faço sexo com você se me prometer que vai salvar Pennsylvania Station.

— Ok! Mas, salvar do quê?

— Ela vai ser demolida. Pennsylvania Railroad está quebrada e já anunciou que vai vender os direitos aéreos sobre a estação ferroviária.

Kardner se limitou a rir, balançando a cabeça.

— Bobagem, essa conversa existe há anos, eles não podem demolir a Pennsylvania Station. Seria um crime de lesa-pátria! É simplesmente a coisa mais linda em termos de arquitetura de Nova York. Não precisa nem de sexo.

Kardner havia sido ensinado a vida inteira a ser frio e a fazer cara de Pôquer? Mas, contraditoriamente, era extremamente sensível à beleza da arquitetura clássica e aos jardins simétricos. Nada, absolutamente nada na terra podia emocioná-lo mais do que castelos, fontes e jardins.

— Se você esperar até a próxima semana, talvez não dê tempo — Irene insistiu.

— Relaxe, ninguém vai mexer com a Pennsylvania Station, o pessoal não deixa. Vamos dormir.

Irene virou ao contrário irritada; ela queria fazer sexo, mas não queria pedir diretamente. Kardner simplesmente fechou os olhos, rezando para o Deus dos ateus para que ele dormisse logo e tivesse todo o potencial para usar no dia seguinte.

Aquilo também era seu modo de dizer: "Não preciso de mulheres para ser feliz". Vez por outra ele passava longos períodos sem relacionamentos, apenas para se testar. Queria mostrar a si mesmo que sua vida não seria afetada por nenhum tipo de estímulo externo.

A única coisa que parecia resistir em sua saúde era uma espécie de sono irregular. Mas isso não importava agora. No dia seguinte, pela manhã, em Newark, tinha de ser mais duro e objetivo que um protestante, fazendeiro norueguês. À noite, tinha de ser um extravagante católico de Gênova.

Ao menos era essa a estratégia que Mackennan o fazia engolir.

Nova York e Helena de Troia

EM LITTLE ITALY, SILS ALMOÇAVA NA CALÇADA DO ASCORI, seu restaurante italiano favorito em Manhattan, enquanto esperava o Siciliano. Eles iam discutir a renovação de contrato que naquele ponto parecia empacado.

Para a maioria das pessoas em nosso mundo capitalista, aquilo não faria sentido, pois bastava a garota nova-iorquina acenar no mercado e uma chuva de estúdios lhe estenderiam o tapete vermelho. A questão é que ela tinha gratidão, gostava dos laços familiares construídos nas equipes em que trabalhava.

Ela tinha especial gratidão pelo diretor executivo do estúdio, Emanuel Dalari. O homem que lhe dera uma chance.

Por isso, toda aquela atmosfera de insegurança profissional era insuportável. Ela já tinha terminado a refeição e pedido água três vezes. Nada do Siciliano. Era hora de ir embora. Ela levantou, pegou a bolsa, pagou a conta e quando se virou para chamar o táxi, parou praticamente a um palmo do rosto de Kardner.

O advogado negociador rapidamente a puxou pela cintura e ali mesmo na calçada lhe tascou um beijo na boca.

— Você enlouqueceu? — ela disse, enquanto se livrava dele.

Kardner apenas deu as costas para Sils caminhando na direção do carro que o esperava.

— Ei, não dê as costas para mim! Como você vem aqui, me beija na frente de todo mundo e me deixa?

O advogado se virou, sorrindo.

— Eu achei que seria uma cena interessante, meio-dia, bem nas calçadas movimentadas de Manhattan, com todo mundo olhando, roubar um beijo da supermegaestrela de cinema, Gabrielle Sils. Aliás, acho que foi um beijo técnico.

Sils balançou a cabeça sorrindo. Era a vez de Kardner brincar, por isso ele seguia caminhando em direção ao carro. O motorista abriu a porta traseira, Kardner virou o corpo, escorou o braço na porta e lentamente colocou os óculos escuros, enquanto encarava Sils.

— Ok! Mas, para ser sincera, tem um erro no seu plano. Isso não foi um beijo técnico. Não foi sequer um beijo razoável.

Kardner sorriu.

— Desculpe, mas não há lei definindo o que é um beijo técnico! E sim! Eu não fiz muito esforço. Se apenas com isso, você já está louquinha por mim, imagina se fosse para valer.

Sils não podia crer. Kardner tinha memorizado suas falas.

— Então você veio só para isso? Me beijar e brincar com a minha cara?

— Não! Vim te intimar. A palavra é "intimar" para que você saiba que hoje à noite, às oito, eu virei te buscar para sairmos e então... discutirmos essa obsessão louca que você tem por mim. Como começou? Quando se manifesta? E criarmos a cura.

— Me intimar? E se eu disser não à sua "intimação"?

— Bom, nesse caso, eu sei onde você mora, eu sei quem você é, os restaurantes que frequenta, seus passeios.... Eu posso aparecer quando você menos esperar e roubar muitos beijos ainda. E a cada beijo você vai ficar assim, me desejando mais e mais.

Sils percebeu que dessa vez não tinha como sair por cima.

— Parece que você não me deixa muito escolha.

— Essa é a parte em que eu ganho seu respeito! — Kardner disse, e simplesmente entrou no carro.

Sils apenas sorriu balançando a cabeça, dessa vez não tinha como fugir. O compromisso estava marcado e todos os jogos tinham chegado ao fim.

★ ★ ★

Little Italy.
Kardner não esperava a recepção daquele homenzinho gordo de um metro e meio lhe olhando torto de cima a baixo.

— Quando dois machos alfas se encontram é perigoso senhor Deschamps. — o Siciliano deixava bem claro o território, enquanto encarava basicamente o umbigo de Kardner.

— Siciliano, por favor! — Sils protestou.

O anão italiano chegou, girando ao redor do casal, olhando ridiculamente e tentando intimidar Kardner.

— Tudo bem, Sils. Acho que podemos ser amigos.

— Amigos? Não é assim não, senhor Kardner! Não pense que me engana só porque é rico e tem um cabelo sedoso maravilhoso. Nosso relacionamento está na fase 1 e não há nada, absolutamente nada, que possa fazer para mudar isso.

— Se eu lhe indicar meu xampu e cabeleireiro...

— Ok! Avançamos para a fase 2! Senhor Deschamps, está preparado para o questionário duro?

— Sim, estou!

Sils olhou ultrajada, enquanto o Siciliano puxava um caderninho e uma caneta.

— Bebe?

— Não.

— Fuma?

— Não.

— Problemas de fígado, coração, costas, hemorroidas? Tem diarreia crônica?

— Não, não, não e, definitivamente, não!
— Escova os dentes todos os dias?
— Sim.
— É muito rico?
Sils arregalou os olhos.
— Ah! Não sei, acho que...
— NÃO REPRIMA! — Ele gritou.
— Ok! Sim! Um pouco rico.
— Hum... Rico e arrogante. Você é uma pessoa disposta a emprestar dinheiro?
— Bem, depende de quem...
— Hum... Rico, arrogante e pelo visto pão-duro... típico Deschamps.
— Sim, empresto, sem problemas — Kardner falou, sorrindo.
— Gostei desse cara, Sils! Conheço ótimas igrejas e o vigário daqui... Ave-Maria. Menino, que homem de Deus. Até me arrepio! Olha, isso é Deus, hein!

Mortificada, Sils puxou Kardner porta afora.

★ ★ ★

Durante os três primeiros dias, Kardner e Sils se entregavam a uma viagem romântica cada vez que se encontravam. Quando o relógio marcava oito da noite, Sils sentia o coração bater forte; ela já sabia, Kardner chegaria em cima da hora, mas ele sempre tentava andar adiantado, para ser pontual. Não importava tanto agora essa pontualidade, ele estava mais flexível.

Não importava, porque a todo momento, a cada restaurante que iam, tinham a impressão de que era a primeira vez. No quarto dia, Kardner apareceu na hora do almoço e à noite; no quinto, ele lhe enviou pães alemães e italianos, mais uma cesta de flores no café da manhã.

Sils passou aqueles dias inebriada. Ela lia roteiros românticos e subitamente se via conversando com Kardner, mesmo que sua presença não estivesse lá, mas podia senti-lo vivamente.

Eles conversavam bastante, falavam da beleza da Pennsylvania Station, de seus valores familiares, a forma como buscavam viver uma vida simples, mas acima de tudo exemplar, uma vez que eram figuras públicas. Eles achavam que tinham o dever de contribuir para um mundo melhor e mais justo.

Kardner não conseguia crer naquela garota, eram idealistas do tipo que podiam passar horas falando de planos e sonhos de um novo mundo. Eles estavam se conhecendo, dia a dia, não havia namoro ainda. Kardner era um Deschamps e queria se assegurar de ter um tempo de paz ao lado de Sils antes de toda a muvuca que a imprensa iria fazer ao descobrir.

Por isso a extrema prudência. Eles estavam decorando um apartamento novinho que a garota nova-iorquina tinha se dado de presente. Eram coisas simples que davam um ar de normalidade para suas vidas tão agitadas.

Por seu turno, Sils tentava manter uma mente aberta. Ela esperava Kardner se mover, mas também sabia que as coisas precisavam amadurecer no seu tempo, pois ambos eram pessoas públicas. Ele um candidato a governador e ela uma celebridade nacional. Quando você está vencendo e tem coisas a perder, passa a medir bem os próximos passos.

No dia da mudança, ele a presenteou com fotos de tulipas.

— São da Holanda... Um dos países mais bonito do mundo.

Sils agradeceu, mas logo saiu para a cozinha; ela estava cansada, aquele era mais um dia do imbróglio com o estúdio. Kardner sabia de tudo, mas ela não tinha lhe dado a abertura necessária. Ainda não havia intimidade para aquele tipo de assunto.

Eles jantaram tranquilamente, enquanto assistiam a alguns programas na TV. Só então recostada no peito dele, Sils teve a coragem de começar a falar sobre um assunto que sempre tinha sido um tabu.

— Acha que podemos nos assumir esses dias, com toda a implicação na sua campanha? E todo o escarcéu na imprensa?

Kardner sorriu.

— Claro! Só estou ganhando algum tempo para que as pessoas não vejam isso, como se eu estivesse tentando capitalizar nossa relação politicamente. Você é uma estrela de cinema e as pessoas podiam pensar. Eu quero esperar até o primeiro debate e a pesquisa, daí já devo estar na frente e ninguém iria dizer que você seria um fator determinante nessa corrida. Você entende? Eu não quero que eles envolvam você nisso. Você não tem nada a ver com essa sujeira!

— Entendo! Tem outra coisa que eu queria falar.

Sils se afastou de Kardner lhe olhando nos olhos.

— Tirando toda a cartilha do partido, tirando todas as demandas óbvias do povo, pelo que você luta? Digo, eu sei que você tem preocupações sociais, mas você teve uma boa vida, confortável. O que o motivou a entrar na política?

Kardner sorriu. Ele abriu a carteira e dentro dela retirou a foto de algumas figuras americanas, tais como Rockefeller, Carnegie, Andrew Jackson, Lincoln, todos desbravadores com seus vícios e virtudes.

— É sobre os pioneiros! Aqueles desbravadores que navegaram rumo ao desconhecido sem um plano certo, movidos apenas por um sentimento do real. Aqueles que desbravaram a mata e construíram um novo mundo do zero! Aqueles que ousaram ver o amanhã, quando todos estavam jogando com o medo do passado. É por esses que eu luto. É por esses que eu sigo em frente.

Sils ouviu aquilo impressionada e um pouco orgulhosa. Ela decorou palavra por palavra. Daí entendeu que aquilo era parte da doutrina Deschamps: abrir novas rotas e construir novos mundos. Foi nesse ponto que ela pôde entender um pouco mais seu quase namorado, porque ela viu em seus olhos que ele definitivamente tinha paixão e viveria para isso.

Ela teria de aprender a lidar com um homem que viveria para uma causa maior.

E por mais difícil que fosse o processo, por mais que ele fosse julgado pelas pessoas, assim era a vida dos pioneiros.

Sils ficou tão em transe com aquela perspectiva nova que quase esquecera a verdadeira razão para ter feito a pergunta sobre as motivações políticas de Kardner. Era apenas um gancho para falar de outro assunto mais delicado e bem mais afeito a eles.

— Você sabe a Carmem e Jiso, nossa confeiteira e nossa artista?

— A moça que trabalhou para o meu tio, sim e aquela espevitada lá. Sei sim!

— Vi seus comentários sobre imigração e eu sei que há muitas pessoas más por aí entrando no país. Mas, estou com medo de que essa política prejudique pessoas como elas. Pessoas boas, pessoas que têm filhos e contribuem positivamente para o país.

Kardner respirou fundo, tentando fingir estar tranquilo, quando ele jamais esperava que Sils fosse puxar um assunto tão delicado como aquele.

— Elas estão ilegais no país?

— Acho que sim.

— Bem, podemos tentar conseguir algum tipo de autorização de trabalho momentâneo.

Sils balançou a cabeça positivamente, voltando para os braços de seu amado. Mas havia algo dentro dela a deixando inquieta.

— E os outros? Digo, os outros imigrantes honestos que estão por aí trabalhando por uma vida melhor?

Kardner alisou o cabelo da garota nova-iorquina, como se quisesse confortá-la, antes da resposta que ia dar.

— Sils, nós não podemos salvar todos. Entenda, eu sou candidato a governador de Nova York. Eu sirvo ao meu partido e existem regras.

Aquela expressão "sirvo ao meu partido" ficou rodopiando na cabeça de Sils junto com as palavras do Siciliano sobre Kardner: "Ele é um Deschamps".

Mas isso era o mínimo, logo, logo Sils iria entender o que significava estar no circulo de intimidade Deschamps. Digamos que ela meio que jogara a frase certa no segundo encontro.

"Parece que você não deixa muitas escolhas".

* * *

Los Angeles, Califórnia. Sede da MGM.

— Bom dia, posso ajudar em alguma coisa? — Mal tinha entrado no escritório e o desgrenhado diretor executivo do estúdio, Emanuel Dalari, não fazia a mínima ideia de quem era aquele homem de terno, sentado com as pernas abertas estilo quinze para as três.

Antes de se aproximar, Kardner retirou os óculos.

Ele simplesmente jogou a pasta com toda a papelada em cima da mesa.

— Sou o advogado de Gabrielle Sils, vim para fecharmos o acordo nos termos que a minha cliente requereu. Aqui está o contrato.

O diretor apenas rosnou.

— Posso ver a procuração?

Kardner apontou a procuração falsa, assinada pela desenhista que ele mantinha no escritório.

— Não podemos pagar essa quantia! Não sei quem é você, amigo, mas se acha que pode vir ao meu escritório, achando que vou me dobrar para qualquer advogadinho, pode dar meia-volta.

— Vocês foram ao estúdio que mais faturou no último ano, vocês deram aumento para todos os homens! Por que não dariam aumento para a celebridade mais rentável?

Dalari se levantou e rapidamente, numa jogada velha e batida, pegou as declarações de imposto de renda da empresa, jogando-as no colo de Kardner.

Ele abriu olhou, então jogou de volta na mesa.

— Acha que sou idiota, essa merda é falsa. Aqui — Kardner apontou a pasta que tinha trazido. —, aqui está seu faturamento verdadeiro.

O diretor mordiscou os lábios.

— Como eu sei? Eu janto toda semana com um auditor federal. Você sabe por quê? Não! Não é o que você pensa, eu não dou nada para eles, eles é quem pagam para mim! Sabe por quê? Para poderem se gabar para os amigos que jantaram com a porra do Kardner Deschamps, o advogadinho que faz chover em Nova York.

— Não sei se você percebeu, mas não estamos em Nova York. O orçamento está fechado. O que eu posso lhe oferecer é pedir a alguém para comprar algum comprimido para curar essa sua TPM. Por favor, saia da minha frente, senão...

Kardner sorriu, caminhou até Dalari, pegou a pasta, abriu e apontou a página.

— TPM? Gosta de piadinhas assim, interessantes. Não sei se você percebeu, mas eu sei sobre Ron Bursa, sei dos acordos ilegais que silenciaram milhares de mulheres que ele abusou. Tem o nome delas aqui.

— Você não tem como provar isso!

— Quer arriscar? Porque isso é só o começo. Se eu cavar e encontrar o nome de outras pessoas do estúdio?

Dalari colocou as duas mãos na cabeça; ele sabia, aquele velho esqueleto um dia viria para assombrá-lo e aquele era o dia. Ele se esticou, puxou a papelada, então olhou de volta nos olhos de Kardner.

Ficou mais alguns segundos olhando para o nada, respirou, cruzou os braços, então se levantou e foi até a porta, olhando de um lado a outro para se assegurar de que não havia ninguém por perto, não tinha muito para onde correr.

— Tudo bem! Por favor, vamos apenas... Vamos resolver isso, não se preocupe, amanhã mesmo eu envio o contrato a Sils e...

— Amanhã não, hoje!

— Sim, claro, claro! Apenas me diga onde eu assino.

Kardner apontou o local, Dalari assinou, dando o contrato nas mãos do advogado.

— Tem mais uma coisa, — Kardner se aproximou a meio palmo do rosto do diretor, — Se Ron Bursa sonhar em tocar Sils, se ele respirar o mesmo ar que ela, vou colocá-lo para depor na frente do juiz e vou moer a reputação dele até a menstruação descer por aquele lugar onde o sol não bate.

Dalari ouviu impassível, não podia acreditar naquilo; Sils, a menina ingênua a quem tinham dado uma chance, aquela mesma menina agora tinha um advogado valentão para chantagear o estúdio.

★ ★ ★

Nova York.

Kardner mal chegara do voo, foi direto ao apartamento de Sils com os contratos nas mãos. Esse seria seu presente antes de pedi-la em namoro e apresentá-la oficialmente à família.

Mas, quando ele abriu a porta, ele pôde notar que seus olhos estavam inchados de tanto chorar, coisa que ele nunca tinha visto antes.

— Está tudo bem? Sils, o que aconteceu?

— O estúdio tem uma filial aqui. Dalari me contou que você foi lá. Ele me contou tudo.

Kardner sorriu, puxou o contrato da pasta, mas quando ele ia chegando perto de Sils para abraçá-la, a garota saiu de seus braços.

— Você não tinha esse direito! — Seu tom de voz já estava alguns decibéis além.

— Pelas minhas costas?! É isso! Você age pelas minhas costas! Vai ao estúdio e chantageia meu chefe em meu nome, você com sua falange de anjos falsifica uma procuração. Kardner, isso... isso...

O advogado abriu os braços indignado.

— Ok! Eu vou deixar você começar de novo. Essa é a parte em que você me agradece por tê-la feito, em um dia, em um único dia, uma mulher mais rica, mais livre e principalmente mais protegida.

Sils não podia crer; além de não admitir seu erro, Kardner queria ouvir um agradecimento dela, pois ele e ninguém mais a tinha feito mais rica e protegida.

— Você tem noção do que é chantagear uma grande empresa, com documentos falsos, você tem noção de como isso poderia sair errado? Aliás, você é um advogado!

Kardner lentamente levantou o dedo, balançando a cabeça.

— Pois veja isso, antes que você tenha um ataque de nervos! Aqui estão as declarações de renda do estúdio. Eles estavam te enganando, eles faturaram mais do que qualquer outro estúdio nesse primeiro semestre...

O que deixava a garota nova-iorquina ainda mais transtornada era o fato de Kardner manter um estado de espírito absolutamente sereno, argumentando solidamente num tom de voz baixo. Como se aquilo fosse a coisa mais natural do mundo. Sils não entendia que estava dialogando com um advogado acostumado a convencer clientes desconfiados.

Muitas vezes, o advogado negociador era tolerado porque deixava seus clientes mais ricos. Porém, ele não podia cometer o erro de confundir o caráter deles com o de Sils. Ela imediatamente percebeu que aqueles dados tributários eram sigilosos.

— Kardner, você me rastreou, descobriu onde eu morava, meus amigos, os restaurantes que eu frequentava, e estava tudo bem, porque dizia respeito a apenas minha vida. Agora você, não sei como, descobriu o faturamento da empresa. Isso não parece uma coisa honesta! É simplesmente uma pessoa sem limites. Essa negociação dizia respeito a mim, e você invadiu meu espaço pessoal. Eu fugi da minha colônia porque não queria ter minha vida controlada.

— Descobri sobre Ron Bursa! Você sabia sobre ele? Sabia do risco? Eles te contaram?

Ela balançou a cabeça, positivamente.

— Dalari me contou e depois pediu demissão. Ele não iria esperar outro advogado aparecer lá para chantageá-lo. Só para você ficar sabendo, esse homem tinha me dado uma chance, Kardner. Uma chance quando eu não era ninguém. Quando todas as portas estavam fechadas, ele acreditou em mim!

— E você pagou a ele com juros e correção monetária. Você tem noção do quanto gera de renda para eles? Por que não te avisaram sobre Bursa? Sils... Pelo amor de Deus, não é assim que o mundo funciona, eu sei que você acha que as estrelas se alinham para o sol brilhar sobre você, mas para noventa e nove por cento das pessoas no mundo não é assim! Não seja estúpida!

Finalmente Kardner tinha se exaltado, e aquela expressão "estúpida" era o gatilho para uma menina menonita do campo que tinha ficado pela sexta série.

Sils levantou do sofá e caminhou para a porta de saída, abrindo-a rapidamente.

— Posso ser estúpida, Kardner...

— Sils, não foi isso...

— Foi isso sim, Kardner! E tudo bem, eu não tenho diploma. Agora, se você quer saber, se eu fosse um advogado famoso e poderoso, sabendo sobre Ron Bursa eu o entregaria para as autoridades, não usaria isso como ferramenta de chantagem por mais dinheiro, porque a dignidade de uma mulher não tem preço.

Os olhos de Kardner se encheram de lágrimas. Finalmente, ele havia entendido que Sils tinha um conjunto de valores totalmente diferente do de seus clientes. Não haveria argumento que ele fosse capaz de levantar para derrubar Sils.

Ele caminhou até a porta. Sils se manteve de braços cruzados na saída.

— Sils, por favor, vamos apenas conversar, não foi por mal, tudo foi para te proteger.

— Agradeço, mas não preciso da sua proteção Kardner, não desse tipo de proteção. Você invadiu meu espaço pessoal. Você tentar controlar e manipular tudo que não seja do seu agrado, tudo isso é demais para mim!

Sils estava genuinamente assustada. No começo, Kardner descobriu seu endereço e sua vida era parte do jogo. Mas, de repente, o advogado tinha acesso a tudo de sua vida e entrava sem pedir permissão.

De cabeça baixa, Kardner cruzou a porta, desceu as escadas e já embaixo olhou para cima na direção da garota nova-iorquina.

— Então é assim? Não vamos mais nos ver? Quer dizer, essa bobagem, tudo agora não vale mais...

— Eu sei seu endereço, sei onde trabalha. Mas eu não sei o que vai acontecer, porque você me decepcionou muito. Eu apenas quero um tempo. Por favor, me deixe sozinha. Não venha mais aqui! Por favor, Kardner...

Onze da noite e Kardner não tinha mais o que fazer. Apenas caminhar até o carro com as mãos nos bolsos e rezar para não se resfriar.

Nunca em sua vida houvera alguma experiência próxima daquilo. Ele ia dar o contrato de presente a Sils, pedi-la em namoro e então ter uma noite mágica. De repente, tudo foi por agua abaixo e ele nem sabia ao certo a raiz do problema. Isso porque, de fato, não havia necessidade nenhuma de Sils ter um presente nas mãos para aceitar namorá-lo.

Na verdade, Kardner ainda não sabia, mas ele estava altamente intimidado com Sils. Toda a fama, a beleza, ela era o ícone nacional amado por toda a América, ao passo que o advogado mal era tolerado dentro do próprio partido.

Sils fazia as pessoas rirem, chorarem, ele trazia emoções a tudo que tocava. Kardner tinha seu ganha-pão de ameaçar as pessoas, e ser ameaçado e ter o nome difamado nas ruas eram só um bônus. Sils conhecia e se relacionava com os homens mais bonitos da Terra, o que o advogado poderia fazer para competir com isso? Então, o que ele fez era justificável!

Kardner era um homem educado, inteligente, moderno e aberto? Sim, ele era. Ela era machista e abusivo? Também! Uma coisa não exclui a outra. Ele era mais qualificado para negociar com o estúdio? Sim! O estúdio estava explorando Sils? Sim! Mesmo com todos esses pontos levantados o advogado tinha sido abusivo.

Ele nunca iria bater, xingar, trair ou mesmo viver um relacionamento de mentiras, isso não era Kardner. Mas ele iria invadir o espaço pessoal de Sils e intervir nas grandes decisões, fossem de interesse direto dele ou não.

É lógico que Kardner era uma evolução da criação truculenta dos Deschamps. Porém, ele ainda tinha aquela velha raiz machista do tipo "Eu sozinho resolvo". Ele era consciente de que tinha errado, mas achou que seria tolerado. Como muitos homens que presumem que a mulher nasceu com algum tipo de hormônio ou chip, desenvolvido para engolir e suportar todo tipo de decepção e porcaria.

Kardner sabia que tinha ultrapassado um limite, mas ele achava que tinha compensado. Ser escorraçado da casa de uma pessoa era uma situação inédita em sua vida. O homem refinado e moderno era muito orgulhoso de quem era e ser basicamente acusado de abafamento e controle da vida de alguém era demais para o seu ego de homem *avant garde*.

Dali em diante, a relação não seria mais a mesma, pois as percepções de cada um tinham mudado. Apenas uma coisa era certa:

daquele ponto em diante, Sils, em hipótese nenhuma, poderia contar com a ajuda de Kardner, ou mesmo qualquer proteção.

Ela estava por conta própria.

★ ★ ★

Mesmo separados por uma briga tola, o que Kardner não entendia, tampouco Sils, era que ele estava no mundo da política, um mundo sujo e implacável que não descansa.

Naquela semana de amor insano, Kardner tentou ser discreto, ele sabia que tinha de introduzir Sils aos poucos. Mas ele não percebeu que o detetive de Sherman tinha batido fotos dele com Sils.

O pior: ele não fazia ideia de que o detetive de Sherman tinha ido à casa de Sils disfarçado, como um repórter de televisão, entrevistar os pais e amigos de infância da garota para investigar fatos do passado.

Qualquer coisa era suficiente, qualquer mínima sujeira seria o bastante para grudar em Kardner, mas até aquele ponto os detetives de Sherman não tinham achado nada.

— Não é possível! Vocês não pegaram nada dessa garota? — Sherman falou.

— Ela teve um comportamento exemplar a vida inteira dentro da comunidade. A única coisa que posso dizer é que ela estava prometida de casar com um rapaz menonita e fugiu.

Sherman balançou a cabeça. Aquilo não era um tema quente, ao contrário, ela se sairia como uma mulher corajosa que ousara desafiar as amarras sociais de sua comunidade.

— A mãe dela é muito nervosa e angustiada, o pai é mais tranquilo. Digo, o padrasto.

Um dos melhores ativos que Sherman possuía em sua campanha era um experiente advogado com obesidade mórbida chamado Hanz Stoltenberg, e assim que ouviu aquela palavra, "padrasto", ele farejou uma oportunidade.

— Padrasto?

— É. Parece que o pai biológico de Sils era um europeu, a mãe dela não deu muitos detalhes.

— Espere, a mãe de Sils não é americana de nascimento? — Stoltenberg perguntou, com os olhos arregalados.

— Não.

— Por que você não disse isso antes, idiota? De onde ela é? — Sherman perguntou.

— Ela é natural de uma colônia menonita do sul da Rússia, que séculos atrás foi povoada por alemães.

— E como ela veio parar aqui, com a mãe e o pai europeus?

— O pai morreu na Segunda Guerra, a mãe veio com Sils de navio, logo após a guerra.

Sherman e Stoltenberg se olharam, sorridentes. Eles sabiam que milhares de refugiados da guerra entraram ilegalmente nos Estados Unidos após a Segunda Guerra. Outros viriam apenas com visto temporário e deixaram expirar. Havia milhares nessa situação ainda na década de 1960.

— Depressa, corram ao Departamento de Imigração e pesquisem por Eva Gundrun Sils!!!

O que Sherman e Stoltenberg procuravam e contavam era que Eva tivesse cometido a fraude padrão que milhares de mulheres solteiras e refugiadas de guerra tinham feito.

Logo após a Segunda Guerra Mundial, milhares de viúvas e adolescentes tentavam deixar a Europa, e a forma mais fácil de fazer isso era num navio militar.

É preciso entender que os navios militares não necessariamente passavam pelos mesmos procedimentos de fiscalização e controle que um navio de civis. Daí ser tão buscado como opção de imigração.

Mas os agentes federais do navio checavam um por um dos passageiros e a ordem era clara: só podiam embarcar militares e suas noivas com as respectivas crianças.

Soldados, cabos e tenentes corruptos podiam descolar uma grana extra assinando uma simples petição de cartório alegando estar embarcando no navio sua noiva de guerra.

Uma vez em solo americano, o casamento não se consumava, a mulher se virava como podia, os militares permaneciam em solo europeu, assinando outras petições para que outras mulheres pagassem. Era um esquema simples, mas muito efetivo, pois todos, desde o comandante do navio, passando pelo agente do cartório ao soldado raso, ganhavam uma comissão pelo esquema.

Não demoraram dois dias e, mexendo um pauzinho aqui e outro ali, Sherman descobriu que o nome de Eva Gundrun Sils não estava nos registros do Departamento de Imigração. Ela estava ilegal, só restava saber se tinha utilizado a fraude da noiva de guerra.

O detetive de Sherman voltou à Pensilvânia e lá descobriu os papéis de Eva. De fato, ela havia entrado como noiva de guerra de um soldado cujo nome sequer constava nos registros americanos. Era uma fraude grosseira. Uma fraude que na época, Eva não fazia a menor ideia. Ela simplesmente achou que estava pagando para imigrar.

Mas essa fraude não iria atingir Eva Sils. Quando o público americano soubesse quem era a imigrante ilegal, eles iriam ficar absolutamente chocados.

Eva Gundrun Sils, de fato, não estava mais ilegal por seu casamento com Thomaz Sils, mas sua filha Gabrielle Sils ainda estava. Isso era carne fresca para todos os jornais americanos.

O pior de tudo? Sils seria vendida como russa no noticiário americano. Isso em tempos de Guerra Fria seria uma hecatombe nuclear.

— Quando vamos soltar essa bomba? — Sherman perguntou para Stoltenberg.

Stoltenberg colocou os dois braços em sua barriga de 160 quilos, sorrindo.

— A comunidade menonita é autônoma, eles não pedem ajuda ao governo, e o governo não interfere em suas tradições. Os menonitas devem ter providenciado documentos para ela, com base na fraude. Mas, agora que ela está fora da comunidade, com acesso a bons advogados, não pode alegar desconhecimento. Primeiro vamos vazar as fotos de Kardner com Sils para a imprensa. Kardner é um Deschamps. Eles não aceitam ser colocados em situações fora de seu controle. Ele vai brigar com ela achando que ela vazou. Depois de dois dias soltamos a bomba.

★ ★ ★

No dia seguinte a bomba estava em todos os jornais: fotos de Sils e Kardner se beijando em restaurantes, fotos dos dois de mãos dadas, abraçados nas calçadas.

No QG de Kardner, os Deschamps seniores e Mackennan queriam uma explicação sobre o que estava acontecendo. Kardner deu de ombros, alegando que aquilo era sua vida privada e ninguém tinha o direito de se intrometer.

— Como assim, vida privada, Kardner? — Frank perguntou, pasmo. — Você não vê que é uma figura pública? A mulher que você escolhe para aparecer ao lado também lhe gera votos, e nós não sabemos quem é essa mulher! Se tem filhos, se é casada, se já roubou ou matou!

— Como assim, não sabem? Ela é uma estrela de cinema!

— Sim, mas não sabemos nada sobre seu passado. Nesse jogo é o passado que importa!

Impaciente e transtornado de raiva, Kardner saiu do escritório, deixando todo o núcleo duro de campanha com cara de tacho. Agora, quem precisava de um tempo era ele, pois já não havia nem o amor de Sils, nem a aprovação do seu staff de campanha.

No dia seguinte, quando Kardner estava pensando nas palavras de desculpas, outra bomba cairia. Quando ele finalmente havia entendido que para seguir com Sils precisava evoluir e ser uma pessoa melhor, já era tarde.

E essa bomba não iria expor seu relacionamento com Sils, irritando-o por invadir sua privacidade. Essa bomba iria destruir a boa reputação da garota nova-iorquina trazendo-a para dentro do ringue político. Isso iria transformar o relacionamento de Kardner numa completa hipocrisia ideológica, misturando os valores que seu partido suportava com o amor de uma mulher que aparentemente vivia em completa contradição a eles.

★ ★ ★

Conforme planejado por Sherman e Stoltenberg, a notícia foi veiculada. Sils havia entrado nos Estados Unidos ilegalmente e todos os jornais haviam sabido da informação ao mesmo tempo.

Sem demora e bufando pela boca, Mackennan entrou no QG de campanha com os três maiores jornais nova-iorquinos debaixo do braço.

Sentado na escrivaninha, Kardner escrevia notas de um discurso, pensando em se desculpar com Sils e formalizar a relação. Só então levantou a vista ao notar a aproximação nervosa de Mackennan.

O marqueteiro jogou, impacientemente, os três jornais sobre a mesa e apontou o dedo para as manchetes:

"RUSSA E ILEGAL! KARDNER DEPORTARIA?"
"GABRIELLE SILS, A NAMORADINHA DA AMÉRICA,
É RUSSA! E AGORA, DESCHAMPS?"
"UMA COMUNISTA RUSSA EM HOLLYWOOD? DEPORTAÇÃO JÁ!"

Kardner olhou as capas balançando a cabeça, argumentando com Mackennan que aquilo era ridículo. Sils era uma menonita, falante do alemão, cuja comunidade um dia vivera na Rússia; aliás, apenas sua mãe conheceu a Rússia. Elas eram refugiadas da Segunda Guerra Mundial.

Ele argumentou que Sils havia vindo para a América com 3 anos de idade. Ela era uma garota tão americana como qualquer outra. Todo aquele circo da mídia era ridículo.

Em sua nova casa, Sils estava amarrando o avental, enquanto fazia panquecas com dois olhos, um nariz torto e um grande sorriso.

— Parecem com ele — ela disse, sorrindo.

Ela estava tentando virar a panqueca para dourar do outro lado, quando ouviu as pancadas na porta. Eram o Siciliano e toda a turma do Teatro Spettacolare com jornais debaixo do braço.

— Oi, nem avisaram que viriam! Se soubesse, tinha preparado algo. Entrem! Vamos, entrem! O que houve? Por que estão me olhando assim?

Eles se entreolharam sem coragem de falar, mordiscando os lábios e olhando para o chão.

Eles tentaram sorrir, então todos cutucaram o Siciliano. Tremelicando e com lágrimas nos olhos, ele esticou o jornal na sua direção.

Do outro lado, em Lower Manhattan, Mackennan berrava:

— Não, não, espere, tem mais! — Mackennan apontou para a TV. — Ligue, Kardner! Ligue a TV, e você vai ver o que está passando em todo telejornal, em todo programa de auditório. Nas rádios, nos jornais, na TV. Não há outro assunto. Sua namorada é uma imigrante ilegal e deve ser deportada!

Completamente transtornado, Kardner socou a mesa. Ele estava consciente de que sua campanha havia sido montada com o mote do combate à imigração ilegal. Agora sua "namorada" estava na linha do tiro.

O problema de tudo era que eles não estavam mais juntos. Ainda assim as fotos estavam lá e não havia como desmentir.

Não era de surpreender que, quando a TV fosse ligada, estivessem passando programas matinais de auditório. Num deles em particular o apresentador recebia três convidados advogados. De repente, a câmera focalizou num deles.

— *Eu acho que a lei é igual para todos. Não importa se você é uma estrela de cinema ou uma zeladora. Se você está ilegal no país, deve ser deportado, porque essa é a lei!*

Enterrada na poltrona de seu novíssimo apartamento, Sils assistia a tudo com lágrimas nos olhos. Ao seu lado, Siciliano afagava seus ombros, enquanto os demais estavam de joelhos, tentando confortá-la.

O apresentador fez um sinal com a cabeça para o outro advogado:

— *Acho um absurdo! Essa menina enganou a todos nós. Ela não tem nada de garota nova-iorquina. Ela é uma trapaceira, uma soviética, que sabe lá Deus o que faz aqui.*

O âncora do show se levantou, colocou as duas mãos no microfone e caminhou em direção à câmera. Fez uma pausa dramática, respirou fundo e recomeçou, com o dedo em riste.

— *O que Kardner Deschamps irá fazer? Ele tem de se explicar! O povo americano quer uma explicação! Senhor Kardner Deschamps, se o senhor é um homem decente como alega ser, venha a público esclarecer o que o senhor tem com essa russa!* — A plateia explodiu em aplausos. — *Olhe! O povo americano, senhor Kardner Deschamps! Vou dizer pela última vez! Queremos uma explicação! O que vocês acham disso?* — Ele apontou o microfone para o público.

Seguiu o coro: *Deportação! Deportação! Deportação!*

Da sua casa, Sils soluçava balançando a cabeça sem entender o que estava acontecendo. Mesmo com toda a fama e dinheiro, bajulação e glamour, mesmo com tudo isso, ainda era uma típica menina do campo. Ela não havia sido educada para aquele mundo de altos e baixos.

— Não se preocupe — começou o Siciliano. — Kardner é o melhor advogado da cidade, você não vai ser deportada. Ele ficará ao seu lado.

O Siciliano ainda não sabia que ela tinha mandado Kardner se afastar e nunca mais invadir seu espaço pessoal.

Os demais acenaram a cabeça positivamente, dizendo em uníssono:

— Ele te ama.

Ela já havia ligado para sua mãe, que lhe explicara tudo, sobre os homens da televisão que tinham ido visitá-la lhe pedindo sobre os papéis de imigração.

De fato, sua mãe lhe explicou. Na época ela não sabia ler nada em inglês. Ela apenas pagara o militar americano para levá-la à América, pois só havia fome na Europa. Basicamente, fora vítima de um golpe.

Ao ouvir aquilo e perceber o que estava acontecendo, Sils se encolheu no sofá, chorando envergonhada e machucada por estar sendo julgada diante do olhar público daquela forma tão impiedosa. Ela devia tudo ao público americano.

Por seu turno, Kardner desligou a TV, coçou a cabeça, estalou os dedos, tomou café, caminhou até a porta do banheiro. Então parou, pensou que estava em seus pesadelos, olhou para trás e Mackennan ainda estava lá. Não era um pesadelo. Tudo era real, real até demais.

Não demorou muito e os Deschamps seniores chegaram pisando forte, com jornais debaixo do braço e charutos da grossura de uma linguiça toscana.

Eles não ousavam dar uma ordem a Kardner, mas todos vieram dar-lhe o aviso: as lideranças do partido estavam pressionando para o advogado abandonar Sils.

Kardner se virou e encarou os três conselheiros.

— Vocês não veem que isso é completamente ridículo? A mídia está fazendo sensacionalismo com isso. Ela é uma menonita, fala alemão, vive numa comunidade italiana, veio para a América ainda criança.

— Sim, sim, Kardner, história muito bonita! — interrompeu Mackennan. — Mas o povo não entende. Eles não estão atrás das minúcias, eles só leem a manchete, só escutam o que a mídia diz, e a mídia desse país é tendenciosamente democrata. Livre-se dessa garota!

— Tudo idiota e comunista — Dom interveio, para em seguida dar seu veredito: — Você caiu numa armadilha. Sherman colocou um paparazzo detetive na sua cola. Ele o viu com essa moça, depois foram investigar sua origem. Daí, descobriram a fraude como noiva de guerra. Depois enviaram da redação a todos os meios de comunicação. Eles foram muito inteligentes!

— Sim, até o seu canal está passado essa merda! — Kardner apontou para o tio.

— O que você quer que eu faça? O povo quer ver isso! Vivemos de audiência. E você vive de votos, por isso é melhor...

— Senhor Kardner? — a secretária interrompeu.

Ele imediatamente fez um sinal de positivo.

— Há vários repórteres lá embaixo querendo falar, e nós recebemos quatro ligações de redações de TV, querendo uma entrevista. Há uma rádio conservadora na linha também. O que eu digo?

Os três mosqueteiros do staff lhe lançaram um olhar fumegante. Como se fosse óbvio o que devia ser feito.

— Com esses veados de esquerda ele não fala. Deixe a rádio na linha — falou Dom.

Kardner balançou a cabeça assertivamente. Então, deu passos tortuosos até o telefone. Ele sentia a pulsação do coração na garganta. Pegou o telefone, colocou no ouvido, engoliu em seco, passou a mão no rosto, então fechou os olhos.

Mackennan e os Deschamps olharam detidamente.

Durante cinco segundos, Kardner nada falou, apenas manteve o telefone no gancho.

— Você ficou louco? — Mackennan gritou.

— Não quero ouvir uma palavra, não quero saber de nada — o jovem Deschamps respondeu, enquanto caminhava apressadamente para pegar seu paletó na cadeira.

— Kardner — Mackennan interveio —, você não pode ganhar a eleição ao lado de uma trapaceira. Não podemos perder a bandeira do combate à imigração ilegal! Diga que não tem nada com ela! Pelo amor de Deus, homem! Não vai sobrar nenhum voto protestante para contar história!

— Eu não vou falar nada, não tenho cabeça, não sou a porra de um protestante! — ele disse, já se retirando. — Eu só quero ficar só, eu preciso pensar, pelo amor de Deus, me deem um tempo! É tudo que eu peço.

Então saiu, para desespero do staff.

— Agora ferrou! — Dom falou. — Ele vai se encontrar com ela e depois talvez queira desistir, ou levar a campanha com ela ao lado, ninguém sabe.

— Ele realmente gosta dela? — Frank perguntou.

A secretária interveio:

— Esses dias, ele anda bem estranho, não rouba mais os biscoitos do pessoal, hoje entrou sorridente e praticamente não leu jornal nenhum e... me pediu o número de novas floriculturas.

— Sem mais perguntas — ironizou Dom Deschamps.

★ ★ ★

Ao contrário do que Dom Deschamps especulava, Kardner não fora encontrar Sils. Ele estava num estado emocional muito vulnerável e tinha medo de não ser capaz de consolá-la, pois ela devia estar sofrendo com isso muito mais do que ele. Afinal de contas, ela estava sendo ameaçada de deportação, ele sofria prejuízo político, mas ainda podia continuar no país.

Quando ele tomou o táxi, a primeira coisa que fez foi respirar fundo; sabia que, se fosse tragado pela adrenalina do momento, não seria capaz de sobressair com uma solução criativa.

Mas Kardner não teve clareza para pensar em nada mirabolante, até que o taxista ligou o rádio. Para variar, um programa de rádio mascando a nova polêmica sobre a garota nova-iorquina, Gabrielle Sils.

No entanto, agora a situação tinha realmente ganhado contornos dramáticos, e quem estava dando entrevista na rádio era o procurador federal do Estado de Nova York.

Guarde este nome: Scott Just in Time Hewitt. Era o apelido irônico daquele procurador obcecado por prazos.

Ele estava anunciando que já havia entrado com o indiciamento de Sils na Corte Federal do Estado.

Talvez alguém ache que tudo é um grande exagero, nada mais que uma caça às bruxas sem sentido. Mas estamos em 1968. Estados Unidos e União Soviética doutrinam seus povos para se odiarem mutuamente.

Há guerras por procuração ao redor do mundo. Vários espiões descobertos de parte a parte são executados. Adicione a isso uma garota que há anos não tem registro de identidade válido, cuja mãe entrou por fraude como noiva de guerra. Se a lei é igual para todos, então a lei é igual para todos.

Kardner era um bom advogado, excelente negociador. Mas ele também era bom em Direito Civil, imóveis, negociações coletivas, fusão de empresas, assessoria empresarial, processos em que as duas partes eram seres humanos!

O processo de Sils era totalmente de Direito Público. Envolvia uma área na qual ele não era particularmente bom, pois em Direito Público é sempre a palavra de alguém contra a lei pura e simples.

Mas ele conhecia alguém muito bom em Direito Público. Só havia um problema. Ele era detestado por esse homem.

★ ★ ★

Paul Gayoh estava, detidamente, fazendo uma petição em seu escritório, quando escutou o telefone tocar. Era a secretária dizendo que um senador queria vê-lo.

— Quem é? — indagou.

— Ele prefere não informar o nome, apenas disse que quer discutir um projeto de reurbanização do Harlem.

Gayoh deu o ok.

Mas, quando a porta se abriu e ele deu de frente com Kardner, sua primeira reação foi respirar forte pelo nariz com um sorriso irônico.

— Taí uma coisa que a gente não vê todo dia. Advogado conservador candidato a governador que se passa por um senador democrata, preocupado com a comunidade negra.

— Você não me receberia de outro modo. Hum! Escritório bacana. Gostei da arquitetura — Kardner respondeu, para logo se sentar e tomar o café de Gayoh.

— Você é muito cara de pau! Imagino que queira minha ajuda com seu caso com a russinha.

— Não conheço outro advogado melhor que você nessa matéria.

— Engraçado, Kardner, porque, quando competíamos na faculdade em júris e debates, você costumava dizer que minhas teses não tinham consistência legal. Como era mesmo a expressão que você usava?

— Nuvens de vento.

— Isso! Fora o fato de que eu tergiversava no debate com fatos preparados para influenciar e não para buscar a justiça justa. Estranho agora você querer as nuvens de vento e a tergiversação! Senhor Justiça Justa!

Kardner e Gayoh perteciam a duas correntes diferentes de advogados. Paul Gayoh era um legalista. Ele não se movia um centímetro da lei. Na verdade, amava sua previsibilidade, segurança e principalmente sua equidade, tratando todos de maneira igual.

Kardner gostava de esticar os limites da lei. A lei era apenas uma ferramenta no universo do caso jurídico. Por isso ele era conhecido por vencer casos que não podiam ser vencidos apenas com base na lei.

— Não quero sua ajuda, quero seu serviço, sei que você é caro, mas posso pagar.

Gayoh riu alto.

— Me pagar? Você só pode estar louco! Você mesmo criou essa caça às bruxas contra a imigração! Kardner, meu garoto, é fraude como noiva de guerra, a coisa mais sagrada da América é seu exército! Qualquer advogado que assumir essa causa ficará marcado como desonesto, não há dinheiro no mundo que compense essa horrível publicidade. Outra coisa, esse caso é impossível de ser vencido no mérito. A única coisa aqui seria buscar uma nulidade procedimental, o que até onde eu sei não tem precedente na Corte Federal de Nova York. Os procuradores nova-iorquinos são os melhores da América, jamais dariam esse mole, eles nunca perdem um prazo e...

Kardner se inclinou já esperando o último argumento.

— Scott Hewitt está na parada. Kardner, esse cara é simplesmente doente, protocola processos em oito horas e um minuto. Chama a imprensa toda para ver ao dar entrevista. Esse cara enforca a própria mãe para vencer.

— Se me ajudar, eu ajudo a sua comunidade. Quando eu for eleito, faço um plano de reurbanização do Harlem ou Bronx, à sua escolha. Cinco mil novas moradias, com as menores taxas de juros. Amortização e prazo de carência de nove meses para começar a pagar... Você não precisa nem aparecer, apenas faça as teses e eu coloco outro advogado para assinar a petição.

— Não posso!

— Sim, você pode! — berrou Kardner.

— Não posso, porque não entro para perder! — Gayoh devolveu o grito. — Não acredito que ela tenha o direito de ficar, como posso trabalhar por algo em que não acredito? Diferente de você, eu tenho escrúpulos. Kardner, você é um grande fazedor de acordos, um bom negociador. Mas não existem múltiplos interesses privados aqui. É a promotoria representando o interesse público da América. Não é você contra outra pessoa, é você contra a lei! E não se pode negociar com a lei. Não há nada que você possa oferecer à promotoria que eles queiram. Scott Hewitt vai arrastar esse caso até o fim!

Kardner parou, sentou, passou a mão na cabeça e olhou para o nada. Ele sabia que a discussão chegaria àquele ponto. O ponto em que sua fraqueza seria exposta numa batalha contra a pura lei.

No entanto, apenas confiava que o bom coração de Gayoh fosse capaz de aceitar a tarefa contra todas as possibilidades, como ele já tinha feito antes por sua comunidade.

— Gayoh... Eu sei que não somos os melhores amigos, talvez não sejamos nem colegas. Mas eu o conheço e o respeito mais do que você pensa, muito mais até do que muitos dos seus amigos. Lembro-me do que fez na faculdade, quando disse que ia cumprir o juramento de justiça. Esse que falou comigo não é você. Você sabe que essa menina é inocente, vítima de uma máquina de destruir reputações da campanha de Sherman e de um sistema imigratório completamente defasado! Se você quer fazer justiça por aquilo que acredita ser a justiça, se você quer ser lembrado como alguém que fez a diferença, este é o momento.

— Mas, Kardner... — Gayoh balançou a cabeça, inconformado. — É quase impossível conseguir.

— Isso! Exato! É impossível, e essa é a beleza da coisa. Se você o fizer, entrará para a história como o cara que venceu esse Golias corrupto que é nosso sistema jurídico! Eu quero lhe perguntar isso: você acha justo o que estão fazendo com ela? Sério, agora não estou falando sobre a lei! Honestamente, o que você, no fundo da sua crença, no fundo do seu coração, acredita ser justo aqui?

Em silêncio, Gayoh apenas balançou a cabeça positivamente. Lentamente caminhou até a recepção, retornando com um copo de uísque na mão.

— Aqui, beba!

Kardner olhou sem entender, argumentando o óbvio.

— Mas, eu não bebo!

— Você me quer ou não?

Tão logo virou o copo, Kardner olhou para Gayoh fazendo a pior careta possível.

— Mas, que diabo tem nessa porcaria?

— Uísque vencido e meu cuspe!

— Você é um filho da...

— Ok, Kardner! Eu trabalho no caso! Mas não prometo nada! E quero não cinco mil moradias no Harlem, mas dez mil.

— Feito! Vamos começar imediatamente.

Respirando fundo, aliviado, Kardner sentou na poltrona tranquilo. Ele sabia que Gayoh detestava injustiça e era talvez o melhor advogado de Direito Público de Nova York e ainda havia a cereja do bolo. Gayoh tinha credibilidade junto a qualquer corte norte-americana. Era um advogado comunitário com uma longa lista de serviços prestados para a comunidade negra. Tinha a simpatia da mídia democrata e bom trânsito nos veículos conservadores.

Eles iriam despender a tarde debatendo por uma solução, e Kardner estava orgulhoso não apenas por seu poder de convencimento, mas por ter se reaproximado de Gayoh. Ele tinha o homem mais honesto da América ao seu lado e, o mais importante, exibindo a injustiça do caso. Ele o havia convencido. Se ele podia fazer isso com Gayoh, logo poderia fazê-lo com um juiz ou, o mais importante, com a opinião pública americana.

Os Deschamps tinham uma filosofia de marketing bem definida, que significava apenas o seguinte: os americanos gostam dos vencedores. É sobre vencer contra tudo e contra todos, lutando incansavelmente, colocando-se no front para inspirar coragem naqueles que vinham atrás.

Se o caso fosse exposto como ele realmente é, uma grande farsa e injustiça, então as pessoas ficariam a seu lado e iriam admirá-lo pela postura corajosa e desafiante. A mesma postura que encarnava os pioneiros da América.

Agora tudo que tinha a fazer, após a tarde incessante de trabalho com Gayoh, era convocar uma coletiva, anunciando que sim, havia um relacionamento com Sils. Mas nem ele tampouco ela sabiam da situação irregular. Porém, em virtude de toda a contribuição de Sils para com o país e para defender o direito de todos a um julgamento justo, Kardner ficaria a seu lado e respeitaria o resultado do julgamento, qualquer que fosse.

Logicamente ele estava convicto da vitória.

O que Kardner não fazia ideia era que Sherman estava mais uma vez um passo à sua frente. Ele havia montado uma verdadeira parafernália de espionagem e estudo psicológico. Seus assessores haviam passado meses pesquisando a vida pregressa de Kardner. O resultado era um dossiê bem elaborado. Eles sabiam como Kardner se comportava sob pressão, seus métodos, seus gostos, suas ideias usuais, seu jeito de atacar, sua velocidade para recuar.

Por isso, o irlandês estava a caminho de Little Italy, junto a si, assessores e advogados, todos com a fala bem treinada. Eles haviam ensaiado à exaustão, nada poderia sair do enredo.

Sherman olhou para Stoltenberg, que lhe repassou os envelopes. Ele olhou dentro, conferiu tudo, então lançou um olhar preocupado para seu interlocutor:

— Você acha que vai funcionar? Ela não vai querer checar as cartas? — Sherman perguntou.

— Ao que consta — o conselheiro falou com tranquilidade —, Kardner está profundamente apaixonado por essa moça. Temos relatos de que, por trás da aparência, Kardner é alguém profundamente sensível e sonhador. Alguém que, sob pressão, se fecha em seu próprio mundo e não consegue sair de lá.

— É mesmo? Então devemos...

— Nós temos que tirar essa garota do caminho. Afastá-la dele de um modo que ele se sinta impotente diante de nós. Ele não é o tipo do cara que desiste, esse não é o perfil dos Deschamps. Eles acham que não há marketing melhor que a vitória. Kardner sabe o que estamos fazendo. Ele sabe que estamos orquestrando toda essa operação, fazendo sua namorada sofrer. Tudo sempre um passo à sua frente. Nossas jogadas ferem seu orgulho! Desistir nunca é uma opção para eles. Mas ele mesmo não pode oferecer seus serviços para sua namorada, ele não é bom em Direito Público. Ele é um bom negociador, mas não é bom em bater de frente! Ele provavelmente vai atrás de algum especialista antes de falar com Sils.

— Se ele ligar para ela antes? — perguntou Sherman.

— Ele não vai fazer isso. Kardner é workaholic. Vai passar a tarde de hoje trabalhando no caso. Somente vai falar com ela quando tiver uma solução consistente para oferecer. Ele não é o tipo de cara que chega de mãos vazias para sua namorada. Nesse meio tempo, nós a faremos assinar o acordo de culpa.

✳ ✳ ✳

Já passava das duas da tarde quando a turma do Teatro Spettacolare e Sils terminaram de almoçar. Uma boa e suculenta pasta para elevar o ânimo de qualquer ser humano. Por um breve momento, quando todos estavam rindo, as coisas pareciam ter retornado para uma atmosfera de normalidade. Apenas parecia.

Quando a campainha tocou, todos se entreolharam tensos, imaginando repórteres e fotógrafos. Sorrateiramente o Siciliano abriu a cortina e olhou. Eram homens de paletó, com uma aparência séria.

— Sim?! Em que podemos ajudar? — perguntou o Siciliano.

Sherman se apresentou e, sorridentemente, apertou e abraçou Siciliano, como se fossem amigos de infância. Quando a trupe do Teatro Spettacolare percebeu o que estava acontecendo, já era tarde, todo mundo estava sendo cumprimentado como um ato de campanha, sem se dar conta do quão suspeita era aquela aproximação.

Os advogados de Sherman entraram, e o principal deles, Hanz Stoltenberg, tomou a dianteira, pedindo uma conversa particular entre ele, Sherman e Sils.

— Senhorita Gabrielle Gundrun Sils, podemos conversar? — ele perguntou, em um alemão limpo. — Acho que um alemão conhece outro — completou, sorridente.

Sils respondeu positivamente, pedindo aos dois homens que a acompanhassem até um pequeno escritório nos fundos.

Sem demora, Sherman pontuou:

— Senhorita Gabrielle Sils, é com muita tristeza que nós vemos o que a mídia americana e o sistema judiciário de nosso país estão fazendo com a senhorita. Eu, como advogado e candidato democrata ao governo de Nova York, simplesmente não posso... não posso conceber tamanha injustiça! A senhora presa como um animal!

Sils abriu a boca, franzindo o rosto e inclinando o corpo para trás em desespero. Até aquele momento ninguém havia falado em prisão.

— Por isso — Stoltenberg interveio —, queremos nos voluntariar para sermos seus advogados nesse caso. Achamos que a senhorita precisa de uma assessoria jurídica especializada, além de bons contatos políticos, o que obviamente nós temos.

— Mas eu não entendo — Sils interveio. — Ninguém havia falado nada de prisão. Achei que fosse apenas sobre uma questão de deportação. Mas prisão, por quê? O que eu fiz?

— Senhorita Sils — Stoltenberg começou a explicar —, a prisão seria cautelar, ela ocorre quando há o perigo de o suspeito fugir do país, destruir provas ou acarretar risco à segurança dos investigadores.

— Mas eu nem sequer tenho passaporte para fugir do país, não tenho nada na minha mão para destruir, nem sei quais são as provas e, quanto a ameaçar alguém, é simplesmente ridículo.

Stoltenberg e Sherman moldaram um tom grave na face, abaixaram a cabeça e olharam para Sils com ar de desaprovação.

Sherman pegou o envelope que carregava e o virou de cabeça para baixo, deixando as cartas caírem sobre a mesa. Todas as cartas eram falsas.

— Senhorita Sils, essas são cartas de seus fãs, eles escreveram ameaçando de morte a família do Senhor Sherman, e essas outras aqui são ameaças contra a promotoria. Com essas provas a promotoria provavelmente pedirá sua prisão cautelar.

Cartas mais falsas do que cédulas de três dólares.

— Oh meu Deus! Mas isso é horrível, eu nunca, eu jamais... não sei nem o que falar. Nada disso fui eu... isso é tão, tão — encerrou colocando a mão nos olhos prestes a chorar.

Aquela era a jogada maquiavélica. Fingir que havia um esquema de assassinato orquestrado pelos admiradores de Sils. A questão era que, mesmo que houvesse isso, por si só não seria capaz de embasar uma prisão cautelar.

Ninguém pode ser preso com base única e exclusivamente na violência de outro alguém.

Isso parece básico na cabeça de um advogado e até mesmo de uma pessoa comum, mas, sob pressão, uma pessoa leiga e sem conhecimento jurídico vacila. Todo advogado sabe que ninguém, absolutamente ninguém, arrisca com a lei, ninguém teima com um advogado em momentos difíceis.

Podem faltar comida em casa, remédio ou roupas, mas ninguém deixa de pagar o advogado, pois é o homem que vai salvá-lo da desgraça, seja sobre a honra, dinheiro, a liberdade de ir e vir. Nada é mais importante do que dormir tranquilo à noite.

Sherman se levantou e colocou a mão no ombro de Sils, tentando acalmá-la.

— Tudo bem, não se preocupe, não deixaremos nada disso acontecer. — Neste momento, ele olhou em seus olhos. — Nós estamos aqui, não se preocupe, por sorte, através de alguns contatos, conseguimos interceptar as cartas que chegariam aos promotores. Quanto a mim, não darei queixa contra a senhorita, mas...

— Desde que — começou Stoltenberg — a senhorita assine esse acordo de assunção de culpa, comprometendo-se a pagar uma pequena indenização ao Estado de Nova York e a abandonar voluntariamente o país dentro de trinta dias.

Sils ouviu aquilo olhando para o chão e balançando a cabeça sem acreditar. Em sua face, só a expressão de alguém transtornado com a torrente de ataques e ameaças que ela nunca imaginou que um dia seria capaz de sofrer.

Mas aquilo era demais para ela, ameaça de prisão? O que sua família iria pensar? O que seus fãs iriam pensar? Como ela iria viver na prisão? Eram tantas perguntas.

Além disso, deixar a América era tão radical. O país que a recebeu e a nutriu tão bem, dando-lhe a oportunidade de realizar seus sonhos como artista. O país cujo símbolo era uma Estátua da Liberdade. Ela nunca imaginou que esse país abrigaria uma injustiça daquele calibre.

— Posso pensar um pouco? — ela perguntou.

— Quanto tempo? — Sherman redarguiu.

— Um dia.

Sherman e Stoltenberg se olharam. Eles sabiam que em um dia ela poderia ter a opinião de um advogado sério e tudo iria por água abaixo. Stoltenberg tomou a palavra:

— Senhorita Sils, temo que novas cartas sejam enviadas à promotoria e desta vez nossos homens não estarão lá para interceptar. Se a procuradoria colocar as mãos nessas cartas...

— Se eu assinar esse acordo de culpa?

— Estará completamente livre de qualquer acusação. Veja, isso eu posso prometer: rasgo meu diploma se a senhorita for presa.

— Mas onde vou viver? Para onde eu vou? Só conheço aqui, este é o único lugar na vida em que vivi.

Foi a vez de Sherman intervir:

— Senhorita Sils, a Inglaterra é um país tão mais desenvolvido que os Estados Unidos. Grande povo! Eles têm uma indústria cinematográfica tão boa quanto a americana. Aposto que muitos estúdios iriam querer trabalhar com a senhorita lá. Nós mesmos vamos providenciar todo o trâmite de sua imigração para lá. Não se preocupe com nada.

— Mas, se eu pudesse ao menos falar com Kardner...

— Kardner?! — Stoltenberg pareceu comicamente espantado. — Senhorita Sils, sabe qual é postura do Partido Republicano sobre imigração ilegal? Sabe o que as multidões republicanas cantam nos comícios?

De forma triste, ela fez um gesto positivo com a cabeça.

— Kardner já não pode sequer posar a seu lado. Senão perderá todos os votos. Os Deschamps são assim, só agem de acordo com seus interesses.

Ela balançou a cabeça.

— Não, ele não é assim! Ele não gosta de injustiça, ele não me abandonaria assim sem mais nem menos. Não sei sobre os Deschamps, mas sei do Kardner que eu conheço.

— Muito bem! — Sherman exclamou impaciente. — Vamos fazer o seguinte: tenho uma solução que será boa para a senhorita. Assine o acordo de culpa e fique com a cópia. Nós não levaremos uma cópia, apenas a senhora ficará com a cópia podendo rasgá-la se quiser. No entanto, imagino que Kardner vá dar alguma coletiva hoje à noite ou lançar uma nota. Nela ele vai negar qualquer relação com a senhorita, dizendo que são apenas amigos...

— Ele nunca faria isso! — ela exclamou com convicção.

— Se ele fizer isso hoje à noite, a senhorita nos deixa voltar aqui amanhã para assumir sua defesa e levar o acordo à procuradoria? Se ele, Kardner, assumi-la e tomar a defesa do seu processo, você pode rasgar o acordo.

Sils concordou sem entender que já havia repórteres e espiões rondando a sua casa, especulando sobre o porquê da visita de Sherman.

Quando Stoltenberg e Sherman cruzaram a soleira da porta, dois repórteres se aproximaram. De forma proposital, Stoltenberg saiu com um papel na mão. Eles haviam combinado de sair sorridentes e confiantes, para que tudo levasse a crer que já tinham um acordo com Sils.

— Senhor Sherman, a que se deveu essa visita à casa de Gabrielle Sils? — o repórter perguntou.

Sherman olhou para Stoltenberg, que tomou a palavra:

— Preferimos não comentar. É algo privado.

— Foi a respeito do processo de deportação?

— Sinto muito... a única coisa que podemos dizer é que esta é uma situação triste, mas pode ser resolvida com uma solução que agrade a todos.

"Uma solução que agrade a todos" foi a expressão escolhida por Stoltenberg para enviar uma mensagem subliminar para Kardner, que era:

"Conseguimos um acordo de culpa com sua namorada".

O próximo passo era fazer com que Kardner soubesse do conteúdo do acordo, ou seja, deixá-lo consciente do que Sils estava dando em troca pelo fim da investigação.

Dentro do carro, Stoltenberg chamou um de seus lacaios:

— Todo mundo sabe que você trabalha para mim. Vá, ligue ao gabinete dos senadores republicanos e deixe vazar que temos um acordo de culpa com Gabrielle Sils, no qual ela se compromete a deixar o país em trinta dias.

— Acha que vai funcionar? — Sherman perguntou.

— Kardner é um cara que gosta do desafio, mas, quando ele perceber que sua amada desistiu tão fácil, sua alma vai ficar destroçada. Ele vai pensar: "Ela não me ama, senão teria lutado para ficar". Então, na coletiva de hoje, ele já não vai ter mais nada a perder. Ele vai negar qualquer relação, por sobrevivência política.

De fato, a estratégia era brilhante. Sils não imaginava que a informação ia vazar dentro de poucas horas, ela não acreditava em tamanha desonestidade.

Quando a dúvida fosse incutida na cabeça de Kardner sobre a partida de Sils, não faria mais sentido se colocar como seu defensor. Ele iria perdê-la e ainda perder a eleição. Aquilo seria loucura.

E a estratégia funcionou, exatamente como Stoltenberg previu. A informação foi vazada dentro do staff republicano. A entrevista de Stoltenberg saindo da casa de Sils estava em todo lugar.

Para Sils era uma entrevista comum; para Kardner, um advogado especialista em acordos, aquela expressão "solução boa para todos" não deixava nenhuma dúvida. Sils havia aceitado abandonar o país e deixá-lo sozinho.

Àquela altura, Kardner não podia arriscar entrar em contato com ela para confirmar a história. A imprensa havia montado acampamento em frente ao apartamento dela e, se ele fosse visto lá, seria suicídio político.

Mesmo uma simples ligação traria sérios riscos. A década de 1960 tinha visto o alvorecer de uma série de escândalos por interceptações telefônicas, novo meio de prova, absolutamente fatal no meio jurídico.

✲ ✲ ✲

Com a natural fotossensibilidade dos olhos claros, Kardner piscava com um sorriso, tentando driblar o caos e a balbúrdia em sua alma, fruto daquele tsunami de flashes e luzes.

A coletiva de imprensa que Kardner convocara já ia começar.

De sua casa, Sils assistia a tudo no sofá, abraçada ao travesseiro e com a turma Spettacolare ao lado.

Todos estavam relativamente tranquilos. Todos, exceto Sils, que tinha consciência da aversão republicana à imigração ilegal. Ela estava ao menos grata por seus amigos estarem ali, apoiando-a naquela hora tensa, e todo aquele apoio serviu para criar uma onda do tipo *relax*, tudo vai dar certo no fim. Tudo sempre dá certo!

Por seu turno, Kardner se mantinha olhando fixamente o papel à sua frente. Era uma declaração curta, não tinha mais de dois parágrafos. Ele havia feito e refeito aquele texto um milhão de vezes, até chegar àquela declaração simples.

Depois de alguns minutos, toda a imprensa chegou, tomando seus postos, e assessores deram o sinal para começar. Kardner se manteve sério.

— Ele não sorri — Sils observou.

Kardner se ajeitou na cadeira e se aproximou do enxame de microfones posicionados, os flashes foram diminuindo. Finalmente ele relaxou, o tempo inteiro havia deixado as mãos entrelaçadas na altura do queixo, em posição de oração.

Kardner abaixou a cabeça olhando bem para o papel, então começou a ler a declaração:

"Senhoras e senhores presentes, povo americano, devido aos acontecimentos recentes, envolvendo meu nome e minha reputação, decidi que o mais apropriado seria vir aqui, diante de todos vocês, e mostrar minha verdadeira posição sobre os fatos a mim relacionados...

"Eu sou o candidato ao governo pelo Partido Republicano, nossas bandeiras de liberdade e respeito às leis sempre foram o estandarte maior em nossa campanha. Este é, sem dúvida nenhuma, um país de imigrantes, este é um país onde a lei é igual para todos...

"Sendo assim, gostaria de esclarecer sobre minha relação com a senhorita Gabrielle Gundrun Sils..."

Kardner fez uma pausa, dando um leve sorriso.

No sofá, ainda abraçada ao travesseiro, Sils deixou as mãos espalmadas em posição de oração, também dando um pequeno sorriso.

Mas, subitamente, a face de Kardner tomou um tom frio e desafiador, quando ele olhou diretamente para as câmeras.

Nós não temos, nem nunca tivemos, nenhum tipo de relação afetiva! Nós nos conhecemos na comunidade italiana, quando lá estive em campanha, foi isso. Nunca soube de qualquer irregularidade com relação à sua estadia... Como advogado, rezo o credo de que os culpados sejam julgados culpados, e os inocentes sejam julgados inocentes. A lei é igual para todos. É isso, pessoal, é tudo que tenho a dizer.

Sem mais delongas, Kardner apenas se levantou, deu meia-volta e saiu.

Mackennan e Frank tentaram segui-lo, mas foram barrados por Dom.

— Deixem-no! Nossa campanha está viva, só resta saber se nosso herói será capaz de chegar até a linha de chegada.

Sils e a turma do Teatro Spettacolare assistiram a tudo em silêncio. Eles simplesmente não tiveram reação. Acima de tudo a garota nova-iorquina sabia que os empregos da turma dependiam do sucesso dela, por isso tratou de se fazer de forte; segurou as lágrimas, levantou-se do sofá e perguntou se alguém mais queria sobremesa, porque ela ia até a cozinha fazer sabe-se lá o quê e, quando as pessoas vão à cozinha da própria casa, agem como se estivessem no controle, perguntando o que seus convidados querem.

Todos se entreolharam, tentando fingir que o mundo não estava desabando; todos, menos o Siciliano.

— Sils, vamos falar com Kardner. Ele vai nos ouvir!

— Vou trazer sobremesa para todos! — Sils disse, por fim.

Ninguém se atreveu a negar.

— Mas, Sils! — insistiu o Siciliano.

Imediatamente ela fez um sinal de negativo com a cabeça sem falar nada. O que havia acontecido tanto com Sils quanto com Kardner era que eles não haviam assimilado o golpe. Eles não podiam, porque o bem-estar de outras pessoas dependia do sucesso deles, pessoas que precisavam da sua força e máxima capacidade. Eles não podiam cair, pois temiam que fossem machucar outras pessoas.

Cada um, a seu modo, caiu em negação. Sils estava na cozinha fatiando uma sobremesa de abacaxi. Kardner saiu de carro, sem destino certo.

Depois que a sobremesa foi servida, Sils os fez repetir três vezes, até que se acabasse. Tudo isso, enquanto eles davam seu máximo se divertindo, fosse com as imitações do Siciliano, fosse com as danças de *hip hop* de Jiso. Naquela noite cada um dava seu máximo na capacidade de entretenimento.

Mas, quando passou de meia-noite e todos saíram, Sils se viu tão sozinha como nunca na vida tinha estado. Ela caminhou até a sacada, olhou o céu brilhante; nas ruas não havia sinal de movimento, tudo era tranquilo. Ela imaginou que Kardner ainda estivesse acordado, naquele momento, naquele exato momento, ele também estivesse triste, contemplando a melodia silenciosa da madrugada.

No dia seguinte os jornais iriam pintar a garota nova-iorquina como a desistente da relação, porque é mais fácil presumir que o homem é mais forte e seguro. Então quem seria o culpado da história? Foi Kardner quem caiu no truque de Stoltenberg, foi Kardner quem não resistiu à pressão republicana. Sils, inocentemente, deixou Sherman entrar em sua casa, gerando especulações.

O problema todo é que Sils, conhece pouco da vida e Kardner conhece em excesso. São duas visões antagônicas, duas filosofias que se chocam.

Sils era uma celebridade expansiva, que acreditava na sorte do destino. Kardner só acreditava em trabalho duro. Era o que tinha funcionado até aquele ponto para os dois.

Kardner havia dado a declaração pública, mas naquele mesmo dia, após sair do escritório de Gayoh, o advogado recebeu um ultimato dos líderes do partido.

O sentimento entre os dois estava lá, como a paixão e a conexão instintiva dos olhares. Mas esses sentimentos estavam obscurecidos pela figura pública dos dois.

O destino fora caprichoso, pois fora Sils quem tinha incentivado o advogado a não desistir da campanha, fora ela quem o tinha ensinado sobre confiança e respeito no topo do Edifício Sommer. Naqueles dias, Kardner ajudou e protegeu a garota nova-iorquina. Agora era ele, Kardner, a fonte do problema. Quanto mais ele aparecesse junto dela, pior.

Ele decidiu apenas sobreviver com um mínimo de sanidade para lutar outro dia. Ser governador era um sonho de infância dele. Sils era uma relação de paixão de alguns dias que nem sequer estava formalizada. Então qual era a escolha certa? Seja quem for que responda a essa pergunta com um instantâneo e absoluto sim ou não, certo ou errado, provavelmente tem a chave para todas as grandes questões existenciais.

✱ ✱ ✱

Em sua casa, Sils seguiu refletindo sobre o que fazer da vida. Ela era uma imigrante? Mas não se sentia como uma. Ela se achava uma cidadã americana de pleno direito.

Ela puxou a fotografia que sua mãe lhe dera em troca da promessa de se casar com Otto. A única foto de seu pai biológico, o homem forte e corajoso que sua mãe falava. Mas ela sabia perfeitamente que era invenção.

Ela imaginou que, se descobrisse quem era seu pai, se soubesse sua história, então talvez pudesse entender um pouco sobre si mesma. De onde vinha, de qual cultura, e o mais importante, de qual país.

Retendo cada fibra dos músculos da face, Sils arrancou a lembrança de casa da cabeça, respirou fundo e pediu a Deus que lhe desse calma para dormir. Só então se virou e, logo que girou, deu de cara com a flor dada por Kardner.

Ela estava em choque com a imagem daquilo que Kardner lhe dissera ser o símbolo do amor verdadeiro. Então se lembrou da história do Jardim de Keukenhof, na Holanda. Lembrou-se das outras fotografias que Kardner tinha lhe mostrado sobre os jardins europeus e a sua simbologia.

Tranquila e refeita, Sils respirou fundo, sentou na cama, rezou, pediu a Deus proteção para si e seus amigos, e logo virou.

Mas, como era de se esperar, o sono não vinha. Ela rolou de um lado para o outro, procurando a melhor posição, e nada acontecia; seu coração palpitava forte e seu corpo parecia cansado demais para conseguir descansar. Ele apenas doía de uma forma estranha. Sua musculatura estava toda tensa.

Sils levantou, ligou a luz e sentou-se na cama sem saber o que estava fazendo exatamente.

A emoção quis aparecer novamente, Sils lutou de novo, mas desta vez ela nada pôde fazer. Sentiu um arrepio dos pés à cabeça antes de as lágrimas desabarem sobre o travesseiro. Sils caiu num choro convulsivo, o choro alternado com soluços. Aquela era uma dor completamente desconhecida.

Maior que a angústia pelo rompimento abrupto com Kardner era a dor de estar sendo julgada e condenada, sem chance de defesa pelo público americano. Era especialmente doloroso ver o povo lhe chamar de forasteira, o mesmo povo que jurara amá-la em todos os momentos.

Ela não entendia que era uma vítima da extrema polarização política. Uma mídia de abutres, instigando muitas das pessoas que iam às ruas; além do mais, aquela narrativa era conveniente para ambos os partidos.

Aos democratas interessava ver Sils atacada pois isso cairia no colo de Kardner. Aos republicanos por uma questão de valor moral e, adivinhe só, para "proteger Kardner". Pois não há nada mais fácil e excitante em nosso mundo de poder pela força do que bater numa mulher que ocupa um lugar ao sol.

Ela tinha a impressão de que sua alma estava vomitando um tsunami de tristeza, encolhida na cama, uivando uma dor que parecia completamente fora de seu controle. Seu corpo e sua alma estavam completamente destroçados. A imagem dela e de Kardner naquela cama ficava tocando, e tocando como uma espécie de disco arranhado.

Finalmente ela havia admitido para si mesma que o amor podia machucar demais. Ela havia prometido a si mesma que não seria como as personagens dramáticas que interpretava. Ela seria diferente, encontraria um amor verdadeiro e isso não levaria tanto drama. Agora ela tinha sentido, pela primeira vez, o sabor da derrota.

Mas aquela derrota era demais para ela, aquela dor não poderia jamais se repetir em sua vida. Ela tinha de abandonar a América.

Esse era o melhor caminho para todos.

✳ ✳ ✳

— Kardner??? Você sabe que horas são???

Não era de admirar o espanto de Paul Gayoh com uma visita de madrugada. Assim como qualquer ser humano que labora durante o dia, Gayoh dormia cedo para acordar cedo. Como qualquer advogado comunitário negro da América, qualquer visita fora de hora era tida como suspeita, por isso ele foi atender a porta armado.

— Uma arma! Sério? Achei que fosse democrata!

— Sou democrata, não imbecil!

— Um pouco contraditório — Kardner brincou.

Gayoh sorriu, impaciente, olhando para o relógio, como quem diz: "Diga logo o que você quer, quero dormir".

Mas Kardner não disse nada, apenas sentou no sofá, contemplando o nada. Gayoh percebeu que tinha de se adiantar para tirá-lo dali.

— Você ainda quer que eu trabalhe no processo da garota?

Kardner pareceu não ter escutado a pergunta ou, se escutou, fez que não ouviu.

— Kardner! Acorde, homem!

O advogado negociador tresvariava na mente.

De longe, imaginando Sils, ele tentava dizer a si mesmo o quanto era indiferente em relação a ela, o quanto suas vidas eram distintas em pontos tão importantes, pois ela não passava de uma mulher caipira, sem muita instrução e feliz demais para ele. Toda aquela felicidade não podia ser real.

— Ah! Desculpe!

— Em que órbita você está?

Kardner balançou a cabeça, já ciente da velha característica de se desligar da realidade. Gayoh sabia disso. Ele lembrou que na faculdade era comum fazerem chacota com as viagens de Kardner.

— Como na faculdade, você ainda vive dentro da própria imaginação.

— Eu não imagino nada! Eu vejo! Eu sou um refém das minhas visões. Todos os dias vejo um grande mundo pela janela.

— Por que fez isso? — Gayoh perguntou. — Abandonar essa garota à própria sorte. A mesma garota para quem você veio hoje à tarde me pedir ajuda. Você simplesmente vai trocá-la para garantir a vitória na eleição. Isso é simplesmente repugnante, até para você.

Kardner explicou toda a história para Gayoh, de que Sils havia assinado um acordo de culpa à tarde, com o escritório de Sherman e Stoltenberg.

Gayoh imediatamente se calou, para em seguida se desculpar.

Sem demora, Gayoh buscou encontrar um espaço de intimidade, um lugar completamente desconhecido para ambos. Vendo a oportunidade, perguntou a Kardner se podia lhe fazer uma pergunta. Kardner fez um aceno positivo. Ele realmente queria conversar.

— Você realmente gostava daquela garota, não gostava?

Kardner respirou fundo e a seu modo, balançou a cabeça negativamente com um sorriso pálido no rosto.

— O mais engraçado de tudo é que não! Foram apenas alguns dias de paixão. É simplesmente pressão de tudo que estou vivendo. É simplesmente meu velho idealismo, construindo um conto de fadas com uma estrela de Hollywood.

— Deixa de ser imbecil! Para com isso! Deixa de ser ridículo! Quem não se apaixonaria por aquela mulher?!

— Isso, você falou tudo! A América inteira se apaixonou por Sils. Meu sentimento é como de mais um fã, como tantos outros.

Agora era a vez de Gayoh rir ironicamente.

— Quer dizer que está tudo bem? Você não está frustrado nem triste, e hoje foi um dia normal como qualquer outro. Sua vida segue normal?

Kardner colocou a mão no queixo, como se estivesse desenvolvendo a resposta. Então abaixou a cabeça, mordiscando os lábios. Ele havia resolvido contar a história dos cinco minutos de atraso que tinha levado a toda àquela situação.

— Eu achei... — Kardner começou melancólico. — Achei que havia uma espécie de força do universo me guiando pela primeira vez na vida. Eu não me senti sozinho no mundo. Eu podia contar com algum vento nas costas, eu podia... Eu podia, nem acredito que vou dizer isso. Eu podia contar com a sorte.

Gayoh, que era profundamente religioso, completou:

— Como se a Providência Divina tivesse chegado e dito: "Ok! Você não precisa mais se esforçar tanto, estamos aqui, vamos apoiá-lo".

— Isso! Sils era mais que amor, simbolizava para mim uma perspectiva completamente diferente da vida. Eu esperei e lutei a vida inteira por esse momento e, de repente, ele chegou tão fácil, tão óbvio e simples, que eu entrei num estado de pura fé. Um estado de espírito que eu nunca imaginei que o ser humano fosse capaz de experimentar.

Gayoh respondeu com um sinal de positivo na cabeça.

— Eu não estou bem. Na verdade, estou destruído, o que eu fiz hoje foi como... foi como vender minha alma aos mercadores da política.

— Kardner, você já leu a Convenção de Genebra de 1951, que criou o Estatuto do Refugiado? Por que não usa o princípio do *non-refoulement*?

Kardner balançou a cabeça.

— Talvez servisse se tivesse havido uma guerra quatro ou cinco anos atrás. Além do mais, esse ambiente político... Acho que Deus voltou a ser um completo estranho para mim. Os restos de utopia que eu tinha se foram. Não importa o que aconteça, Sherman e Stoltenberg já venceram a batalha sobre a minha alma.

— Kardner, as leis internacionais não devem estar ao sabor da política! Sobre Sherman e Stoltenberg, você não acha estranho terem conseguido convencer Sils tão rapidamente a assinar um acordo de culpa? Será que ela assinou mesmo?

— Eles foram entrevistados na porta da casa dela! Stoltenberg falando em solução para todos; além do mais, a informação vazou para o pessoal do staff televisivo do tio Dom. E, por falar em televisão, amanhã à noite tenho o primeiro debate, nem me preparei. Só cansaço, não sei como vou fazer.

Gayoh lhe deu um tapinha no ombro.

Seguiu-se uma pausa constrangedora. Pela primeira vez ficara subtendido que Gayoh ia torcer por Kardner, um momento estranho para ambos. Mas gracioso na forma como foi construído.

O negociador rapidamente apertou a mão de Gayoh, despediu-se e foi para casa dormir.

Dormir e dormir profundamente como nunca foi a real intenção de Kardner, mas, como era de se supor, ele pouco pregou os olhos à noite. No dia seguinte, ele passou a manhã reunido com o núcleo duro de campanha, revisando falas, simulando perguntas e respostas que provavelmente Sherman jogaria contra ele.

Era nítido que sua capacidade de memória estava debilitada pela falta de sono, e ele facilmente perdia o foco dos tópicos quando desenvolvia um assunto. Vez por outra, esquecia os números, ou gaguejava, tentando buscar a melhor expressão.

Sua atenção só foi interrompida quando um assessor apontou para a televisão.

A âncora da televisão mostrava Columbus Circle, onde milhares de pessoas podiam ser vistas chegando com cartazes.

— Tedd, como está a situação por aí? — Ela chamou o repórter de campo.

— Gracie, a cada minuto chegam mais e mais protestantes contra a imigração ilegal aqui. Eles planejavam marchar até a Times Square, pedindo o fim da imigração ilegal e principalmente a deportação de Gabrielle Sils!

Kardner olhou para seus assessores com um olhar interrogativo, do tipo: isso é bom ou ruim para nós?

— Imigração ilegal — Mackennan começou — é nossa bandeira, isso mostra que o povo está ao nosso lado. Você já negou qualquer relacionamento com Sils. Tudo que tem a fazer no debate de hoje é confirmar.

Mas tudo ficaria muito pior, quando uma assessora chegou correndo mandando todos sintonizarem a NBC, o canal de notícias de Dom Deschamps.

Estava sendo transmitida uma entrevista com três garotas vendedoras de roupa da Gucci. Eram as mesmas que tinham humilhado Sils, quando ela, pela primeira vez, vira o vestido dos seus sonhos.

— Então vocês conheceram Gabrielle Sils antes da fama? Ela esteve na Gucci?

Imbuídas de pedantismo e inveja, as vendedoras confirmaram rapidamente com a cabeça, para depois contar uma história completamente distorcida da forma como Sils fora lá.

— Ela foi até a loja — começaram — e queria levar um vestido nude. Mas, como não tinha dinheiro, ela só ficou olhando, medindo com os olhos. Daí nós meio que dissemos para ela sair, né? Se você não tem dinheiro, não tem o que fazer. Só que nessa hora Kardner passou na televisão. Sabe, todo bem vestido e com um discurso de governador. Não tivemos a menor dúvida. Acho que ela viu nele uma escada para a fama e se aproveitou de Kardner para ganhar ainda mais atenção.

Sem mais lágrimas para chorar, Sils ouviu a última parte e apertou o botão de mudar o canal. O outro canal cobria a manifestação anti-imigrante que lotava a Times Square. Na maioria dos cartazes estava escrito em letras garrafais:

FORA, RUSSA!

Sils desligou a TV.

Mas no staff de Kardner a informação de que Kardner fora enganado soou como música aos ouvidos.

— Você está falando do vestido nude que Sils usou num encontro com Kardner?

— Isso, ela ficou indo, lá medindo o vestido. Acho que ela é uma pessoa gananciosa que estava o tempo todo tentando se aproveitar de Kardner.

A vendedora havia destacado que Sils havia comprado e costurado a própria adaptação.

Mackennan deu um pulo de alegria, jogando os braços para cima.

Enquanto o staff comemorava e vibrava, Kardner permaneceu surpreso com aquela última informação. Sils aparentemente já o tinha visto antes e havia costurado o próprio vestido. Ela era uma mulher de iniciativa e buscava o que queria.

Quando a noite chegou e as ruas de Nova York pareciam mais tranquilas, todos se aconchegaram no sofá, ansiosos para o início do debate.

Sils estava tirando o bolo do forno, quando a campainha tocou. Ela já sabia que era a turma Spettacolare. Todos iam assistir ao debate. Quando Sils abriu a porta, a primeira coisa que fez foi dar um passo para trás assustada.

O Siciliano estava na soleira da porta sorridente com uma carta na mão, apontando para Sils.

— É do chefe da linha de confecção da Gucci. Eles querem você desenvolvendo uma linha de roupas modernas e também como garota-propaganda.

Sils sorriu pela primeira vez, depois daqueles dias tumultuosos. Uma notícia positiva. A mentira das vendedoras invejosas tinha sido um tiro pela culatra da campanha de Stoltenberg e Sherman, pois havia ajudado Kardner e de quebra, conseguido um novo contrato para Sils.

A garota nova-iorquina também havia tomado outra grande decisão. Ela havia contratado uma equipe de detetives, que junto com as informações prestadas pela mãe dela iriam investigar seu pai biológico e reconstruir a árvore genealógica.

Se ele era russo ou não, ela estava preparada para aceitá-lo.

★ ★ ★

Nem bem o debate começou e o tema da imigração ilegal havia tomado o centro da arena.

Em sua casa, junto à turma Spettacolare, Sils assistia a tudo sem piscar.

Durante todo o debate, Sherman partiu para cima, atacando Kardner por ter um relacionamento às escondidas com uma pessoa que ele devia saber que era russa de nascimento.

E o debate girava em círculos, com jornalistas e plateia atacando Kardner pela mesma razão.

— Sherman está me chamando de russa, mas prometeu me ajudar! — Sils reagiu, indignada.

— Eu sabia! Não podíamos ter confiando nesse cara! Outro traidor, pilantra, safado! — resmungou o Siciliano.

Por seu turno, Kardner respondia que nunca tivera qualquer tipo de relacionamento íntimo com Sils. Que a conhecia como eleitora, quando de sua visita a Little Italy. Mas, como advogado, esperava que os culpados fossem culpados, e os inocentes, inocentados.

Toda vez que essa resposta vinha à tona, Sils sentia uma pontada na alma. Essa era a resposta da indiferença. A resposta de quem está ocupado demais para se importar com seu bem-estar. A resposta de um Deschamps inescrupuloso.

O debate seguia no compasso dessa discussão e todos os outros temas, como educação, saúde e transporte, tomaram uma posição secundária. A mídia americana obcecada por drama queria extrair até a última gota de negação de Kardner.

Não por menos, a última pergunta seria feita a Kardner por um jornalista do *Times*, o primeiro jornal que revelara tudo.

Surpreendentemente, ele subiu no púlpito sem nenhum papel nas mãos. Seus olhos se mantiveram focados em Kardner e ele perguntou com todo o desprezo possível para um ser humano:

— Senhor Kardner, eu não vou lhe perguntar sobre se o senhor teve ou não envolvimento com essa comunista. Qualquer um de nós pode ter uma noite ou duas de engano, faz parte. Quero do senhor outra coisa, porque eu imagino que ela ou o pessoal dela esteja assistindo. Não quero saber de envolvimento, eu quero que o senhor me responda objetivamente se ama essa mulher e tem a coragem de responder olhando na câmera.

O pessoal do staff de Kardner protestou. Aquela não era uma pergunta pertinente ao debate político. E de fato não era. O moderador do debate interrompeu dizendo que a pergunta estava sendo avaliada.

Sils se levantou do sofá e foi para a cozinha, dizendo que não queria ouvir.

A turma Spettacolare se apertou no sofá, como sardinhas enlatadas; absolutamente nada no mundo os tiraria da frente da TV.

O moderador apertou o ponto na orelha. Aquela esdrúxula pergunta tinha sido validada, porque, como num programa de fofocas, o povo queria saber a resposta.

A câmera focou em Kardner. A plateia iniciou um coro de "responda".

O moderador pediu silêncio.

— Oh, meu Deus! O que ele vai dizer, o que ele vai dizer? — repetia a trupe Spettacolare.

Sils não aguentou e correu da cozinha para a sala se prostrando na frente da TV com os olhos arregalados.

Kardner olhou para a câmera e tomou uma postura séria.

— Como eu já disse no passado, não tenho qualquer sentimento especial pela Senhorita Sils que não seja o simples respeito.

— Então a resposta é não? — quis se assegurar o jornalista.

Se seus olhos pudessem atirar balas, Kardner teria matado o jornalista com aquele último olhar.

— Você é surdo? Isso. Não!

A plateia vibrou com aplausos, enquanto do lado de fora manifestantes empunhavam bandeiras americanas em comemoração. Nas ruas, bares e em todos os círculos sociais, o burburinho era que o debate havia terminado empatado.

Menos mal para Kardner, que, abalado por insônia e inseguro de seus valores, podia simplesmente colocar tudo por água abaixo. Ele havia escapado, mas a um preço alto demais.

Em sua casa, Sils se apoiava nos braços da turma Spettacolare, e eles, sem saber ao certo como se consolarem, pois também gostavam de Kardner. Não importava que o fizessem para se entreter, havia uma melancolia latente no olhar de todos.

Ver Kardner dizer em rede nacional que não a amava era a tampa do caixão de todas as humilhações.

Aquilo era demais para Sils, que tomaria uma decisão naquela noite. Ela não iria assinar nenhum tipo de acordo de culpa, pois não se sentia culpada. Ela iria apenas sair do país, enquanto podia.

Velhos inimigos, novas alianças

DOIS MESES PARA A ELEIÇÃO.

— Kardner, acorde! Acorde! — Mackennan gritou, esmurrando a porta.

Kardner abriu a porta, desculpando-se. Suas olheiras sobressalentes e os olhos apequenados deixavam claro que ele não havia dormido bem.

— Mas que diabos está fazendo, dormindo até essa hora? Temos uma entrevista na CBS hoje às dez horas, só temos duas horas para nos preparar. Vamos!

Dentro do carro, Kardner dormiu o trajeto inteiro, sua natural tendência notívaga havia se exacerbado.

— Bom dia, América! — saudou alegremente o âncora. — Hoje é a vez de entrevistar o candidato Kardner Deschamps. Bem, queríamos começar cumprimentando-o, candidato.

— Obrigado!

— Gostaríamos de falar sobre acesso à moradia social. Nós temos comunidades muito desfavorecidas, principalmente no Harlem. Como o candidato pretende abordar essa questão do acesso à moradia pelas camadas mais pobres da população?

Kardner sorriu, confiante, pois já tinha prometido o projeto a Gayoh.

— Bem, na verdade, nós vamos construir cinco mil casas para...

De repente, o âncora colocou a mão na frente de Kardner, o interrompendo, a outra mão no ponto eletrônico na orelha.

— Desculpe, candidato! Mas temos uma notícia urgente em primeira mão. Ao que tudo indica, Gabrielle Sils está dando uma entrevista coletiva. Nós temos mais informações com nosso repórter em Little Italy. John, você me ouve?

Kardner abriu os braços sem entender o que aquilo tinha a ver com a campanha.

Naquele momento, todos os monitores de TV no estúdio focaram em Gabrielle Gundrun Sils. Não era com pouca surpresa que ele olhava para ela mais confiante do que poderia parecer num momento de tanto ataque e escracho.

Sils segurou uma nota e começou a ler.

Devido aos recentes acontecimentos em minha vida sobre minha condição de residente neste país, por toda a dor que isso vem acarretando para mim, meus familiares e meus amigos, tomei a decisão de que o melhor para todos seria deixar o país...

Esta manhã recebi a confirmação de uma oferta da Gucci para desenvolver uma linha de roupas modernas, além de outras propostas para trabalhar na Inglaterra. Até o fim da semana vou embarcar num voo para Londres. Quero agradecer a todos pela estadia neste grande país. Fiquem com Deus e até outro dia, quem sabe.

— Muito bem! — O âncora retornou à transmissão. — Senhor Kardner, como o senhor vê a decisão da Senhorita Sils de deixar o país?

Kardner abriu os braços, ultrajado.

— Desculpe! Eu não sei o que a viagem de Gabrielle Sils tem a ver com o problema de moradia social que estávamos discutindo...

— Ah sim, me desculpe! — redarguiu o âncora, um pouco constrangido. — Mas, como advogado, como o senhor analisaria essa situação? — ele insistiu, para surpresa de Kardner.

— Desculpe! Isso não tem nada a ver. Não faço análise jurídica em rede nacional. Sou candidato ao governo de Nova York e gostaria de discutir temas que interessem ao povo nova-iorquino.

— Mas aí é que está, senhor Kardner, a imigração ilegal é um tema caro ao povo nova-iorquino. Foram vocês, os republicanos, que prometeram ser implacáveis com isso.

— E eu já dei minha posição sobre a situação da Senhorita Sils. Essa posição sustenta meus valores sobre imigração ilegal. Não há nada de novo a acrescentar aqui!

O âncora arregalou os olhos, cochichando um uau, como se dissesse: "Ok! Não precisa ficar tão nervoso".

A entrevista seguiu tensa, com Kardner gaguejando em tópicos simples e até mesmo esquecendo as estatísticas que ele havia estudado tão disciplinadamente. Mackennan percebeu a situação e no intervalo comercial pediu para Kardner abandonar a entrevista, o que foi prontamente negado.

De alguma forma, a notícia da partida de Sils tinha mexido com sua concentração. Seu espírito estava regurgitando a dor que ele reprimira durante dias. O homem orgulhoso de seu intelecto sabia que aquele fato tinha potencial para desestabilizá-lo. Por isso, ele queria continuar na arena, para provar a si mesmo que era capaz de conviver com aquilo.

Não serei em hipótese alguma desestabilizado por sentimentos. Esse era seu pensamento perpétuo.

A entrevista da CBS foi um fracasso completo. Kardner simplesmente não conseguia impor vibração em sua comunicação, parecia estar lá obrigado, fazendo por fazer. Nos melhores momentos ele foi simplesmente burocrático.

Mas o fato era que o grande trunfo de Kardner era ser um comunicador vibrante e, sim, ele se importava bastante com Nova York. Ele apenas não tinha dormido bem a noite e, a bem da verdade, estava um pouco assustado com a habilidade de Sherman e Stoltenberg que pareciam sempre um passo à sua frente.

No restante do dia, Kardner participou de uma passeata em carro aberto pelo Brooklin, e não foi com pouca surpresa que ele viu todo aquele carnaval de alegria e saudação ao passar por

Greenpoint. Toda a comunidade polonesa foi às calçadas gritar palavras de apoio; conforme a multidão aumentava, aumentavam também os pedidos. Um pedido era ouvido com regularidade:

"Mande a russa embora."

"Russos, voltem para a Rússia."

"Fora, comunistas de Hollywood."

Não eram gritos de apoio. A pequena Polônia em Nova York tinha um sentimento antirrusso cristalizado, devido aos anos de perseguição.

Visivelmente sem graça, Kardner acenava, não sem antes olhar horrorizado todo tipo de maldade e excrescência escrita nos cartazes.

O mais estranho foi descer Greenpoint sob aplausos e gritos, e chegar a Brighton Beach sob vaias e pedras. Logo ali, no sul do Brooklin, a comunidade russa o recebeu não apenas com a frieza do Leste Europeu, mas com insultos e palavras de ordem.

A caravana se apressou e Kardner não sabia se aquilo era bom ou ruim. Havia perdido os votos da comunidade russa. Mas havia alguém na América por Sils, pelas últimas ruas ele viu cartazes pedindo morte aos poloneses fascistas. Só então ele entendeu que não era sobre ele e Sherman.

A Europa havia exportado seus imigrantes, e eles trouxeram a tiracolo suas rixas e seus preconceitos concebidos em séculos.

Aquele foi um momento de catarse para Kardner, porque ele percebeu que a América multiétnica, unida e próspera que ele imaginava, na verdade, tinha suas fissuras e, em alguns lugares, a rachadura estava para se romper.

As histórias de perseguições e ódio eram passadas de geração em geração entre as comunidades. É verdade que tudo se suavizava com a segunda ou terceira gerações de imigrantes subsequentes à primeira. Mas o sentimento se mantinha latente, à espera de fatos extremos para se manifestarem. E a eleição de Kardner e Sherman era o novo fato extremo da política em Nova York.

Tanto era assim que, no mesmo dia, Sherman saiu em passeata por Little Italy com a mulher vestida de italiana e os assessores carregando cestas de pães.

A coisa toda ficava um pouco ridícula, quando, em seus acenos, Sherman imitava o gesto de mãos que os italianos faziam. Aquilo já não era mais uma eleição, mas uma guerra por procuração de tribos europeias.

★ ★ ★

Em meio à passeata de Sherman, um homem negro, bonito e alto se destacava na multidão. Gayoh tinha o costume de votar democrata, costume, pode-se dizer, não necessariamente partilhando todos os valores e as estratégias do partido.

Acima de tudo, ele era um advogado comunitário desconfiado de um partido conservador que investia cada vez menos no bem-estar social da população. Em seu pensamento, os democratas ao menos ainda falavam em ajudar. E uma das suas principais missões era ajudar sua comunidade a se elevar dentro de uma América cada vez mais distante em termos de políticas públicas de intervenção.

Quando toda a caravana de Sherman parou na Catedral de São Patrício e ele desceu com a esposa, Gayoh viu a oportunidade e se aproximou. Ele ia apresentar um projeto de reforma imigratória, concebido muito mais para ajudar os imigrantes latinos filhos de imigrantes ilegais.

Gayoh estava escorado na porta do carro, de braços cruzados; ele achava que Sherman precisava mais dele do que ele de Sherman.

De longe, Sherman o viu, acenou e foi em sua direção. Quando ele se aproximou, Gayoh abriu a porta do carro e os dois conversaram rapidamente no banco de trás.

Gayoh lhe explicou em termos gerais do que tratava a reforma imigratória que ele concebia. Era basicamente dar permissão de residência e trabalho por cinco anos, mais proteção contra deportação, desde que se estivesse mais de dez anos morando na América sem antecedentes criminais e com ensino médio completo, pagando seus impostos e não se tivesse mais de quarenta anos.

Sherman escutou tudo com atenção, depois sorriu, segurando o ombro de Gayoh, consciente de que tinha de mantê-lo a seu lado.

— Meu querido — ele começou —, a campanha chegou a um nível que nada em termos de reforma da imigração ilegal vai colar. Veja o clima das ruas. Veja a imprensa.

— Então pretende administrar Nova York, única e exclusivamente, orientado pelas ruas e pela imprensa?

Sherman abriu os braços, arregalando os olhos.

— O que eu posso fazer? Foram os republicanos que estigmatizaram o assunto. Eu estou só pegando carona.

— Mas isso o ajudaria, você ganharia uma fatia do voto latino, seria...

Sherman o interrompeu. O irlandês puxou uma pasta em seus papéis, tirando de dentro uma folhinha com o nome secreto estampado.

— Veja isso! É a pesquisa da NBC. Eu vou estar na frente de Kardner quando for anunciada. Tirei os quatro pontos de vantagem dele. Só com meus anúncios contra a incoerência dele em imigração legal. Estou ganhando terreno em muitos lugares.

— Você sabe que está destruindo não apenas a campanha de Kardner, mas a reputação de uma mulher inocente.

— Sim, mas e daí?! Cara, essa menina vai viver como uma *lady* na Inglaterra. Já tem dinheiro. Isso é o de menos. Não dou a mínima para ela!

A conversa foi interrompida quando um assessor de Sherman bateu no vidro.

Sem demora, Gayoh ligou o carro e dirigiu rumo a Little Italy. Ele havia ficado horrorizado com a indiferença e falta de escrúpulo de Sherman. Por isso, queria tirar aquela situação a limpo por conta própria. Falar pessoalmente com Sils e descobrir por que ela havia cedido tão facilmente a Sherman e Stoltenberg.

⋆ ⋆ ⋆

Little Italy. Confeitaria Spettacolare.

Gayoh queria tirar a história a limpo por conta própria. Assim como Kardner, era um homem orgulhoso, não apenas de sua raça ou de seu intelecto, mas de sua capacidade de mudar vidas alheias, seu idealismo não tinha repressão. Ele simplesmente era assim e, ao contrário do caso de Gabrielle Sils, o caso de Jin Sun não envolvia fraude como noiva de guerra, era apenas uma imigrante ilegal comum, assim como Carmem. Ele trabalharia para as duas.

De fato, isso animou tanto quanto qualquer disputa por sua esquecida comunidade. Ele estava encantado com Jin Sun. Mas também tinha acabado de perceber que tinha tirado a sorte grande do destino, porque ele poderia apresentar o projeto de reforma imigratória a Kardner, e o advogado negociador, para salvar as duas, iria aceitá-lo. Agora que Sherman havia ultrapassado Kardner nas pesquisas, ele já não precisava tanto de Gayoh, e ele sabia disso.

Mas ele também sabia que precisava de um último esforço milagroso para ser capaz de dobrar Kardner a apoiar seu projeto de reforma. Por isso, através de alguns contatos, conseguiu encontrar o endereço de Sils.

Ele bateu na porta por vinte minutos e ninguém saiu. Sils não estava lá. Ela estava em outro endereço também muito famoso.

⋆ ⋆ ⋆

— Senhor Dom — o mordomo chamou com cautela —, tem uma moça na porta querendo falar com o senhor.

Com certa dificuldade, Dom Deschamps se apoiou na bengala, caminhando a passos lentos até a sala, enquanto resmungava alguns impropérios típicos do dia.

— Se for algum idiota, tentando me vender... Ah, não! Deve ser outro jornalista comunista reclamando que meu canal não é progressista. Cambada de fodidos, só me pegam de mau humor.

O problema era que ninguém sabia ao certo qual era o momento em que ele estava de bom humor.

— Ela disse que se chama Gabrielle Gundrun Sils, senhor.

— Mande entrar.

Quando o mordomo acompanhou Sils até a sala, ela se dispôs a caminhar timidamente em direção a sua poltrona, sem coragem de olhar nos olhos o homem que um dia ela acreditava ter amado apenas assistindo pela TV.

Sentados os dois, restou uma pausa constrangedora, até que Dom Deschamps relembrou boas maneiras e ofereceu água ou café. Sils acenou positivamente para água.

— A que devo essa nobre visita? Se é para falar sobre Kardner, já vou logo avisando que não posso fazer nada. Meu sobrinho toma as próprias decisões e não há nada que eu possa fazer para...

— Não vim falar sobre Kardner — ela o interrompeu.

— Veio contemplar minha notória beleza e simpatia — Dom sugeriu, em tom impaciente.

— Vim falar sobre Carmem Maria Menendez, a moça que trabalhou para o senhor.

Dom Deschamps fechou a cara, então suspirou, desatando o nó da gravata no pescoço.

Seguiu-se uma pequena pausa reflexiva até que ele soltou um berro estrondante:

— Júlio, traga um suco de maracujá para mim e três pílulas daquele calmante, sossega-leão! E minha espingarda carregada!

Sils fitou-o com os olhos arregalados.

— Oh, não! Não! Não é para você! É só para descarregar o estresse... Gosto de matar pombos para descarregar o estresse! Malditos pombos! Odeio pombos!

— Me desculpe por isso! Mas eu realmente precisava falar.

— Ah! Tudo bem. Júlio, cadê o diazepam, cacete?! Puta que pariu!

— Porque Carmem não quer incomodar, ela não quer nada. Ela tem medo e...

— Ah! Muito amável da parte dela... Porque ela saiu daqui sem dar nenhuma satisfação, nem para mim, nem para ninguém. Simplesmente se foi. Como adultos que somos, acho que podemos sentar calmamente e conversar numa boa. Júlio, traz o diazepam! Droga!

— Porque ela estava com medo.

— Ah, compreendo... Júlio! É a espingarda de caçar elefante! Minha nossa senhora! Ninguém sabe de nada aqui no caralho desta casa!

Quando o mordomo chegou com a espingarda numa mão e a bandeja com comprimidos na outra, Sils se levantou dizendo que voltaria outra hora.

Dom percebeu que ela não estava brincando e, antes que seu mordomo se aproximasse o barrou, chamando Sils para uma caminhada no jardim, onde era possível conversar num ambiente mais acolhedor.

— Você deve ter percebido que Kardner adora arquitetura e jardins?

— Sim. Eu percebi.

— Fui eu quem ensinou isso a ele. Kardner é muito parecido comigo. Nós gostamos de caminhar em jardins, porque não nos sentimos julgados em meio à natureza. Faça chuva, faça sol, a natureza sempre nos acolhe... Mas, sobre Carmem, eu acho que já imagino do que se trate, porque outros funcionários falaram comigo.

— Eles falaram que Pedro é seu filho? — ela perguntou timidamente.

Dom acenou positivamente. Então perguntou a Sils se ela conhecia a história da família Deschamps. Ela respondeu que conhecia o pouco que Kardner tinha lhe ensinado sobre o Holocausto e a fuga da Europa.

— Perdi toda a minha família. Já tinha uma esposa e filhos, perdi tudo. Frank, o pai de Kardner, ainda não tinha esposa. Nós dois sobrevivemos sabe-se lá por qual milagre. Se bem que eu acho que preferia...

— Sinto muito, senhor Dom.

— Quando os aliados norte-americanos libertaram a Europa Ocidental, jurei a mim mesmo que defenderia os valores deste país até meu último suspiro. Deus não conhece a Europa, só a América. Na época, bem no comecinho da perseguição, meu irmão Frank veio primeiro para a América, depois de corromper guardas franceses. Eu ainda tinha uma infecção desconhecida que peguei no gueto judeu em que vivia... Judeus malditos! Odeio judeus!

— Mas, o senhor é judeu?

— Ah! Mas não é nada pessoal. Odeio os cristãos também!

Sils mudou o tom. Ela queria ver se conseguia falar algo que aquele velho pestilento não odiasse.

— Nossa! É incrível que o senhor tenha se tornado um ator de tanto sucesso em Hollywood... Depois de tudo isso.

— Odeio Hollywood! Cheio de veado e comunista!

— Ah! Mas teve sucesso. Graças a Deus.

— Não um ator de grande sucesso. Era um ator de novelas. Consegui esse emprego porque a esposa de Frank conhecia pessoas de Hollywood. Quando eu vim e comecei a trabalhar e ter sucesso, achei que ia reconstruir minha vida, depois de perder tudo, absolutamente tudo que você possa imaginar. Eu, Dom Deschamps, perdi! Frank estava reconstruindo a vida dele, e eu...

Subitamente, Dom empacou na conversa. Ele respirou fundo, levantando o rosto e mordiscando os lábios para disfarçar a emoção.

— A única coisa que eu não sabia era que aquela infecção que eu tive no gueto judeu era caxumba e essa doença havia me deixado estéril. Eu tive alguns relacionamentos, mas nada de filhos, não foi por falta de mulheres, eu tentei, acredite.

— Nossa! Isso deve ter sido horrível.

— Você acha que eu não gostaria que esse menino fosse meu filho? Você acha que eu, um homem na minha idade, conseguiria ter relação com uma mulher, a não ser que realmente estivesse interessado? Você acha que Carmem é a primeira mulher que chegou até mim dizendo ter um filho meu? Elas vinham, falavam, eu contratava um detetive, investigávamos e descobríamos que a potencial candidata tinha estado em tantos outros casos, ou que a criança tinha traços genéticos de ex-namorados. Ou a mulher era simplesmente uma golpista profissional. Até isso acontecer.

Ele parou triste e sentou num banco. Então apontou para uma garagem, aferrolhada com uma grossa corrente. Eles caminharam até lá e Dom tratou de abrir.

Sils tomou um susto quando viu o interior. Naquele depósito devia haver mais de quinhentas caixas.

— Até isso acontecer — Dom retomou —, até toda a verdade surgir, eu já tinha fotos do meu "filho". Já havia comprado os brinquedos e enfeitado o quarto com todo tipo de carrinhos. Se fosse menina, eu mandava comprar todas as Barbies da cidade, ursos de pelúcia, vestidinhos. Está tudo aí, pode olhar. Sempre negando o fato de ter tido caxumba. Que algum tipo de milagre havia acontecido e por uma noite eu não era estéril. Você não faz ideia de como essa decepção me machucava. Todas as vezes que isso acontecia, eu não apenas perdia meus sonhos, eu lembrava que Hitler havia me vencido. Eu não passaria meu nome adiante, não deixaria descendência e acordaria toda manhã sozinho, nem passaria todo Natal sozinho, com três gatos deitados ao redor da árvore, arranhando minha perna por comida.

— Agora eu entendo — Sils disse, olhando para o horizonte. — Eu entendo por que vocês protegem tanto Kardner. Ele representa a continuação da família. A vitória final sobre Hitler. Ele é o responsável por levar o nome adiante.

Dom acenou positivamente.

— Eu não sei — Sils continuou. — Não tenho nem palavras para mensurar toda essa situação que o senhor viveu e, para ser sincera, eu realmente estou surpresa. Eu sei que o senhor não quer se decepcionar de novo. Mas devia dar uma olhada no Pedrinho. Ele é branco de olhos claros! Filho de uma mulher latina!

— Então, sou o único homem branco de olhos claros na América?

— Ela não se relacionou com mais ninguém! Ela não é esse tipo de pessoa, mora num bairro onde só há latinos e negros. Ela só convive dentro da comunidade! Como ela poderia ter um filho branco?

— Se ela tiver pais ou avós brancos, ela pode! Acredite, já estudei o tema!

— Mas ela não tem. Vi a foto da família dela!

— Para o seu governo existem homens latinos brancos de olhos claros!

— Eu sei que existem, mas quantos nas comunidades mais pobres da América? Geralmente são pessoas de cor.

— Olha, Senhorita Sils, acho melhor resolver essa questão de uma vez por todas.

Dom sacou um cheque do bolso do paletó, assinou e deu para Sils.

— É uma excelente quantia. Dá para começar uma vida para Carmem e o Pedrinho! — Ele se gabou.

Sils segurou o cheque indignada, então o rasgou no meio, depois no meio da metade restante.

— Ela não quer seu dinheiro! Ela não quer nada! Sou eu que acho que o senhor podia ao menos olhar esse menino. O que custa? É sobre ser pai e assumir responsabilidades. Dê outra chance para a vida.

— Olha, menina, eu vou lhe falar logo, bem simples. Não tenho nenhum tipo de marca ou pinta no corpo! Já falei com alguns pesquisadores, até o momento ninguém foi capaz de inventar um teste de DNA conclusivo. Eles dizem que isso só poderá ser feito em duas décadas, lá pela década de mil novecentos e oitenta... Até lá eu provavelmente já estarei morto, então faça o seguinte, mande exumar meu corpo, daí se essa criança for minha, ela poderá ficar com toda a herança. Por ora fico com minha segura desconfiança.

— Apenas uma olhada, pelo menos em foto.

Dom fechou os olhos, balançando a cabeça impaciente. Ele podia encerrar a conversa rapidamente se dissesse a Sils que tinha um câncer terminal. O problema é que os Deschamps não toleravam ser alvo da piedade alheia.

— Se eu disser sim, você me promete que vai embora?

Sils olhou confusa para Dom, como se ele tivesse lhe falado algo realmente doloroso.

— Da sua casa ou do país?

— Não! Desculpe! Da minha casa, quem a quer fora do país é a mídia! Eu estava feliz por Kardner, acredite. Eu nunca tinha visto os olhos dele brilharem tanto.

— Sério? Porque até onde sei o senhor o fez prometer que ele casaria com uma mulher judia.

— Sim! Fiz. Mas era muito mais a promessa de que ele casaria com alguém e teria filhos, passando o nome adiante. A parte da mulher judia era eu testando os limites dele. Você tem de compreender. Kardner, quando criança, costumava passar horas sozinho, dentro do próprio mundo. Ele aprendeu sobre a guerra, sobre o sofrimento judeu, só então entendeu como as coisas funcionam e, a partir de sua adolescência, ele fechou o próprio mundo de fantasias. Aquilo era esquisito demais para qualquer ser humano. Então, antes de julgar Kardner, eu peço que tente compreendê-lo.

— Eu tentarei — Sils disse, constrangida. — Ah! Bem, aqui está a foto. Esse aqui é o Pedrinho. Veja como é lindo!

Dom pegou a foto, tirou os óculos do paletó e aproximou o rosto. Havia uma semelhança incrível não com ele, mas com Kardner quando era pequeno, uma vez que era o único membro da família que tinha fotos coloridas. Ele distanciou a foto e viu o grande sorriso do garoto de longe, como o da sua mãe.

Ele quis sorrir, mas se segurou. Dom estava disposto a dar uma chance para o garoto. Mas, como ele havia se acostumado na vida, aquilo teria um preço.

— Quer saber, não tenho nada a perder! Já estou no fim! Tudo bem, eu fico com a foto e posso dar uma olhada no garoto de perto. Mas um dia antes de viajar, você vai dar uma entrevista exclusiva para o meu canal aqui em casa, contando detalhes da sua viagem, o que vai fazer e falando do processo e da sua relação com Kardner.

— Quer que eu fale do seu sobrinho em rede nacional? Não acha que isso é um pouco demais?

— Bom, não tenho culpa! Isso é o que as pessoas querem ver.

Sils parou, fitando Dom nos olhos.

— Se vamos sempre dar aquilo que as pessoas querem, então qual é o sentido de existirmos como indivíduos? Sem vontade própria, que marca deixamos ao seguir a vontade do mundo? Que contribuição deixamos ao seguir o que sempre existiu? Em que vai contribuir para o debate político minha relação com Kardner?

Sem resposta, Dom se impacientou.

— Olha, se você o ama, por que não luta por ele? Jesus Cristo! É uma oportunidade! — ele disse, rispidamente. — Saiba que não há homem melhor que meu sobrinho!

Sils sorriu.

— Agradeço a torcida. Mas o senhor sabe que não posso ficar no país.

— É isso que me irrita! — Dom berrou. — Vocês não lutam! Vocês são tão conformados! Passivos diante de uma lei completamente injusta!

Sils escutou em silêncio.

— Bem, senhor Dom, é isso! Agradeço a atenção, desculpe-me qualquer incômodo. Se o senhor for ver Pedrinho até sexta-feira, eu dou a entrevista no sábado conforme prometido. Eu não sei se vou ficar no país, nem sei se quero ficar ou... para onde iria, de qualquer forma quero lhe dizer que foi uma grande honra.

Eles apertaram a mão e se despediram.

★ ★ ★

Ao longe, Dom via Sils sair pelo portão e, logo que ela sumiu da sua vista, se virou numa espécie de meia corrida, com passos curtos apoiados pela bengala. Quando ele chegou ofegante à sala, Júlio o olhou assustado.

— Pare de olhar, paspalho! Depressa! Vá pegar todas as fotos de Kardner quando criança. Ah! E fotos de minha mãe também.

★ ★ ★

No QG de campanha republicano, o clima era de velório na reunião de pauta. A notícia da dianteira de Sherman nas pesquisas tinha confirmado aquilo que todos temiam. O eleitorado estava abandonando Kardner, em meio aos escândalos em sua vida pessoal.

Aparentemente, a sangria estava maior no eleitorado protestante. Era justamente no distrito de Manhattan que Kardner estava derretendo nas pesquisas, e a tendência, à medida que os indecisos diminuíam, era a curva se dirigir para mais perdas. O staff republicano tinha de tirar um coelho da cartola, e rápido.

O que o marketing de Kardner não entendia e a maioria também não era que o problema não era o fato de Kardner estar se relacionando com uma russa. As pessoas estão dispostas a compreender um sacrifício por amor. Do que o povo não gosta é de um candidato claramente dissimulado, um mentiroso, o que estava começando a grudar em Kardner.

A melhor oportunidade para transformar essa imagem era o próximo debate, em uma semana. Mackennan sabia disso, e a única coisa que ele queria era que Kardner dormisse a noite inteira e estivesse fisicamente inteiro. Coisa que ele não conseguia mudar naqueles dias.

— Sherman ganhou votos em nossos redutos, Kardner! Por tudo que é mais sagrado, tente descansar esta semana. Não podemos perder o próximo debate. Chegamos a um ponto em que mais da metade dos indecisos decidiu seus votos. A outra metade provavelmente está esperando o próximo debate.

Kardner foi irônico.

— Aí está uma boa ideia, Mackennan. Descansar mais esta semana! Por que não pensei nisso antes?!

De repente, Kardner e a equipe viram, através do vidro, um princípio de discussão entre a secretária de Kardner e um homem vestido em roupas militares surradas.

A secretária afastou-se e dirigiu-se à sala onde a equipe estava reunida. Ela foi seguida pelo Siciliano. Então entreabriu a porta, exibindo apenas a cabeça.

— Senhor Kardner, há um homem aqui, dizendo que é um general quatro estrelas. Ele quer falar com o senhor.

— Diga que estou em reunião! — Kardner respondeu.

Nessa hora o Siciliano falou do outro lado da porta.

— Ei, moça, você esqueceu a parte em que lutei na Segunda Guerra. Diga, vamos, diga!

A secretária balançou a cabeça, impaciente:

— Ele pede para lhe dizer que lutou na Segunda Guerra.

— Diga que a reunião termina em meia hora.

Mais uma vez o Siciliano interveio.

— Diga que lutei nos montes alpinos, contra fascistas italianos, que chegamos durante a noite ao Monte Castelo, libertamos todos os judeus do monte. Diga, diga!

A secretária se negou.

O Siciliano lhe lançou um olhar de desespero.

— Moça, tenho diarreia crônica quando fico nervoso! Não uso banheiros desconhecidos e sou velho! Cagarei nas calças em um minuto se não o chamar!

A jovem secretária revirou os olhos.

— Senhor Kardner, o homem aqui fora mandou dizer que...

— Tudo bem, tudo bem, Paula! Ouvi tudo! Mande entrar esse infeliz miserável!

★ ★ ★

— Você não pode deixar Sils ir embora!

— Não posso? Partir foi uma escolha dela. Unicamente dela.

— Porque ela acha que você não se importa! Ela acha que os republicanos nunca vão aprovar seu relacionamento, que sua família não vai. Ela acha que está sozinha contra o Departamento de Justiça americano. Mas você, você é Kardner Deschamps, o melhor advogado de Nova York!

Kardner deu um leve sorriso.

— Se existe alguém em Nova York que pode salvar Sils, esse alguém é você! Você pode, não pode?

Kardner ficou em silêncio, caminhando lentamente rumo à vidraça para contemplar o Central Park.

— Não é tão simples assim. Eles querem processá-la por fraude, não necessariamente pela condição ilegal de imigrante. Eu não sou um especialista em Direito Público. Conheço um amigo muito bom, mas não sei. Mesmo assim, o que adianta? Ela já tomou sua decisão.

— Mas se você for lá e falar com ela? Tenho certeza de que ela voltará atrás.

— Não sei. Essa é uma situação muito complicada, se alguém da imprensa me vir com ela, ou se alguém souber...

O Siciliano se impacientou, agitando os braços e o corpo como se estivesse a ponto de ter um ataque.

— Kardner, o pior de tudo nem é isso! Esses dias chegou um advogado bonitão querendo defender as meninas. O cara parece que é bom. Ouvi falar que ele é bonitão, alto, forte, bom de conversa, se você visse. Jiso tentou espantá-lo com suas habilidades de garçonete, mas o patife não foi embora! Acorda, cara! Ele está de olho na Sils! Concorrência na área!

Por coincidência, o tal bonitão, alto, forte e bom de conversa acabava de chegar à sala de Kardner.

— Kardner, preciso falar contigo com urgência. É algo sério — Gayoh falou sem rodeios.

— Entra aí, entra!

Kardner apresentou Gayoh ao Siciliano, e não foi com pouca estranheza que ele percebeu os olhos arregalados do italiano para Gayoh.

— Quero lhe mostrar um projeto de reforma imigratória.

Assustado, o Siciliano simplesmente caminhou porta afora ao dar de frente com Gayoh. Não era recomendável falar mal de um homem de dois metros na sua presença.

— Você tem uns amigos bem exóticos.

✱ ✱ ✱

Sem demora, Kardner pediu para ler o papel do projeto de reforma imigratória feita por Gayoh. Em cinco minutos ele leu tudo, depois parou, colocou a mão no queixo e meditou por mais três.

— Sinto muito, Gayoh. Seu projeto é incrível, bem elaborado, realmente sensato, mas você sabe que isso eu não posso fazer!

— Eu sei. Eu sei o que você está pensando, que vai perder o apoio dos republicanos e o povo americano vai ver isso como um ultraje.

— Um republicano nato não deixará de votar em você por uma medida moderada, pelo simples fato de que ele não quer perder esse senso de identidade tão precioso.

— Mas eles podem deixar de votar. Eles podem se ausentar.

— Republicanos gostam da Constituição! Gostam do controle seguro! Mas eu lhe digo mais, meu caro Kardner, e como eles irão debater sem votar? Como eles vão participar da roda de bar se não votaram? Com as câmeras ligadas, todo mundo odeia política; quando as luzes se apagam e ninguém está olhando, estamos falando de manhã, de tarde e de noite!

— Então, pela sua teoria, um republicano nato não deixaria de votar em mim por essa medida. Ele ficaria em silêncio, mas ainda votaria e...

— Você ainda ganharia o apoio dos independentes — Gayoh completou.

— Não sei, Gayoh. Isso me parece um passo grande demais. Os delegados do partido poderiam me abandonar e, o pior, os doadores também. Eu não sei. Preciso pensar, mas acho difícil.

— Kardner, você precisa dar uma virada na campanha, você já está em queda livre nas pesquisas. Claramente, se continuar no mesmo caminho, vai perder a eleição.

— Não estou em queda livre. Houve apenas uma oscilação de meio de campanha. Isso é natural depois de tantos ataques. Olha, Gayoh, o pior já passou! Sherman já usou todas as cartas que tinha contra mim. Ele não tem mais nada... O idiota antecipou todo o seu ataque. A tendência agora é ele cair.

Gayoh lançou um olhar descrente sobre Kardner.

— Você acha?

— Tenho certeza. Todo o azar que minha campanha poderia ter, ela teve, acredite! Não foi pouco.

— Bem... — Gayoh disse, já se levantando para ir. — Vamos fazer o seguinte, depois de amanhã, quinta-feira, a CBS vai divulgar uma nova pesquisa. O que você acha?

Kardner se antecipou.

— No pior cenário que vejo, ficamos empatados. No melhor, recupero ou ultrapasso. As notícias ruins pararam de correr, meu garoto.

— Se Sherman mantiver a vantagem, você me promete que me deixa voltar aqui e nós olharemos esse projeto e discutiremos uma forma de viabilizálo?

Kardner vacilou por um instante, então sorriu. Ele estava disposto a fechar o acordo.

— Se conseguirmos um empate — Kardner ponderou — ou eu eu estiver na frente, você lança um apoio público para mim e faz campanha na sua comunidade?

— Feito.

— Feito.

Quando a negociação se encerrou, tanto Gayoh quanto Kardner achavam que tinham feito o melhor negócio do mundo. Para Gayoh era questão de tempo ver as pesquisas continuarem derretendo a popularidade de Kardner.

Gayoh calculava que a maioria dos indecisos eram pessoas brancas realizadas financeiramente que até simpatizavam com Kardner, mas estavam desapontadas com a sua postura de negar o relacionamento com Sils. Era o voto de quem não ligava muito para política, mas podia ser impulsionado por um fato extremo.

Kardner calculava que o pior já havia passado. Ele havia feito a lição de casa a duras penas. Agora ele tinha o direito de colher os frutos. Ele achava que era impossível o povo americano não ver o sacrifício que ele estava fazendo, deixando a mulher que amava pela campanha. Ele deduzia que o povo americano sabia que ele amava Sils e vice-versa, logo ficariam enojados com a campanha de Sherman e com a mídia por impedir dessa relação.

Os dois partiam do ponto de que o povo americano sabia a verdade sobre Kardner e Sils. Como, de fato, sabia! O que diferenciava o ponto de ambos era que Gayoh contava com o espírito de luta e inconformismo americano. Um espírito que não aprovaria o espírito passivo de Kardner.

Kardner contava que o povo americano veria seu sacrifício e disciplina ao abrir mão de Sils pela campanha. O povo americano iria reconhecer seu sacrifício por amor a Nova York. Ninguém gosta de injustiça, e o nova-iorquino menos ainda. Quando a mídia batesse nele, as pessoas ficariam revoltadas com o circo e o apoiariam. Sua hombridade e coragem em meio àquele lamaçal seriam a demonstração de quem tinha maior capacidade de administrar a maior megalópole do mundo.

Hora de dizer adeus

NOS DIAS SEGUINTES, DEPOIS QUE A POEIRA HAVIA BAIXADO um pouco, Sils estava no sofá, observando um folheto com fotos da Europa, quando, subitamente, seu programa matinal foi interrompido para a transmissão de notícias urgentes.

Imediatamente, com o rosto vermelho e tenso, o âncora da TV começou a explicar a terrível situação:

Outra vez, fotos de silos e mísseis nuclares em Cuba. Um voo secreto da inteligência norte-americana fotografou com riqueza de detalhes aquilo que seria o desembarque de membros soviéticos e obuses para montar uma estrutura atômica na ilha dos Castros.

Não era como a crise dos mísseis de 1962, era apenas uma simulação, uma manobra de distração soviética para ver e entender como os americanos reagiriam. Não havia bombas nucleares em Cuba e logo tudo se dissiparia. Era mais uma velha brincadeira entre as potências sobre a capacidade de reação de cada uma. Esta brincadeira poderia dar muito errado.

O âncora continuou falando, mas Sils desligou a televisão em choque. Cuba estava a apenas 150 km da costa americana. Um bombardeio atômico dali poderia destruir a América em minutos.

Outra consequência óbvia que ela previu seria o aumento ainda maior da xenofobia contra qualquer imigrante que fosse soviético. Não que ela se sentisse soviética, mas aquilo já tinha sido criado e geraria sérias implicações.

Por toda a América, todos os jornais só falavam de uma coisa: mais uma crise dos mísseis de Cuba.

No QG de Sherman a notícia foi recebida com vibração.

— Olha aí. E agora, Kardner? — Sherman falou, olhando para Stoltenberg.

— A mídia vai trazer a questão à baila de novo — Stoltenberg concluiu num raciocínio preciso.

De fato, quando Sils anunciou sua partida e Kardner anunciou que não tinha qualquer laço especial com ela, depois de toda essa água na fervura, o assunto parecia que seria esquecido. Mas esse fato novo mudaria tudo.

No QG de Kardner, todos pareciam fingir que aquilo não traria problemas e até ali não traria, mas Mackennan observou com precisão as consequências daquela notícia.

— Não é a questão soviética, já que nós somos mais duros que os democratas. É a questão de como a mídia e o Departamento de Justiça americano vão tentar nos associar à questão dos imigrantes soviéticos aqui!

— Para nós, isso não implica nada. O pior já passou. O que a imprensa vai dizer? Que há soviéticos de mais aqui? E daí? O que temos com isso? — Kardner comentou, com indiferença.

— O governo americano pode decretar estado de sítio, suspender as liberdades constitucionais e prender pessoas sem mandado. Isso foi feito em outras crises. Você sabe muito bem disso, Kardner.

Dom e Frank Deschamps, que também estavam na reunião, concordaram, lembrando-se dos japoneses sob custódia na Segunda Guerra Mundial.

Não demorou nem uma hora e novas notícias urgentes estouraram na TV.

Em seus assentos, os Deschamps ouviram o porta-voz do governo anunciar o estado de sítio, a suspensão das liberdades constitucionais, o direito de se reunir livremente.

Conforme a notícia se espalhava, a situação ia ficando dramática. Naquelas horas de tensão, a América mergulhava no caos. A mídia especulava mil e uma situações, como um incêndio dez vezes maior que o de Hiroshima. Falavam que uma bomba H sozinha poderia destruir Nova York inteira em minutos. Tudo isso foi crescendo, e o povo não desgrudou os olhos da TV, nem do rádio, ao mesmo tempo que arrumava suas coisas freneticamente.

O governo passou o dia todo alertando a população sobre o que fazer no caso de um ataque nuclear. O que não foi a melhor estratégia para acalmar os ânimos. Como na chegada de um furacão, as aulas foram imediatamente suspensas, todos os funcionários públicos foram para casa.

As informações eram repassadas por porta-vozes do governo e ratificadas por advogados prestigiados. A última voz jurídica a falar foi a de maior peso em Nova York, ele mesmo, o obsessivo procurador geral de Nova York, Scott Just in Time Hewitt.

— *O único serviço público mantido seria o metrô até às seis da tarde. Não haverá expediente forense hoje em nenhum tribunal* — Hewitt comentou em entrevista.

Kardner não se conteve.

— Claro! Tinham de colocar o procurador mais arrogante e imbecil da América para ser a última voz humana antes do apocalipse!

Nas ruas de Nova York, só havia barulho no trânsito, na medida em que as pessoas tentavam fugir para o meio-oeste ou para o Canadá. A costa oeste estava fora de cogitação, pois seria o primeiro lugar bombardeado pelos russos em caso de guerra.

Perto das três da tarde, quando todos já estavam mais conformados e os ânimos pareciam serenar, Kardner, Frank e Dom estavam sentados à mesa de lanches de seu escritório em Manhattan, aguardando a chegada de Davi, que acabara de desembarcar após o lançamento de um livro no Brasil.

De fato, o clima já havia suavizado. Mas as risadas foram interrompidas quando notícias urgentes irromperam na TV, vindas de Little Italy.

O assessor de Sils estava dando uma entrevista:

— *Através da fotografia entregue por Sils e a investigação pelo último sobrenome, além de ramificações da árvore genealógica, descobrimos quem é o pai da senhorita Gabrielle Gundrun Sils. Seu verdadeiro nome é Ibrahim Van Koeman.*

Frank e Dom Deschamps se olharam incrédulos. Aquele primeiro nome era tipicamente judeu.

— *Um judeu holandês da região de Leiden, que fora transferido para um campo de concentração no sul da Rússia. Provavelmente, fora lá que ele encontrou a mãe da Senhorita Sils.*

Historicamente, desde Catarina a Grande, o sul da Russia era colonizado pelos "Alemães do Volga". O que incluía também muitos holandeses. Eva Sils tinha se relacionado com um homem fora da sua religião, por isso todo o segredo.

Dom Deschamps se levantou, balançando as mãos e gritando:

— Eu sabia! Eu sabia! Dava para sentir nela! Ela tinha alguma coisa nossa! Kardner, nossa entrevista vai bater recorde de audiência!

— Que entrevista? — Kardner perguntou.

O velho ator ainda tentou desconversar, mas Kardner manteve a pressão. Ele sabia que o tio era capaz de tudo por audiência.

Sem ter muito para onde correr, Dom confessou, explicando-lhe sobre o encontro com a garota nova-iorquina e o acordo feito com ela antes da viagem.

— Ela vai estar na sua casa? Para uma entrevista? Como você conseguiu isso?

— Posso estar velho e à beira da morte, mas ainda sou um negociador melhor que você.

Por dentro Kardner sentia-se realizado. Sils era uma moça judia, assim como ele.

Era essa a razão pela qual Eva Sils nunca quis falar sobre o pai de Sils. Ela se relacionou com um homem fora de sua religião, um homem marcado para morrer, Kardner pensava.

Acima de tudo, isso significava que eles não eram assim tão diferentes, compartilhavam a mesma história.

A felicidade não durou muito. Nesse ponto ele compreendeu que, diferente dele, o fato de Sils não saber que era judia nunca havia lhe dado uma perspectiva fatalista da vida. Seu pai fora morto pelos nazistas, agora ela teria também o fardo da orfandade, o medo da perseguição e a confusão sobre a natureza humana, que rondava a cabeça de todo judeu consciente.

Talvez ela nunca voltasse a confiar plenamente nas pessoas. Não do jeito que costumava ser, pois a natureza humana não é confiável. Talvez ela fosse mais feliz se nunca soubesse daquilo, se nunca o tivesse conhecido e nada desse lamaçal de tristeza a tocasse.

Enquanto Kardner refletia, os demais Deschamps se debatiam com aquela informação. Frank queria colocá-la na associação e chamar um time de advogados. Dom queria reunir todos os empresários e bancários do país para expor a situação. Davi aconselhava uma nova conversa entre Kardner e Sils.

Por seu turno, Kardner se mantinha silente, ouvindo tudo com atenção. Ele ainda estava realmente preocupado com o estado de espírito de Sils. Na hora, ele não conseguia pensar num modo prático de ajudá-la a ficar no país.

Mais uma vez, ele teve a sensação de estar recebendo algum tipo de sinal. Como se alguém dissesse a ele: "Isso é real!". Mas agora estava mais cauteloso, não sabia como interpretar aquilo nem tinha certeza de até onde gostaria de realmente ir.

Se ele começasse a fantasiar uma situação, aquela fantasia poderia colocá-lo à beira do precipício. Da última vez, havia sido doloroso demais e ele se achou ridículo acreditando que aqueles cinco minutos inexplicáveis o estavam apoiando.

Se ele ignorasse, sua consciência não o deixaria em paz, à parte o amor por ela. Kardner sentia como todo e qualquer judeu na América o chamado para cumprir seu dever de cidadão de proteger outro compatriota.

O caráter injusto e maléfico do que tinha sido feito com Sils tomava outro contorno agora. Não porque Kardner achasse os judeus mais especiais que os outros, mas pelo simples fato de, assim como muitos sobreviventes, ser Sils uma alma riscada pelo nazismo. Ela não conheceria o pai, porque ele fora assassinado. Acima de tudo Kardner não gostava de injustiça. Se ela não tinha direito de ficar na América, então, quem teria?

Mas Sils estava numa *vibe* totalmente diferente, longe do drama religioso.

A essa altura, estava muito mais focada em pesquisar sobre a Holanda, terra de seu pai, do que sobre sua herança judia. Sua forte formação religiosa providenciada pela família menonita não lhe deixava muita margem para especular sobre outra espiritualidade. Ela havia sido ensinada a rezar quatro vezes por dia, pensava em Jesus como mentor espiritual e já tinha crescido com a crença de que os menonitas haviam sido perseguidos, não tanto quanto os judeus, mas a perseguição judaica não lhe era um fato exatamente chocante.

Para todos os efeitos, seu pai era Thomaz Sils, o homem calmo e carinhoso que ela aprendera a amar e, principalmente, a quem correr em socorro, quando sua mãe não tinha paciência.

Por tudo isso, a grande novidade era a Holanda. Ela remoía fotos daquele belo país, dentro de uma caixa, olhando selos e cartões-postais. Ficou encantada com os moinhos e as onipresentes vacas listradas. Depois pegou uma enciclopédia sobre a Holanda, destacando os pontos que achava importantes. Só assim ela tinha um vislumbre do país em que seu pai biológico vivera, o país onde ela tinha direito à cidadania.

Não, não era a Inglaterra seu novo paraíso europeu, mas o país das tulipas.

Ela ansiava desesperadamente por algum tipo de conexão, algum tipo de raiz acolhedora, já que não era totalmente alemã, como seus pais, ou totalmente italiana, como o Siciliano. E, aparentemente, não era uma garota americana. Talvez ela pudesse ser uma *dutch girl*.

Naquele momento Sils ficou feliz, ao descobrir que os holandeses tinham uma cultura progressista. Um povo que, junto aos nórdicos, eram os mais civilizados do mundo. Ela achou engraçado e ao mesmo tempo fofo todas aquelas pessoas rodando de bicicleta, como se vivessem numa cidade-vilarejo. Aquilo era interessante. Talvez aquele modo de vida coletivo e simplório fosse mais seu estilo, por isso mantinha o entusiasmo.

Tenho que conhecer esse país, ela pensou.

De fato, aquela notícia encontrou ouvidos surdos na América, em meio a todas as especulações e os desdobramentos positivos. Ninguém, absolutamente ninguém, estava interessado em Sils, naquela hora em que "bombas nucleares" estavam sendo ativadas em Cuba.

Kardner havia percebido isso. Ele entendia que o marketing positivo advindo daquela notícia se esvairia nas areias da preocupação atômica. Ninguém daria bola, e ninguém deu. Naquele dia só os repórteres mais loucos haviam ficado em Nova York.

Os Deschamps ainda procuravam um meio jurídico de fazer Sils ficar, quando Kardner apareceu com a bola da vez:

— Vamos traçar a árvore genealógica desse judeu e descobrir se ele tem parentes aqui na América!

Todos pareceram felizes, exceto Davi, que regiamente levantou a mão para observar:

— O que vocês estão fazendo? Especulando um modo para essa garota ficar? Se ela nem mesmo ainda falou com você se queria ficar? Ou vocês vão decidir por ela?

Nem deu tempo de haver resposta. Subitamente, Mackennan invadiu a sala com papéis na mão, então parou, olhando a todos em silêncio. Seu rosto não tinha cor.

— Atacaram a Flórida? — Dom perguntou, assustado.

— Não. O que aconteceu foi que vazou a pesquisa de amanhã. Todos se levantaram se aproximando.

— Sherman está cinco pontos à sua frente. E entre os católicos, você perde numa margem de setenta e sete por cento. Estamos sangrando entre os italianos.

Aquela expressão "estamos sangrando entre os italianos" parecia saída de um roteiro de filme de máfia. Mas, ficção à parte, era bem real na cabeça de Kardner. Ele já esperava por isso.

Ele sabia que ia sangrar entre os católicos italianos, só não imaginava uma paulada daquela força. Para reverter aquela diferença de cinco pontos, ele tinha de fazer algo rápido entre os católicos, caso contrário seria dizimado antes mesmo do dia da eleição.

— Vamos fazer outra visita a Little Italy — Kardner falou abruptamente.

— Não, Kardner, pare! — Frank falou. — Você não está pensando com a cabeça! Não é assim, caminhando e falando aleatoriamente, que se ganha uma eleição!

Todos sentaram abaixando a cabeça. Aquela nuvem de desolação pousou e se deitou na alma do orgulho Deschamps. Eles olharam Kardner, tentando disfarçar a condescendência. Aquele silêncio foi longo demais para os padrões daquela família falante e guerreira. Coube a Davi interromper:

— Kardner, o tal reconhecimento pelo sacrifício não aconteceu. O povo americano nunca deu bola para isso. Eles queriam outra coisa de Kardner Deschamps. Você precisa mudar sua estratégia de campanha, caso queira vencer.

Mackennan o olhou com desconfiança.

— Em que sentido? — Kardner perguntou melancolicamente.

— Que tal tentar ser mais Kardner Deschamps e menos esse marketing protestante resiliente?

— O que você entende de campanha, Davi? — Mackennan perguntou ofendido ao ouvir a crítica àquela orientação concebida por ele.

— Entendo mais. Entendo de democracia e o que eu vejo na América hoje é um retrato do que os marqueteiros e conselheiros fizeram com ela. Um país onde não se governa mais com a maioria, onde todos buscam o maior grupo de minorias. Se continuarmos nesse caminho, vai chegar o tempo em que cada minoria vai querer seu próprio país. Kardner, pare com essa estupidez de ficar prometendo *strudel* para os alemães e baguetes aos italianos! Faça algo que todos os nova-iorquinos possam admirar! Você parece um boneco com esse penteado e essas roupas. Não há nada de ousado em suas propostas! Sinto dizer, mas você não é diferente dos outros. Que diabos você está fazendo?

— Não admito isso! — Mackennan respondeu. — Kardner, você escolhe: ou eu, ou seu tio!

Kardner não disse nada, apenas se colocou ao lado do tio. Mackennan entendeu e saiu batendo a porta.

— Graças a Deus! — Dom exclamou. — Já era hora desse veado mariquinha ir embora!

— Isso pode ser circunstancial. Não sei. Talvez o povo americano não esteja vendo tudo que estamos fazendo — Kardner comentou.

Dom Deschamps balançou a cabeça. Frank passou perto do filho dando-lhe um tapinha no ombro.

— Acho que temos de mudar nossa estratégia. Você não está entendendo. — Frank lhe falou com calma. — Não se trata do que estamos ou não fazendo. Ganhar ou perder faz parte, o mais importante é agir com dignidade! Trata-se de você, da firmeza do que você representa. As pessoas veem nossa família Deschamps como gananciosa, é verdade. Mas, também como baluarte de sucesso, disciplina e, acima de tudo, de ousadia! Nós corremos os riscos que as outras pessoas não querem correr! Trata-se da autenticidade de quem somos, Kardner!

— Kardner! — Dom interrompeu. — Você acha que Nova York confiaria no amor de um homem que desistiu tão fácil de outro amor? Entenda, não são seus valores, suas ideias ou técnicas, mas aquilo que você realmente faz que inspira as pessoas!

Os americanos estão enviando um recado. Eles não querem seu sacrifício, ou seus belos valores! Eles querem que você lute pela coisa certa, droga! Não importa se eles concordam ou não, se entendem ou não! Se eles o virem em batalha, liderando pela frente, lutando com paixão e coragem, entregando cada fibra do seu corpo à causa, então eles o admirarão! Essa é a essência do caráter desta nação!

— É hora de ser quem você é! Ousado! Mostre sua paixão ao povo! Seja ousado e você dará permissão para o povo americano ser ousado! — Davi completou.

Kardner levantou o dedo, como se já tivesse a primeira medida em mente.

— Eu já estou perdendo por cinco pontos. Meu Deus! Como sou idiota! Acho que os americanos estão vendo esta eleição como uma disputa entre dois candidatos igualmente ruins. Eles apenas estão escolhendo o menor dos males. Eles não estão vendo em mim aquilo que eu represento... — Kardner respirou fundo, olhando nos olhos da família. — Vou propor uma reforma migratória. Vou fazer um aceno claro aos eleitores independentes. Uma reforma que faça sentido nessa loucura. Algo que as pessoas vejam como solução! Vou dar permissão de trabalho e residência a imigrantes ilegais que estiverem há mais de dez anos nos Estados Unidos, tenham bons antecedentes e ensino médio completo.

Davi bateu palmas. Dom e Frank cruzaram os braços desconfiados. Eles sabiam que aquilo seria ousadia até demais, mas estavam felizes pelo fato de, pela primeira vez, virem Kardner falar com convicção.

— Temos de ver como ficará com os delegados do partido e outras lideranças — Frank observou de forma cautelosa.

— Até gostei da proposta, Kardner — Dom disse — Mas, como seu pai falou, não vai ser fácil para nós segurarmos as lideranças republicanas depois disso.

Kardner suspirou olhando para Dom e Frank com confiança.

— Tenho certeza de que vocês são capazes de segurá-los! Já tenho uma nota preparada e um discurso. Tio, chame alguém da sua emissora. Vou fazer isso ainda antes do anoitecer. Aproveito que a cidade está vazia e só haverá reação quando toda essa loucura passar.

Em meia hora, uma equipe da NBC estava lá, filmando o anúncio de Kardner.

Em casa, Gayoh vibrava quando Kardner anunciou a proposta de reforma.

No QG de Sherman, todos assistiram àquele anúncio num misto de riso e pena.

— O que esse cara fumou? Sério? Olha isso? — Sherman zombou.

— Está tentando fazer um apelo aos independentes, mas a essa altura os independentes já decidiram seu voto — Stoltenberg analisou.

— Agora vai ser uma avalanche — Sherman se gabou. — Eu aposto que todas as lideranças republicanas vão abandoná-lo.

Em seu apartamento, Sils assistiu a tudo e viu com esperança o Kardner que ele conhecera falar. O homem com boa oratória, paixão e confiança estava de volta. Como de praxe, naquela noite, toda a trupe Spettacolare estava na sala ouvindo o anúncio, não à toa os gritos.

Carmem e Jin Sun dançavam, o Siciliano de joelhos berrava:

— Vamos poder ficar! E nossas famílias também! — Jiso e Carmem abraçavam Sils emocionadas.

— Eu sabia que ele seria capaz de algo assim — Sils disse, visivelmente orgulhosa. — Esse é o Kardner que eu conheço. Ele vai ajudar muitas pessoas.

O clima de festa e otimismo durou apenas duas horas, porque já na hora do jantar um novo anúncio seria feito. Desta vez por um velho inimigo, o homem dos prazos. O procurador Scott *Just in Time* Hewit.

Mackennan havia acertado na mosca sobre a suspensão das liberdades e o estado de sítio. A única coisa que ele não havia acertado era quem seria a primeira vítima da suspensão das liberdades.

Pois que, espertamente, já que não havia ninguém em Nova York, Scott Hewitt voltou à baila para um anúncio. Dessa vez ele sabia que num estado deserto ele podia testar os limites da Justiça ao máximo.

O repórter da CBS colocou o microfone perto de Hewitt.

O homem sempre no tempo certo revelou sua primeira medida preventiva naquelas horas de pré-guerra.

— Nós vamos entrar com um novo processo no Tribunal de Apelação de Nova York. Vamos colocar sob custódia todos os imigrantes soviéticos não documentados.

O âncora no estúdio pareceu não entender.

— Mas não seria mais fácil simplesmente o governo usar os poderes do estado de sítio para impor esses mandados, em vez de iniciar todo um novo processo? — Foi a pergunta confusa.

O governo americano não usaria esse instrumento porque seria, falando em termos básicos, essencialmente fascista perante os olhos do mundo.

— O governo americano não vai, de fato, usar esses instrumentos do estado de sítio. Cabe ao Judiciário essa iniciativa. O ponto é que nós podemos aproveitar esse clima agora, dar um empurrãozinho e fazer aquilo que precisa ser feito — Hewitt explicou cinicamente.

— Isso inclui a Senhorita Sils? — indagou o âncora.

Hewitt acenou com a cabeça.

— Na verdade, o pedido de prisão preventiva já está feito para ela, juntamente ao novo processo por fraude a documentação, conexo com a deportação. Amanhã, assim que começar o horário forense. Você sabe como eu sou com prazos, John! Oito horas e um minuto. Eu já dou entrada no processo na Corte.

— Mas e o acordo de culpa assinado pela Senhorita Sils com a procuradoria e a indenização?

— Senhorita Sils, na verdade, não assinou nada. Ela apenas decidiu que deixaria o país. Ela não acredita que seja culpada, mas ainda existe o processo por fraude documental! Veja, por que é tão importante o processo de fraude? Ela vai ser deportada? Sim, vai! Se ela for condenada nesse processo, no de fraude, então não poderá retornar ao país, mesmo se voluntariando no processo legal de entrada.

O apresentador fisgou a oportunidade, vendo que Kardner tinha feito seu anúncio mais cedo. Por sua vez, Hewitt se mantinha do seu jeito. Inabalável. A toda hora olhava no relógio, obcecado com respeito à duração da entrevista, para poder voltar ao trabalho.

— O senhor soube do anúncio de Kardner mais cedo, oferecendo uma proposta de reforma imigratória. Como o senhor vê essa proposta, nesse momento da campanha?

— Desejo boa sorte a Kardner. Mas eu estarei às oito horas e um minuto protocolando o processo. Você pode ir lá ver, se quiser. Sou o primeiro a chegar e o último a sair. Sinceramente não gostaria de ter um oponente como eu. Nenhum advogado quer me ter pela frente.

— Mas, o senhor não acha...

— Acho que venceremos. Lembrem-se, hein? Oito horas e um minuto estarei lá no tribunal — Hewitt terminou, olhando a câmera, deixando clara sua sanha midiática.

De sua casa, já na cama, Kardner viu aquela entrevista com verdadeiro nojo. Lá estava aquilo que a América tinha de pior: a busca insana por bode expiatório em momentos de crise.

Naquela noite, não conseguiu dormir, preocupado com Sils. Isso porque, provavelmente, Hewitt ia fazer seu show particular no Tribunal e tentar transformar Sils num exemplo da América, onde as leis são seguidas à risca.

Kardner estava cansado. Mas ele finalmente entendeu, aquela entrevista de Hewitt o tinha despertado. Não era mais um caso de alguns dias. Já havia se passado muito tempo e a garota nova-iorquina continuava em seus pensamentos. A verdade era que ele amava Sils. Não dava mais para fingir ser qualquer outra coisa. Era hora de parar tudo e tomar uma atitude drástica.

Mas, em meio a todo aquele caos, havia uma excelente notícia. Sils não havia assinado um acordo de culpa. Isso significava que ela estava disposta a ir embora, mas não a assumir algo que não fez. Ela ainda tinha seus valores intactos.

Por seu turno, Sils também não dormira nada à noite. Ela estava desesperada para ir embora dos Estados Unidos o mais rápido possível. Ela não entendia bem o porquê de ainda se prender àquele lugar. Tinha plena consciência de que o projeto de Kardner não a contemplava por causa da fraude de guerra.

Imagine uma mulher rica, jovem, cheia de convites para trabalho na Europa. Qual o sentido de continuar se submetendo a esse tipo de tratamento?

Naquela mesma noite, Sils ligou para seu agente pedindo que fosse antecipada sua entrevista ao canal de Dom Deschamps o mais rápido possível. Tudo que ela queria era partir enquanto ainda podia.

★ ★ ★

Um mês para as eleições.

Conforme previsto, a nova pesquisa havia sido divulgada e Kardner estava, de fato, perdendo por cinco pontos, de acordo com a imensa maioria dos principais institutos de pesquisa.

Nem bem o dia raiava e, como já era esperado, toda a imprensa estava reunida na frente do Tribunal de Apelações. Às exatas 7h59, Scott Hewitt chegou com os papéis embaixo do braço, acenando e sorrindo, midiático como só ele podia ser.

Todos de olho na torre de São Francisco, com seus inseparáveis pombos pendurados nos ponteiros. O ponteiro bateu no 12 e 8 horas em ponto. Assim que o policial abriu os portões, Hewitt se dirigiu ao balcão de distribuição do Tribunal de Apelação de Nova York e protocolou o processo.

Tudo devidamente filmado e registrado pelas lentes da imprensa nova-iorquina.

Por sua vez, Dom Deschamps estava nervoso, refazendo a decoração da sala.

— Ali. Coloque aquele jarro ali, de maneira que, quando ela sentar na poltrona, fique à sua esquerda... A câmera vai pegar. Preparem a lareira.

Quando a campainha tocou, ele olhou aturdido.

— Mas já? Ela me disse que só chegaria às onze horas aqui. Ainda são sete e meia... Judia disciplinada! Essa é das minhas!

A entrevista estava marcada para o meio-dia. Horário em que os americanos estariam almoçando. E não havia horário melhor que aquele, os americanos podendo ouvir ou ver a entrevista relaxadamente, apreciando uma boa refeição.

Quando ele abriu a porta, o susto. Seu sobrinho Kardner com um aspecto de quem não tinha dormido à noite.

— O que foi?

— Tenho de falar com Sils. Antes da entrevista.

— Quero saber o que ela acha do meu projeto.

Dom olhou-o com incredulidade, mas deixou o sobrinho à vontade.

Quando Sils chegou, regiamente no horário combinado, Kardner estava na cozinha do tio.

Ela entrou na sala escoltada pelo próprio Dom, que lhe mostrava a casa e o jardim, antes da entrevista.

Na cozinha, ao ver Kardner, seu coração disparou. Ele rapidamente caminhou na sua direção, apertando sua mão de uma forma rápida e mecânica. Aquela forma de agir rápida, sem muito discernimento, era o modo que ele havia encontrado de não ser catapultado por emoções.

— Deixe que eu mostro o jardim, tio.

Dom se afastou e, quando Kardner e Sils chegaram ao jardim, a primeira coisa que ele fez foi lhe perguntar como ela estava.

— Como estou? Nossa é difícil! Estou em busca de uma pátria. Concentrada em ir para a Europa, e você? Aliás, parabéns pelo seu novo projeto de imigração. Jiso e Carmem mandaram um grande abraço. Você salvou a vida delas! Eu queria lhe agradecer por isso.

— Obrigado! Eu irei vê-las em breve, só eu ter uma folga da campanha.

Ele parou sem palavras, depois continuou caminhando ao lado de Sils, enquanto ela também caminhava em silêncio pelo jardim.

— Você não me disse como estava — ela observou.

— Eu... eu estou trabalhando muito. A campanha não está fácil. Por isso, eu...

— Você pode vencer — ela interrompeu. — As pessoas vão ver seu programa de imigração, vão ver suas propostas e vão mudar de opinião.

Kardner tocou as costas de Sils, olhando de um lado para o outro, como se quisesse que eles se afastassem da casa.

— Você sabe que esse projeto não a contempla, pelo caso da fraude documental.

— Eu sei, mas vai contemplar vários dos meus amigos e... Além do mais, vamos combinar que eu não sou uma pessoa sem condições financeiras. Consegui um bom dinheiro. Posso viver em outro país.

Kardner fechou a cara como se não acreditasse naquela resposta.

— Mas você sabe que não é justo o que fizeram com você! Você tem o direito de ficar!

Sils balançou a cabeça, como se não quisesse continuar aquilo de novo.

— Não, Kardner, chega! Não vou viver isso de novo. Não quero causar problemas! Acabou! Você mesmo sabe que é um processo impossível de vencer.

— Não é não! Há algo que podemos fazer para você ficar.

Ela o olhou, interrogativa.

Kardner a pegou pela mão e eles se sentaram num banquinho. Ele puxou uma caixinha do bolso, então se ajoelhou diante de Sils.

— Por favor, case-se comigo — pediu, já com os olhos úmidos.

— Kard...

Sils não conseguia soletrar as palavras. Ela se levantou, colocou a mão no peito e segurou as lágrimas. Como boa atriz, havia aprendido a segurar a emoção; se havia um momento em que era necessário, era aquele.

Ela sabia que o que Kardner fazia era de coração. Finalmente ela tinha certeza. Ele a amava, amava tanto que, antes de ela perguntar, tratou de explicar como lidaria com o partido e o efeito disso na campanha.

— Vou desistir da campanha! Vou jogar tudo para o ar. Não me importa, não me importa minha família, não me importa a política, meu orgulho! Não importa nada! Você é a mulher que eu amo. Não posso deixar essa oportunidade passar. A coisa mais importante na minha vida é você. Por favor, aceite!

Sils se recompôs, respirando lentamente. Ela sabia que não podia chorar para dar a resposta. Se começasse, não iria parar. Ela juntou todas as forças, mas, antes de começar, as lágrimas começaram a cair. Por isso, ela falava pausadamente.

— Kardner... Você, você foi e é o único homem que amei na vida. E eu penso em você em todas as minhas orações. Mas eu tenho de dizer... Não!

Kardner sentiu como se o sangue tivesse parado de circular pelo corpo e sua alma tivesse sido, subitamente, arrancada de suas entranhas.

— Sinto muito — ela disse, entre lágrimas e soluços. — Mas aceitar seu pedido significa que você vai sair da campanha, vai abandonar o projeto de reforma imigratória, e todos os meus amigos ficarão indefesos de novo. Felicidade a esse preço seria impossível para mim. Você tem de concorrer e vencer. Você tem responsabilidade sobre a vida de milhares de pessoas. Kardner, essas pessoas... Todos os dias elas vão trabalhar com a esperança renovada, sonhando que você estará lá por elas, rezando e pedindo a Deus para que você continue firme e forte. Como acha que eu viveria sabendo que seria responsável por seu abandono? Chega disso! O povo americano tem problemas maiores do que a minha situação!

Como da primeira vez que eles se encontraram no topo do arranha-céu Sommer, Sils não deixava Kardner desistir da campanha. Só que dessa vez não era uma romantização da vida e seus sonhos, não era sobre confiança e respeito. Era sobre a sobrevivência de vidas humanas, vidas que não tinham os mesmos recursos financeiros que a Garota Nova-Iorquina.

Ela sentia que sua dívida com o público americano nunca poderia ser paga. Ela devia tudo a quem não queria enfrentar.

Sils se levantou, enxugou o rosto e correu para dentro da casa. Kardner, que estava de joelhos, de joelhos ficou, com o anel na mão de cabeça baixa. Não havia mais nada que ele pudesse fazer, a cartada final tinha sido lançada e ele tinha perdido.

Ele havia sido derrotado por Riley nas prévias do partido, derrotado por Sherman na narrativa da campanha e agora uma nova derrota, esta mais dolorosa, pelo coração de Sils. Kardner estava absolutamente acabado, sentido-se como o homem mais impotente da Terra.

Quando Sils chegou à sala, faltavam apenas dez minutos para o meio-dia, horário marcado para a entrevista. Todos da equipe televisiva a viram naquele estado pré-convulsivo. Não havia condições de dar a entrevista. Seu assessor olhou para ela, que lhe disse que estava tudo bem, podia seguir em frente, só precisava de cinco minutos e um copo de água.

Assistindo a tudo, Dom fez um sinal para o garçom, que rapidamente chegou com a água. Sils bebia, enquanto um time de maquiadores trabalhava, na velocidade da luz, para disfarçar os borrões causados pelas lágrimas.

A garota nova-iorquina ficou surpresa ao ver o entrevistador chegar na companhia daquele outro homem alto, loiro, que Dom rapidamente explicou quem era.

— Sils, quero lhe apresentar Otto Van Daer, embaixador holandês na América.

Eles chegaram e cumprimentaram Sils. O embaixador sentou atrás das câmeras, e o entrevistador sentou a cinco metros de distância de Sils numa confortável poltrona. À sua frente, a garota nova-iorquina tentava manter um semblante calmo; às suas costas, a lareira e os vasos de barro conferiam à entrevista um ar bucólico.

Nem bem a entrevista começou, e a primeira pergunta foi um tiro de canhão.

— Senhorita Sils, a senhorita acha que está sendo tratada de forma justa pelo Departamento de Justiça americano?

— Não — ela falou, sem pestanejar.

— Por quê?

— Porque me sinto uma cidadã americana! Trabalho, ganho dinheiro honestamente, pago meus impostos. Não entramos ilegalmente na América. Fomos enganados por traficantes de pessoas que nos fizeram pagar por um documento que não tinha valor legal. É difícil esperar que uma mulher refugiada, menonita e com uma filha de sete anos seja capaz de desvendar um golpe bem-feito como esse. Nós estávamos escapando da fome, escapando da morte, e toda a nossa família é muito grata por tudo que a América nos deu. Não importa o que aconteça. A América sempre estará no meu coração.

— Como está a audiência? — Dom perguntou para um produtor.

— Já é um recorde — o produtor respondeu.

★ ★ ★

— Senhorita Sils, muito se especulou sobre um relacionamento entre a senhora e o senhor Kardner Deschamps. O que se diz nos bastidores é que vocês tiveram sim um relacionamento, mas com o seu problema de residência vocês foram obrigados a se separar. Afinal de contas, vocês tiveram um relacionamento ou não?

Entre os empregados da casa, os produtores e técnicos da emissora, ninguém dava um pio. Nas redações de outros jornais, em todos os escritórios de trabalho, nas cozinhas, todos estavam com os olhos na TV ou com o ouvido no rádio. Nas ruas de Nova York uma multidão assistia pelos telões da Times Square.

Sils engoliu em seco, ela tinha dificuldade em mentir, principalmente quando achava que todos sabiam a verdade. Sua formação religiosa não lhe deixava produzir histórias em grande escala. Além do mais, seria ridículo negar totalmente depois de toda a equipe vê-la voltando aos prantos após o encontro com Kardner.

Mas falar a verdade poderia custar a vitória de Kardner e, consequentemente, a salvação de seus amigos. Durante a noite e horas antes da entrevista, ela havia meditado sobre a questão, sabia que viria e não tinha conseguido preparar nada para responder.

Nessa hora, Kardner surgiu atrás das câmeras, junto aos produtores, de frente para Sils. Seu semblante parecia assustado, mas ao mesmo tempo ansioso.

Sils viu e desviou o olhar:

— Só existe uma verdade sobre isso — ela começou com calma, olhando para baixo — Kardner Deschamps é...

Os produtores se inclinavam para a frente, junto a todos os empregados da casa. Nos lares americanos as famílias paravam a colher a meio caminho da boca, aguardando a resposta. Havia poucos carros na rua, todo mundo parou seu almoço.

— É a pessoa que mais amo nessa vida.

Todos na casa Deschamps olharam para Kardner.

Nas ruas e nas casas se ouviu um "Oooooh", como se, de repente, as pessoas tivessem se chocado com a verdade assim, nua e crua. Aqueles eram tempos em que o público estava se acostumando com discursos pausterizados.

A plateia americana não estava esperando aquele tipo de sinceridade.

— Infelizmente, com todos os problemas que aconteceram — ela falou nervosa, entrançando os dedos —, decidimos que o melhor para nós dois seria nos separarmos para não machucar ninguém. Não quero ser uma distração na campanha nova-iorquina. Existem temas mais importantes a serem discutidos... Acho que seguiremos em frente com nossas vidas! É isso!

Kardner ouviu tudo e de cabeça baixa permaneceu, absolutamente desolado. Logo que Sils encerrou, ele se retirou.

Por toda a América se ouviu um uivo de lamentação. As pessoas não podiam suportar a verdade, aquilo era demais para todos. Ver não uma artista de televisão, rica e famosa, mas um ser humano, com o semblante depressivo, declarar em rede nacional que estava abandonando o amor da sua vida para não causar confusão no país.

De repente, não importava se eram republicanos, democratas, ou independentes, católicos ou protestantes, alemães ou italianos. Todos sentiram uma ponta de vergonha e a sensação de que tudo aquilo tinha ido longe demais.

Nas ruas, nas casas, nas redações, as pessoas se entreolhavam, comentando que aquilo era tão triste que não podia ser verdade. Eles não podiam ter produzido aquilo. No fundo, todos sabiam a verdade. Mas a verdade não era encarada, não apenas pelo fato de as pessoas não quererem assumir a própria responsabilidade, mas também porque o público americano tinha se acostumado a amar Gabrielle Sils. Ela era vista como uma atriz carismática, comunicativa, uma pessoa de boa índole que vencera a origem humilde para brilhar. Era o retrato de mulher que toda mulher americana ansiava.

Kardner era o único descendente Deschamps, a lendária família que chegou mendigando à América, cujos membros tinham se tornado famosos, os melhores dentro de suas áreas de atuação. Exemplo vivo do milagre da perseverança e ambição. Kardner, o jovem advogado de sucesso, simbolizava isso.

O público americano não podia conceber que um casal como aquele fosse derrotado, por mais que fosse atacado. A derrota era chocante e, de certa forma, seria a derrota da América. Por isso eles tinham acaído em negação, preferindo acreditar que eles tinham tido apenas uma ou duas noites juntos e pronto. Ponto final. Não era amor.

Ninguém aceitaria aquela história de separação e final infeliz. Aquela não era bem a América que lutava e alcançava seus sonhos.

O que ninguém havia percebido era que no século XX o paradigma central da existência humana havia mudado. Já não era mais a busca pela verdade.

Com a tecnologia e a liberdade, a verdade estava na ponta dos dedos. O novo paradigma humano havia se transformado. Agora era como reagir diante da verdade. Qual é o efeito da verdade em nossas mentes? Qual é o impacto em nosso comportamento?

A falta de educação para nos manter razoáveis diante da verdade havia criado uma geração americana negacionista com tendências cínicas. Se havia algo errado na América, então necessariamente havia uma causa específica, simples e compreensível, nenhum americano aceitaria uma verdade que não pudesse dominar, pois todo americano havia sido ensinado a participar do debate e, se você não tem opinião precisa, simples e compreensível, então é fraco.

✱ ✱ ✱

— Senhorita Sils, após todos os problemas jurídicos e o processo protocolado pelo procurador Hewitt, dizem que a senhorita pensa em viver na Europa. É verdade? Em qual país?

— Sim, é verdade! Mas... Isso é pouco constragedor, me desculpe! Eu fui escolhida para casar na minha vila, porque sabia a tabuada de multiplicar e dividir, no meu pequeno universo isso era algo bem intelectual. Quando saí para o mundo externo percebi o quanto isso era pouco, entende? Eu não conheço esse mundo... Eu gostaria de estudar, recomeçar num lugar diferente, tudo aconteceu tão rápido, gostaria de ter tido mais tempo para aprender certas coisas antes da fama.

— Estudar o quê, especificamente?

De repente, Sils parou, zonza, ela via manchas escuras diante dos olhos e tinha a impressão de que sua cabeça estava girando de um lado para o outro.

— Desculpe, estou um pouco cansada. Qual era mesmo a pergunta?

— Sobre sua viagem à Europa a convite da Gucci, se a senhorita está pensando em viver lá definitivamente.

Sils esfregou os olhos sem entender o que estava acontecendo, suas pálpebras ficaram pesadas, e a visão escurecia sem lhe dar qualquer tempo de reação.

— Acho que não estou bem — balbuciou com dificuldade.

— Depressa! Um médico! Dr. Rosberg! Aqui, aqui! Rápido — Dom gritou.

O público americano assistia, atônito.

Sils desmaiou sobre a poltrona, enquanto um time de homens a rodeava, tentando sentir seu pulso, até que o médico, Dr. Rosberg, chegou e pediu que a levassem para o quarto.

O entrevistador pediu desculpas e anunciou que a transmissão seria interrompida. Nos lares americanos, todos especulavam o que poderia ter ocasionado o desmaio.

E o principal bode expiatório era Scott Hewitt, o procurador no prazo, *showman*, do Departamento de Justiça nova-iorquino.

★ ★ ★

No dia seguinte, ainda grogue, Sils acordou atônita, olhando de um lado para o outro, naquele quarto imenso. Só depois de um tempo ela se deu conta do homem barbudo a seu lado. Era o Dr. Rosberg.

Ele checou a pulsação, abriu seus olhos, pediu-lhe que ficasse em pé de braços abertos, depois lhe fez algumas perguntas básicas para testar sua sanidade. Estava tudo ok e ele sabia que estava ok. Por isso, nem bem terminou, recolheu a mala para sair.

— Mas, doutor. Eu estou bem? O que eu tenho?

Ele sorriu com tranquilidade.

— Não se preocupe, você está bem. Não tem nada. Seu desmaio foi, provavelmente, desidratação. Nada demais.

Em pouco tempo, após a saída do médico, Dom bateu na porta. Sils pediu-lhe para entrar.

— Me desculpe, acho que estraguei sua entrevista — ela falou.

— Tudo bem. Tenho ótimas notícias. Seu pedido de prisão foi negado.

Ela gritou, jogando os braços para cima. Só então parou, especulando quem fora o advogado que teria feito aquela proeza.

— Kardner?

— Não, o embaixador, o holandês! Ele viu a carga de estresse a que você estava sujeita, então ele fez uma simples ligação ao governo holandês, dizendo que havia um cidadão holandês sendo destratado na América. Então, o governo holandês perguntou ao governo americano se eles ainda queriam continuar usando o porto de Roterdão para deixar seus produtos na Europa. Simples assim.

Dom piscou. Estava consciente da boa jogada que havia conseguido.

— Esse velho aqui não dá ponto sem nó!

Sils sorriu, alegre, finalmente alguém lutava por ela, e este alguém que lutava era muito poderoso. Seu nome era Holanda.

— Estou morrendo de fome — ela disse, sorrindo.

A garota nova-iorquina fez menção de se vestir para descer e Dom lhe avisou que Siciliano e Donatela estavam lá embaixo, assim como Frank e Davi Deschamps.

Quando ela chegou ao topo da escadaria, todos a olharam com uma reverência disfarçada. Frank disse:

— Na mesa. Comida típica holandesa.

Quando Sils desceu as escadas, ficou surpresa ao perceber que o casal italiano tinha preparado uma grande recepção, com balões e cartazes de apoio.

Mas um detalhe realmente chamou sua atenção. O Siciliano estava olhando para ela sério, com duas malas ao seu lado.

Ela chegou, cumprimentou a todos, e sem demora estavam sentados, comendo.

A boa distração só foi interrompida quando Frank chegou com dois papéis retangulares nas mãos.

— O que é isso? — Sils perguntou.

— São duas passagens para a Holanda. A Gucci pagou e quer você lá o mais rápido possível, assim como o governo da Holanda — Frank respondeu.

Sils olhou para o Siciliano, que respondeu:

— É verdade, Sils. A Gucci acha mais seguro se você deixar o país, e o governo holandês está oferecendo asilo.

— Mas não há mais pedido de prisão — ela argumentou.

— Mas ainda existe o processo por deportação — Dom rebateu.

— Não se preocupe — Davi interveio. — Se você for no meio do processo, isso não significa que não possa voltar antes de ele terminar; após o processo, se for inocentada, pode voltar, senão...

Ela olhou desconsolada para os amigos.

— Seu agente, o tal Siciliano, vai com você — Dom falou, olhando torto para o italiano.

— Parece que se conhecem? — Sils quis saber.

— Sim — Dom respondeu com ar indignado. — Ele me falou do programa de rádio dele, "Peidando com a boca discretamente"... Não satisfeito, mostrou-me o rasga-lata... Cinco vezes!

— Ah... E Donatela, como vai ficar sem o Siciliano?

— Eu? Vou ficar ótima! — Ela respondeu rindo. — O mais importante é que você deve ir, querida — Donatela falou, pegando na mão de Sils. — Aqui não é seguro. Pelo menos alguns dias longe vão lhe fazer bem. O Siciliano vai ficar lá contigo. Eu empresto.

— Kardner sabe disso? — Ela quis saber.

— Kardner não sabe — Frank respondeu. — Achamos melhor contar a ele depois que você já estiver no avião. Ele não... talvez não reagisse bem.

— Bem — Dom interrompeu batendo as mãos. — Vamos terminar o lanche, Sils já tem um carro lhe esperando lá fora. O próprio embaixador holandês estará esperando vocês no aeroporto às seis horas. Seu voo sai às oito, tudo bem?

— Tudo bem — respondeu.

Quando todos subiram para ajudar Sils, Dom, Davi e Frank ficaram na cozinha costurando os próximos passos.

— Você realmente tem muita coragem — Davi falou olhando para Dom.

— Foram só algumas gotas de sonífero que dei para ela. Dr. Rosberg já sabia, ele estava só esperando. Um desmaio em rede nacional, depois de toda aquela perseguição. Ninguém da mídia ou da Justiça se atreveria a entrar na minha casa para prendê-la.

Um detalhe básico sobre Dom Deschamps. Nem sempre ele jogava com as regras.

— E Kardner, como está? — Dom perguntou.

— Nunca o vi tão desolado na vida — Frank respondeu de forma triste. — Não sei como vou dar essa notícia para ele. Eu realmente não sei.

— Bom, mas explique a ele que nós salvamos a garota da prisão — Dom contra-argumentou.

— Não vamos nos iludir e achar que Kardner vai nos receber com alegria ao dizermos a ele que salvamos Sils, colocando-a num voo para Holanda — Davi observou.

— O debate de depois de amanhã será decisivo — Dom observou. — Esse é o penúltimo debate transmitido pela Fox e, sinceramente, Kardner não pode se dar ao luxo de ser qualquer coisa abaixo de espetacular.

— Eu não sei — Frank ponderou. — Tenho a impressão de que ele não está motivado. Depois que ele descobrir que Sils foi embora. Acho que... acho que ele vai jogar muita coisa para cima. Tenho a impressão de que ele está lutando para seguir em frente. Mas sempre aparece alguma coisa. Quando ele dispensou Mackennan e tomou as rédeas de campanha, tudo parecia resolvido... De repente, a União Soviética resolveu colocar armas atômicas em Cuba e o homem dos prazos, Hewitt, resolveu voltar à carga contra a "garota soviética"... Que campanha pode resistir a tal combinação de circunstâncias? Eu estou começando a achar que Deus existe... Ele só detesta bastante os judeus!

— Temos que dar um jeito de animar Kardner. Trazê-lo de volta à vida! Ele é um cara forte. Nós sabemos do que ele é capaz — Davi argumentou.

— Não é tão simples — Frank protestou. — Nesse tipo de situação Kardner entra no seu próprio mundo. Ele se isola na imaginação poderosa. Kardner parece ser alguém que assiste à televisão dentro da própria cabeça. Ele está impotente assistindo a tudo que está acontecendo na sua vida.

Os Deschamps encerraram a reunião, dispostos a uma missão impossível, resgatar Kardner, enquanto colocavam Sils num voo para a Europa.

Dom já tinha feito sua parte. Ele tinha bolado o plano de trazer o embaixador holandês e drogar Sils. Frank Deschamps tinha a missão de segurar os caciques republicanos que viam em Kardner fraqueza e propostas contraditórias.

Davi tinha a missão de conversar com Kardner e com a imprensa, já que era o Deschamps mais calmo e apreciado tanto dentro da família quanto fora.

Como Dom tinha cumprido sua parte, ele agora estava com o tempo livre para tirar a limpo outra grande história.

✳ ✳ ✳

Logo depois, sentado na poltrona, enquanto fumava um grosso charuto cubano, Dom Deschamps observava, já com zero paciência, aquele homem de jaleco branco, especialmente buscado na Universidade de Columbia. Era o pesquisador de genética Brian Stein.

Ele encostava os lábios no chá, tomava um pouquinho, então parava assoprando, depois ia lá de novo, encostava os lábios na xícara, bebia um pouquinho e assoprava e isso seguiu, e seguiu...

— Doutor Stein — Dom falou impaciente, enquanto o homem ainda tomava o chá —, permita-me perguntar antes que anoiteça. Existe algum tipo de teste genético, alguma fórmula, algum remédio, que a ciência tenha criado para realizar com precisão um tipo de teste de paternidade?

— Algo preciso? Não. Ainda não temos. Estamos em 1968, ainda precisamos de mais duas décadas para desenvolver um teste de DNA confiável.

— Então, doutor, quais são as chances de um homem branco ter um filho com uma mulher morena e essa criança nascer branca de olhos claros?

Stein colocou a xícara sobre a bandeja.

— Poucas. O gene recessivo, do cabelo claro e dos olhos claros, não tem prevalência sobre o gene dominante característico do cabelo e pele escuros. Se essa mulher não tiver genes recessivos nos pais ou nos avós, as chances são de apenas vinte e cinco por cento... Isso significa que, de quatro filhos que essa mulher tivesse com um homem branco, apenas um herdaria o gene recessivo.

A conversa não se alongou muito. Dom Deschamps despachou o pesquisador antes que ele bebesse todo o chá da casa. Os visitantes seguintes não eram exatamente intelectuais, digamos que não tinham a envergadura solene de serem pesquisadores de faculdade, na verdade eram detetives de péssima reputação.

Eles haviam vasculhado todo o Harlem, em busca de homens brancos. Todos que eram encontrados eram obrigados a participar de uma entrevista paga, por sinal bem paga. Cada um devia falar com quem havia namorado nos últimos cinco, seis anos. Depois era feito um questionário sobre o tipo ideal de mulheres que eles gostavam, sendo exibida uma fotografia de Carmem em meio a várias outras mulheres.

Quando o detetive líder chegou, imediatamente pegou a xícara de chá que estava reservada para Dom Deschamps, que olhava aquilo sem acreditar.

— Então, como foi a pesquisa? O que encontraram?

O líder do bando continuava bebendo o chá, como se não houvesse amanhã.

— Chazinho bom, esse!

— Sim, cacete! Fala logo da pesquisa, caralho!

— Ah, sim... Bom. Senhor Deschamps, achamos muito improvável que essa criança não seja seu filho. Há pouquíssimos homens brancos e loiros no Harlem. E os poucos que residem lá namoram as poucas mulheres brancas e loiras de lá.

Dom Deschamps alisou a barba, como se estivesse preparando o próximo bote. Ele ia atacar num nível mais pessoal.

— Júlio, ligue para o Kardner. Peça para ele vir aqui com urgência!

— Que tipo de urgência?

— Qualquer coisa! Só inventa!

— Mas...

— Caralho! Diga que estou morrendo! Pronto!

— Mas, o senhor Kardner vai achar...

— Diga, senão é rua! Diga que estou morrendo!

Sempre derrotado pelo tempo

QUANDO JÚLIO VIU KARDNER ESBAFORIDO NA ENTRADA DO hall procurando o tio, mal teve tempo de explicar a mentira. Ele apenas apontou o jardim onde o tio estava tranquilo e calmo aguardando.

Kardner viu o tio de longe, sorrindo e pulando num pé só, como que zombando da preocupação do sobrinho.

— Velho doido! Quando se estrepar de vez, não me chame!

Dom sorriu.

— Ah, para de bobagem! Com esse meu câncer de pulmão, da próxima vez que ligarem para você, já estarei no andar de cima. Ah! É incrível como a morte pode movimentar as pessoas! Você chegou em quinze minutos! Minha nossa, isso é demais! Eu me sinto até amado!

Kardner mandou o tio desembuchar logo, pois ainda tinha compromissos de campanha. Dom apenas lhe pediu que o levasse até Little Italy. No endereço do Teatro Spettacolare, uma vez que Kardner tinha maior intimidade com os italianos, ele é quem faria a ponte.

— O que você quer lá?

— Você sabe que Carmem trabalhou para mim, não sabe?

— Sim, sei.

— Pois é... o Pedrinho...

— Não me diga que...

— Apenas a probabilidade. Uma probabilidade.

— Meu Deus! — Kardner exclamou boquiaberto.

— Muito vinho numa noite solitária de Natal deu nisso... Agora deixe de falar besteira e me leve até lá... Pare de rir!... Depressa, bastardo!

★ ★ ★

— Pare o carro! — Kardner berrou para o motorista de Dom. — Encoste, rápido!

— O que foi? — Dom perguntou, assustado.

Atônito, Kardner apontou com os olhos esbugalhados para Pennsylvania Station.

— Ah, meu Deus! — Dom exclamou.

Diante da fachada, apenas os ouvidos mais resistentes suportavam o som dos britadores dilacerando a entrada em estilo greco-romano.

Do lado esquerdo, uma bola gigante de aço se preparava para demolir tudo.

— Parem o que estão fazendo! Não veem que isso é uma obra de arte? Essa arquitetura é patrimônio cultural da cidade, vocês têm de parar.

Como comensais com coração de concreto e cimento, os britadores permaneceram quebrando, martelando e triturando tudo que viam pela frente. Não importava se fosse arquitetura clássica, ou pedras de calçamento; tudo era igual para quem estivesse pagando seu salário.

Ignorando as placas de "Proibido entrar", Kardner pulou as faixas driblando outros funcionários que tentaram pará-lo, enquanto ele exigia falar com o engenheiro-chefe da obra.

A confusão se instalou e em alguns minutos o engenheiro-chefe chegou, junto de um esbaforido Dom Deschamps.

— Kardner — ele começou com dificuldade —, pelo amor de Deus! Eu sei, é um crime... Mas, por tudo que é mais sagrado, vamos embora daqui. Eles têm o alvará, eu vi, eles têm todas as licenças. Está tudo legal.

— Eu quero ver — Kardner falou, olhando para o engenheiro.

Ele entregou os papéis a Kardner, que olhou, leu e releu mais de duas vezes em busca de falhas, mas não havia nada. A documentação estava toda em ordem.

— Eu enviarei uma petição ao secretário de infraestrutura ainda hoje — Kardner gritou.

— Não adianta mais — o engenheiro o cortou. — O próprio secretário veio aqui conosco hoje de manhã... A associação dos arquitetos tentou intervir, mas não conseguiram nada... O prazo para impugnar o alvará era até ontem. Você está atrasado!

Kardner parou assustado com aquela expressão que parecia persegui-lo onde quer que fosse. Bastava andar um pouquinho e alguém lhe diria: "Você está atrasado".

E era como se ele não tivesse antídoto para aquilo. O homem que acreditava em disciplina e ordem se via fora de tempo todos os dias. Ele sentia como se não fosse o mesmo homem.

— Seja lá quem tenha permitido isso... Trata-se de um crime!

Dom puxou Kardner pelo braço, cochichando em seu ouvido:

— Vamos embora, você é um candidato ao governo de Nova York, nada de escândalos!

Depois de muita peleja e com a ajuda de seu motorista, Dom conseguiu arrastar Kardner para fora da Pennsylvania Station.

★ ★ ★

Não foi com pouca surpresa que Kardner se deparou com Gayoh sentado a uma mesa da Confeitaria Spettacolare.

Pego de surpresa, Gayoh sorriu sem graça.

— Estava passando por perto... Daí quis parar para conhecer a famosa turma Spetacollare — ele falou entredentes.

Kardner tocou a campainha, porque, como de praxe, não havia ninguém para atender.

Jiso chegou e logo se assustou ao ver os Deschamps com Gayoh. O velho raciocínio fatalista de prisão retornou.

— Vieram avisar que vou ser presa?

Eles balançaram negativamente a cabeça.

— Vieram avisar que vou ser...

— Viemos com boas notícias — Gayoh se antecipou, recebendo olhares estranhos de Kardner e Dom. Afinal de contas, quais eram as boas notícias?

— Ah, seu projeto, Kardner!... — ele tratou de responder aos olhares inquisidores. — Quando você for eleito, seu projeto vai ajudar as meninas a ficarem na América.

— Eu sei — a chinesa gritou, como sempre pulando e dançando.

Só então ela correu para fora do balcão, abraçou Kardner com força, depois correu na direção de Dom, ela o abraçou, segurou o velho pela cintura e o levantou como uma atleta.

Dom retornou ao chão, tossindo intensamente, apontando para a boca sem ar.

— Não se preocupem. Não se preocupem, eu sei o que fazer — ela disse.

Kardner se preocupou, mas achou que seria interessante ver o que aconteceria, já que Jin Sun juntou as duas mãos, fechou-as, pegou carreira e com toda a força deu um soco nas costas do velho.

Dom Deschamps caiu no chão, gemendo e esfregando as costas como se tivesse uma convulsão.

— Me perdoe, me perdoe, eu não medi direito.

— Tudo bem, você teve boa inteção — ele disse, arquejando. — Afinal... Por que não dar um soco bem na minha hérnia de disco?!

Com dificuldade, apoiando-se na bengala, Dom se levantou a tempo de ser servido com um cappuccino quente e torradas sorridentes feitas por Jiso.

— Cuidado para não se queimar — ela alertou.

Dom respondeu com toda a calma:

— Querida, creio piamente que, se ainda puder sentir minhas pernas depois de hoje... Já será uma grande felicidade!

— Carmem está? — Kardner perguntou para logo receber um aceno positivo de Jiso.

Sem demora, Kardner e Dom entraram para o Teatro Spettacolare e logo na escadaria deram de cara com Carmem passando o pano no chão do palco.

Ela olhou, quis esboçar um sorriso, mas se conteve.

Dom e Kardner se aproximaram.

Ela ficou nervosa, abaixou a cabeça, limpando as mãos no avental.

— Onde está o Pedrinho? — Kardner perguntou.

— Brincando nos camarins.

Kardner foi buscá-lo e logo o trouxe, fazendo-o apertar a mão de Dom Deschamps, o homem que podia ser o seu pai.

— Vou deixar vocês a sós.

Kardner retornou para a confeitaria. Àquela altura, saindo de casa às pressas sem comer, ele estava morrendo de fome.

O problema é que mais uma vez não havia ninguém para atender e, como quem tem fome não tem juízo, Kardner partiu para pular o balcão quando parou no meio do caminho com aquela cena cômica.

No lado de dentro do balcão, Gayoh estava deitado no chão, enquanto Jiso estava sentada em cima da barriga dele, beijando-o na boca e retirando sua gravata.

— Cuida da confeitaria. Voltamos num minuto... Seja forte! — Jiso falou.

E se foram, enquanto Kardner ficava mastigando uma salsicha de gosto duvidoso. Tudo ficou ainda mais surreal quando o piso de cima começou a ranger, fazendo Kardner fechar os olhos, balançando a cabeça.

Ele estava mais do que convicto, Deus existia e estava tirando uma com a cara dele.

★ ★ ★

Dentro do Teatro Spettacolare, Dom e Carmem viam Pedrinho mover o trator de brinquedo, dado pelo magnata.

Dom pegou o brinquedo, fazendo força para trás, para mostrar como funcionava a tração.

— Kardner me disse que ele é um menino muito inteligente.

— É sim. Logo vai começar na escola... Vai ter um futuro, se Deus quiser, melhor que o meu — Carmem respondeu, orgulhosa.

Dom caminhou para a frente do palco, abrindo os braços, como se estivesse saudando uma plateia fantasma.

— Ah, que bons tempos! — ele falou, de forma saudosa. — Você sabia que havia dias em que eu fazia quatro peças por noite?

— Devia ser um grande ator — ela respondeu, sorridente.

— Você sabe por que eu fazia quatro peças numa noite? Nenhum ator sério fazia esse tipo de insanidade... Porque eu sabia que não havia ninguém quando eu voltasse para casa... Sempre fui um homem sozinho...

— Eu sempre tive essa impressão — ela comentou.

— Qual?

— De que, apesar de todo o dinheiro, poder e sucesso, apesar de tudo, o senhor não era feliz. Os outros funcionários não achavam... Mas algo dentro de mim dizia isso.

Dom sorriu.

— Eu lembro quando você foi trabalhar lá em casa, lembro até o dia, sete anos atrás, faltavam dois dias para a Ação de Graças... Eu nunca fui fã de comida mexicana, mas você era boa — ele riu. — Mesmo assim eu pedi ao Júlio que a tirasse de lá e lhe ensinasse coisas mais simples do jardim e da arrumação.

— Eu agradeço por tudo que me ensinou, senhor Deschamps.

— Naquela noite de Natal...

Ela abaixou a cabeça, envergonhada.

— Quero me desculpar. Eu não deveria ter agido como agi. Você ainda é jovem e eu... bem, eu sou um velho com um pé na cova. Vamos encarar.

— Senhor Dom, ainda vai viver bastante — ela disse, sorrindo, carregando na pronúncia do M.

— Perdoe-me.

— Não, senhor Dom, não há o que perdoar...

Ele a interrompeu, gesticulando de forma veemente.

— Não, Carmem, não! Não faça isso! Pare com o formalismo! Sejamos reais aqui! Eu sou um velho e você é uma mulher jovem e saudável, cheia de vida e esperança! Olhe para mim! O que eu sou?... Os médicos me deram apenas alguns meses de vida.

Ele parou olhando para o chão, com os olhos cheios de lágrimas.

— Daria tudo para ter trinta anos a menos... ou a saúde de cinco anos atrás.

De fato, aquele momento era especialmente duro. Em meio à conversa ele já não estava mais lá para duvidar da honestidade de Carmem ou olhar a aparência de Pedrinho. De repente, ele estava lá balbuciando desculpas para Carmem, pois não se achava homem suficiente para ela.

Ele poderia e havia pensado bastante nisso. Poderia adotar o menino fosse quem fosse e levar Carmem de volta, pelo simples fato de que ele a amava desde o dia em que a conhecera, mas então lembrou que tinha pouco tempo de vida, que tinha se tornado um ser humano frustrado e azedo em decorrência de todas as mortes da família, que eles iriam passar aniversários sozinhos, natais sozinhos, sem ele. Por que os faria passar por tudo isso? Por tudo que ele havia passado.

Dom sentou, desconsolado na beirada do palco.

— Tem algo que quer me falar? — Carmem perguntou.

Ele balançou a cabeça.

— Quando você engravidou, por que não me contou? Por que foi embora daquele jeito? Tudo poderia ter saído tão errado.

— Tive medo de que o senhor me...

Ele balançou a cabeça.

— Bem, os funcionários falavam que o senhor queria ter uma família, que era solitário, mas as pessoas tentavam enganá-lo... E o senhor ficava muito triste e frustrado... Eu tive medo de que...

— De que seria alvo da minha investigação — ele se antecipou. — E isso seria constrangedor e humilhante... Eu sei, eu imaginei...

— Você sabe do meu problema de caxumba... Os médicos disseram que sou estéril? Você sabe, não sabe?

Ela confirmou.

— Então...

Ela balançou a cabeça sorrindo, abrindo os braços.

— Acho que foi um milagre.

Dom sorriu.

— Não sou exatamente a melhor pessoa para crer em milagres...

— Tudo bem, eu entendo.

— Mas agora... O que eu tenho a perder? — ele falou, sem conseguir tirar o sorriso do rosto. — Se há esse milagre, se ele realmente existe, então vamos precisar de paciência, porque eu quero me sentir mais seguro para poder...

Dom gesticulava com a bengala, quando sem querer acertou Carmem.

Ela sorriu e Dom retribuiu, olhando em seus olhos, tão desconcertado e desajeitado que começou a rir, então desviou o olhar para as poltronas e começou a rir de novo, dessa vez sem conseguir parar. Fazia anos que ele não ria daquela forma.

Carmem ria também, mas parecia não entender o que estava acontecendo. De repente, Dom havia ficado tão doce e feliz, como ela nunca vira na vida.

Ele se levantou rapidamente, pegou uma cartola e um guarda-chuva que estavam no canto do palco, então caminhou como Chaplin para o centro, pulando e rodopiando numa perna só.

Subitamente ele estava de volta ao palco, entusiasmadamente arriscou um número de sapateado e, com surpreendente agilidade, girou sobre o próprio corpo três vezes.

Ele sentiu o último giro em câmera lenta, quando parou, seus olhos se abriram e ele pôde ver a multidão aplaudindo, então fez uma reverência, depois outra e outra, depois chamou Carmem que ficou ao seu lado. Logo a multidão foi à loucura, e ele apontou para ela, como se dissesse: "Olhem para ela".

★ ★ ★

— Kardner! — Dom gritou num acesso súbito.

Aquele grito saiu como se o transe tivesse quebrado de sopetão e Dom foi até a primeira fileira, então voltou correndo como se esquecendo de algo.

Ele apenas voltou para abraçar e se despedir de Carmem e Pedrinho, e tão logo voltar correndo e pulando em direção à confeitaria no anexo.

★ ★ ★

— Tire-me daqui! — Dom disse, olhando nos olhos de Kardner.
— O que aconteceu?
— Apenas me tire daqui — ele retornou a fala em tom assustado.

Nessa toada, Gayoh e Jiso desceram. Kardner e Dom se despediram para logo sair.

Quando Kardner questionou o que havia acontecido, seu tio já mais calmo lhe explicou lentamente.

— De fato, o menino é parecido conosco... Os olhos azuis são parecidos com os da minha mãe.

— Então? — Kardner perguntou.

Como ele já havia dito a Sils, Dom tratou de lhe explicar que estava num estado um tanto quanto eufórico, e ele sabia que tinha de ter cautela, pois já tinha vivido esse estado antes e só ele e mais ninguém sabia como era dolorosa a decepção.

— Carmem não parece esse tipo de mulher... O tipo que engana por dinheiro.

— Pois é — Dom comentou, balançando a cabeça. — Mas eu já vi cada coisa. As pessoas perdem a cabeça por dinheiro... O que vai fazer hoje à noite?

— Tenho um comício e você?

Dom olhou, escutou e ficou em silêncio, como se estivesse esperando Kardner dizer que ia ao aeroporto, tentar interceptar Sils. Como Kardner não falou nada, ele supôs que nada tinha vazado.

— Tio? Acorde!

— Ah! Bom... Vou falar com outros médicos e com outros detetives.

Kardner balançou a cabeça em reprovação.

— Kardner, esse é um mundo de cão, não se pode dar mole. As pessoas enganam, mentem, exploram se você baixar a guarda... Todos os dias sonho com uma família reunida na mesa do jantar, mas uma família honesta... Por isso, vou trabalhar duro agora para descobrir a verdade, vou dar o meu máximo, dar tudo de mim antes de morrer... Tudo que eu peço a Deus...

Kardner olhou surpreso.

— Tudo que eu peço a qualquer força espiritual — Dom ratificou — é que me dê um sinal. Sabe... estou cansado de trabalhar duro, estou cansado de lançar a bola e correr para pegar...

Kardner olhou para ele sorrindo. Sabia exatamente do que ele estava falando.

— Quero sentir um pouco de vento nas costas. Quero poder dizer que de alguma forma fui apoiado, que de repente houve um sinal, um golpe de sorte e as coisas mudaram. Eu quero ter essa riqueza!

Kardner abaixou a cabeça alisando a testa.

— Sabe, é incrível você falar isso. Você vê e escuta todos os dias histórias de pessoas que estavam no lugar certo na hora certa... E eu estou sempre no lugar errado na hora errada... eu estou sempre atrasado! Atrasado no amor, na política... atrasado para salvar Pennsylvania Station.

★ ★ ★

Durante a noite, o comício havia transcorrido sem maiores transtornos. Após a negativa de Sils, Kardner havia adotado a tática de mergulhar no trabalho de forma voraz.

Ele sabia que, se ligasse a televisão da imaginação, não voltaria mais, por isso tratou de cumprimentar quase todos os eleitores, fosse nas calçadas, fosse no comércio, fosse nos palanques. Kardner parecia não querer ficar parado hora nenhuma. Ele tinha de estar em movimento, e aquele era um gerenciamento de campanha quase frenético para muitos que viam.

Naquela noite, seu pai fora dormir na sua casa. Ele queria se assegurar de que Kardner não assistiria à televisão nem receberia telefonemas, seria apenas trabalho, como de fato foi.

O advogado negociador ficou acordado até às três da manhã, estudando para o debate do dia seguinte. Ao seu lado, Frank repassava perguntas duras, fazendo o filho retirar expressões, mudar o rosto, sorrir quando queria gritar, manter-se sério quando queria rir.

Aquilo era quase impossível, mas, se Frank pudesse manter Kardner afastado do noticiário até o debate, mas especificamente mantê-lo desinformado sobre a viagem de Sils; se ele conseguisse isso, Kardner poderia atropelar Sherman no debate. Seria difícil, mas não impossível.

— Vou dormir aqui hoje — Frank falou, do nada.

Kardner olhou estranhando, mas não deu bola.

— Ah, e tem umas coisinhas que eu preciso lhe falar. Seu telefone, fui pegar para ligar, escorregou da minha mão e quebrou. Amanhã compro outro, ok?

— Tudo bem.

— Ah, e sua TV. Eu estava assistindo e as imagens estavam horríveis, fui mexer na antena atrás e... amanhã compro outra, tudo bem?

Sem prestar muita atenção, Kardner respondeu positivamente. Ele estava focado em se sair bem no debate do dia seguinte.

Os Deschamps eram implacáveis em sua forma de lidar com problemas; se preciso fosse, quebrariam a mobília inteira para conseguir o que queriam.

★ ★ ★

Quando o avião de Sils tomou impulso na pista para decolar, ela olhou pela janela e viu a Estátua da Liberdade, como sempre calma, imponente, guardando e abençoando todas aquelas almas que, como ela, um dia chegaram assustadas à Ilha de Ellis.

Ao seu lado, o Siciliano estava nervoso e não disfarçava, não dava para chamar menos atenção, não eram apenas as duas mãos bem presas no assento e os olhos esbugalhados olhando para todos os lados, mas o capacete de motoqueiro e os óculos de proteção, além do salva-vidas no tórax, para o caso de o avião cair no mar.

A cada pequena trepidação do avião, ele puxava da bolsa um terço e rezava alto, rogando a São Francisco e a todos os outros santos possíveis da liturgia.

Quando o serviço de bordo chegou com pães e sopa, ele imediatamente pegou quase tudo, o que deixou muitos passageiros com os dentes secos.

— Será que dá para você tirar esse capacete ridículo da cabeça? — Sils perguntou.

Como era hora do lanche, ele retirou.

Coincidentemente, o avião passava por uma zona turbulenta e, toda vez que o Siciliano tentava colocar a colher de sopa na boca, ela era desviada e ele tinha de recomeçar. Isso uma vez atrás da outra, até que ele ficou sem paciência e começou a beber direto da tigela; nessa hora a turbulência se agravou; e ele derramou toda a sopa em si mesmo, queimando-se e gritando de forma histérica.

O detalhe era que a essa hora muitos passageiros já dormiam e muitos reclamaram de uma forma não muito simpática.

Logo as aeromoças chegaram para ajudar.

— O senhor precisa de alguma coisa? Ainda temos comida — elas falavam, enquanto o limpavam.

— Não. Estou sem fome! — ele disse melancolicamente.

As enfermeiras fizeram menção de sair.

— Esperem! — ele gritou.

Sils lhe deu uma cotovelada.

— *Silêncio, idiota! Tem gente querendo dormir!* — eram os gritos mais educados.

O Siciliano falou sussurrando:

— Podem me trazer oito bananas nanicas? Cortadas em rodelas!

Elas balançaram a cabeça de forma impaciente.

— Só temos sopa.

Elas se viraram para sair, quando o Siciliano gritou de novo:

— Seis bananas nanicas e não se fala mais nisso!

As aeromoças retornaram em meio aos novos protestos dos passageiros.

— Senhor, só temos sopa.

— Ok — ele sussurrou. — Podem trazer a sopa...

Elas se retiraram.

— E um sanduíche diet!!! — ele gritou.

Uma velhinha se levantou de seu assento e lhe ofereceu seu saco de biscoitos.

Ele sorriu olhando as aeromoças e, quando ia colocar o primeiro na boca, levou uma bengalada na cabeça.

— Da próxima vez que interromper meu sono, vai ser pior! — a velhinha disse, se retirando.

Ele olhou para Sils, sussurrando com raiva:

— Se, ao menos, estivesse com meu capacete!

✶ ✶ ✶

Quando o avião se preparava para pousar em Amsterdam, Sils acordou, com Siciliano gritando em pânico:

— Estamos caindo. Ah, San Genaro, acuda! Socorro!

— Estamos apenas pousando — ela falou, impaciente.

Uma vez em solo holandês, Sils ficou impressionada com a recepção no aeroporto. Milhares de fãs haviam se aglomerado para ver a garota nova-iorquina, não apenas a garota nova-iorquina, mas quem sabe a garota holandesa.

Não é todo dia que se vê uma estrela de Hollywood cuja ancestralidade tenha origem na Holanda.

Assim que eles pisaram no aeroporto, deram de cara com o staff da Gucci, ainda assim não era fácil cruzar e acenar em meio à multidão de fotógrafos e repórteres de todos os cantos da Europa.

Já no carro, rumo ao hotel, Sils olhou ansiosa para os gerentes.

— Quando começo com a nova linha de roupas?

— Temos novidades — disse o gerente sênior da empresa.

Ela olhou curiosa.

— Temos um evento de moda hoje à noite. Queremos sua presença. Alguns dos nossos melhores estilistas querem ver você.

Ela ficou maravilhada com a perspectiva de trabalhar com moda, era um novo campo que ela poderia conciliar com filmagens na Inglaterra.

✶ ✶ ✶

— Acho que nunca me preparei tão bem para um debate — Kardner disse, orgulhoso.

Em casa, seus tios e seu pai batiam palmas.

— Está ótimo — eles diziam.

Já eram seis da tarde e Kardner achava que era hora de relaxar.

— Pra onde você vai? — Dom perguntou.

— Só tomar um café aqui perto.

— E não tem café aqui?

— Não um bom cappuccino.

— Deixa que eu compro para você — Frank se antecipou. — Não saia agora porque seu tio tem um importante pronunciamento a fazer.

Davi e Dom olharam Frank sem entender.

— É... isto é, uma conversa em família — desconversaram.

— Tudo bem... podem só me comprar o cappuccino... e bolo de cenoura, por favor.

Kardner respondeu sem desconfiar de nada. Até ali o plano dos Deschamps estava funcionando melhor que o esperado, porque Kardner tinha ido ao limite com Sils e agora mergulhava na campanha.

E naquele ambiente protegido, sem Mackennan, ninguém tinha conseguido chegar até ele sem antes passar pelos Deschamps seniores.

✳ ✳ ✳

Durante o desfile, Sils sentou nas primeiras fileiras, observando com entusiasmo aquelas modelos nos novos trajes que eram tendência na Europa.

Para o seu primeiro dia, ela se movimentou com desenvoltura: foi aos camarins, falou com estilistas, modelos e alguns empresários. A maioria ali falava um inglês básico, mas o suficiente para criar uma sinergia de criatividade.

Do outro lado do Atlântico, Kardner chegou ao debate cercado pelos tios e o pai.

Quando os repórteres tentaram entrevistá-lo, ele passou reto, sob o argumento de que iria direto para o camarim se preparar.

Uma vez lá, e longe de todo o burburinho, ele mentalizou sua performance de um modo que o faria encerrar a campanha de forma digna. Ele poderia até perder, mas não apelaria nem deixaria de fazer aquilo que acreditava ser a coisa certa.

Dom e Frank sentaram nas cadeiras da plateia à esquerda do palco. Ao longe, observando a fileira democrata, Dom apontou.

— Ali, veja, sentados na mesma fileira, Erick Strada, verdadeira lenda do marketing democrata em Nova York, Ben Linus, tesoureiro com mais de dez campanhas nas costas, e por último Michael Kennan, o presidente do Partido Democrata e economista de Roosevelt, idealizador do *New Deal*... Sabe, se uma bomba caísse naquela fileira, o mundo perderia...

Frank olhou surpreso o tom reverencial de Dom.

— O mundo perderia... Mais uma bomba! Cambada de queima-rosca e comunista do inferno!

De sua parte, Kardner subiu ao púlpito, cumprimentou Sherman e viu, com orgulho, Gayoh sentado em meio à plateia republicana, acenando.

O debate se desenvolveu de uma forma pouco ortodoxa, com um jornalista no centro da mesa, questionando e pressionando os candidatos sobre seus projetos.

Até o meio do debate, nenhum dos dois tinha realmente se destacado. Mas, do meio para o fim, as coisas mudariam.

— Senhor Kardner — o âncora puxou o gancho —, o senhor soube que a Senhorita Sils viajou e saiu do país ontem à noite?

Nesse instante, Kardner olhou irritado para a velha-guarda Deschamps.

— Na sua perspectiva, agora que ela já não está mais aqui e provavelmente não voltará, o senhor mantém seu projeto de reforma imigratória?

Da plateia, Gayoh olhou fixamente para Kardner.

— Mantenho sim. Não há por que mudar, fizemos um projeto de reforma por aquilo que acreditávamos ser justo, para corrigir uma falha numa legislação que está desatualizada. A reforma imigratória será feita. Algo que faz sentido e joga luz na escuridão da informalidade.

— Senhor Sherman — o âncora apontou a caneta —, o senhor se ofereceu para ajudar a Senhorita Sils em seu processo, mas logo depois, no debate seguinte, acusou Kardner de não falar a verdade sobre o relacionamento, divulgando a situação da sua cliente e utilizando isso como arma de ataque contra seu oponente... Isso parece ético?

— Eu, eu apenas tentei ajudar... Na verdade... Veja...

Sherman gaguejou, sua face irlandesa tinha ficado ainda mais branca e pálida. Ele titubeou para todos os lados, tentando explicar um mau entendimento da pergunta, pediu para o âncora repetir a pergunta, depois riu alto, dizendo-se meio esquecido, terminando sua fala sem responder nada com nada.

Foi um dos momentos mais ridículos de toda a história dos debates para govenador de Nova York.

Para a surpresa de todos, Kardner tinha tirado de letra aquela situação. Não que ele não estivesse triste pela partida de Sils; ele simplesmente não pensou em nada. Kardner estava tão absorto na atmosfera do debate, que sua cabeça reproduzia, automaticamente, números e expressões bem articuladas.

Kardner havia desligado a televisão da cabeça, com uma espécie de memorização absurda de dados e projetos. O que ele tentava fazer era não deixar a cabeça ociosa por um segundo sequer que fosse.

Quando não estava respondendo a perguntas do debate, estava lendo notas. Por isso, ele havia criado uma minibolha de informação, para que tudo que acontecesse ao redor fosse visto como inútil.

Quando o âncora puxou o assunto sobre a crise inflacionária dos aluguéis em Nova York, Sherman se enrolou falando sobre a diferença entre controle de aluguel e socialismo.

Kardner, por sua vez, foi mais incisivo e astuto na resposta.

— Não é com controle de preços que vamos ajudar as pessoas. O que nos faz diferentes da União Soviética? Nossa liberdade? Este é um país livre e nós consagramos o livre comércio. Se controlarmos o preço dos aluguéis, logo estaremos controlando o preço dos carros, das casas, do cafezinho...

— Mas como fazer para baixar o preço do aluguel? — o âncora insistiu.

— Com concorrência. Se há cartel, então vamos convidar empreiteiros de outros estados para investirem aqui, daí os preços vão cair. Nada é melhor para o livre comércio do que deixar o livre comércio alcançar seu máximo potencial, esta é a América!... Quando beneficiamos três ou quatro empreiteiros amigos do rei, esquecemos que somos uma república... Esquecemos que comércio é uma troca justa de interesses e achamos que é apenas uma troca de números. Todas as vezes que isso aconteceu, a América entrou em crise. Quando deixamos de compreender o interesse humano por trás dos números, não é apenas sobre lucros e estatísticas, é sobre como essas estatísticas, de fato, refletem a melhora da vida humana.

A plateia, de ambos os lados, aplaudiu numa aclamação ruidosa.

Os Deschamps se levantaram sorridentes, mais uma vez o trabalho disciplinado e focado tinha gerado resultados. Kardner seguia massacrando Sherman em todos os temas, e quem assistia de casa tinha a impressão de que Sherman era um colegial assustado, tamanha a falta de argumentação diante de Kardner.

Quando o debate se encerrou, todos os jornais, em todos os bares, tudo que se falava era que Kardner tinha humilhado Sherman no palco, não com ataques, mas com exposição de conhecimento sobre Nova York.

De onde você pertence

A CONVITE DA GUCCI, SILS PEGOU OUTRO AVIÃO RUMO À ITÁLIA e, como não poderia deixa de ser, o Siciliano, que já não era a pessoa mais sensata em circunstâncias normais, naquelas então...

A toda pessoa que passava ele dizia, em bom italiano: "*Ciao, Ciao, arrivederci...*"

Logo que chegaram a Turim, Sils conheceu a sede da empresa e começou a fazer algumas fotos para o catálogo. Os fotógrafos a levaram para os cartões-postais da cidade.

Ela se encantou com a imponência e elegância da Piazza Castello; caminhava perdida pelas ruelas aconchegantes da cidade, enquanto tomava um autêntico café sarraceno.

Depois eles a levaram ao palácio Reggia de Carseta, onde ela tirou fotos das magníficas fontes. O roteiro seguiu e, em toda cidade aonde Sils e o Siciliano chegavam, eram recebidos com vivas por multidões encantadas.

Não foi por menos que Sils foi convidada para colher uvas e saborear o vinho na Toscana. Ela era uma celebridade que tinha ganhado ainda mais notoriedade com a questão política e também para quem estava fora da bolha política de Nova York. Era simplesmente ridículo não estender o tapete vermelho para ela.

Tudo corria bem e Sils estava convicta de que a Itália era o país mais bonito do mundo, como de fato era sua arquitetura; a comida e sua história não deixavam páreo para nenhum outro país.

Mas, em meio àquela jornada de encanto e descobrimento, Sils sentiu uma espécie de vazio, justamente num dos mais belos cartões-postais da Itália, a Fontana de Trevi.

Foi quando um experiente fotógrafo se aproximou, falando:

— Ok, Sils, quero que você entenda o espírito por trás da Fontana de Trevi... Aqui rodou uma das cenas mais românticas e icônicas do cinema.

Ele explicou a Sils que estava se referindo à cena de Marcelo Mastroianni, hipnotizado, caminhando na Fontana de Trevi, enquanto Anita Ekberg se banhava, no clássico de Federico Fellini, *A doce vida*.

— O neorrealismo italiano criou um milagre que dificilmente outra geração de cineastas repetirá... — explicou. — Eram histórias de pessoas comuns, lutando para viver seus mais profundos sentimentos, sem o apelo de circunstâncias para lhe forçar nada. Apenas pessoas contando unicamente com o livre-arbítrio, para escolher viver seus mais profundos sentimentos... Geralmente eram grandes decisões, momentos de luta interna... Quero que seu rosto incorpore essa reflexão, enquanto fita a água. Você entendeu esse conceito? Esse conceito significa que o destino jogou todas as suas cartas, não há mais nada a esperar, exceto por você? Ok?

Sils fez que sim com a cabeça e imediatamente pensou em Kardner, não porque queria usá-lo como ferramenta, mas porque a Fontana de Trevi simbolizava aquele romantismo puramente humano, quando o destino e tudo mais só dependem da decisão das pessoas. De fato, ela não podia mais esperar por ele ou qualquer destino; todas as jogadas tinham sido feitas.

O fotógrafo tirou várias fotos de Sils e em nenhum momento parou ou fez correções; ela simplesmente emergiu naquele espírito de forma imediata.

— Ok, acho que já está bom — ele encerrou.

Mas Sils continuou sentada na bancada da fonte, olhando melancolicamente a água, enquanto outras pessoas jogavam moedas.

O fotógrafo se aproximou, repetindo que já tinha acabado, mas Sils permaneceu olhando a água, enquanto perguntava:

— Eles terminavam juntos?

— Quem? — o fotógrafo perguntou.

— Marcelo e Anita. Seus personagens tiveram um final feliz?

— Não. Eles terminaram sozinhos e, de certa forma, confusos.

— Uma das cenas mais românticas do cinema, e os personagens não têm um final feliz... — Sils comentou, sorrindo sem graça.

A sessão terminou e nos dias seguintes eles fotografaram na França, com a mesma acolhida da Itália e da Holanda. Os franceses também deram bons vivas para a garota nova-iorquina.

O seguinte cartão-postal onde Sils batia fotos tinha uma sequência de castelos de tirar o fôlego de qualquer ser humano. Assim a garota nova-iorquina ia pouco a pouco, dia a dia, se apaixonando pela incrível Europa.

✶ ✶ ✶

Quando finalmente eles retornaram para a Holanda, Sils partiu para sua última sessão de fotos da temporada antes do inverno.

Por coincidência, no Jardim de Keukenhof, as tulipas tinham começado a florir, e o fotógrafo oficial da Gucci achou interessante aproveitarem aquele cenário.

Para variar um pouco, Sils balançou a cabeça falando para si mesma que a Europa Ocidental fazia um jogo injusto com outros lugares do mundo. Suas atrações eram belas demais para um território pouco maior que o meio-oeste americano.

Um californiano pode passar a vida inteira andando e nunca vai sair da Califórnia.

Passando levemente as mãos nas tulipas, Sils caminhou, desta vez sorridente, com um guarda-chuva transparente e um vestido nude de cauda longa, enquanto o Siciliano vinha atrás levantando a calda e tropeçando a cada cinco metros.

Quando a sessão encerrou, Sils sentiu um aroma familiar, forte, almiscarado, mas extremamente agradável para seu olfato, e sem mais nem menos um sentimento de entusiasmo irrompeu em seus olhos.

Ela era consciente de que o parque de Keukenhof era o maior jardim de flores do mundo; para se ter uma ideia, era o equivalente a trinta e dois campos de futebol.

Só então uma revoada, e ela teve a certeza de que aquele era realmente um perfume e, de fato, conhecido, principalmente por ela. Sils caminhou na direção norte do jardim, já próximo aos moinhos de vento que decoravam a paisagem.

Cem metros à frente, uma pequena aglomeração de pessoas sentadas em fileiras de bancos. Mais à frente, uma senhora de idade num vestido elegante, segurando as mãos de um homem também de idade.

Era um casamento simples, no meio do jardim. A mulher que estava casando era Grace Holland, sua "fada madrinha", a perfumista que encontrara Sils na comunidade quando seu carro enguiçara. Ela havia dado a Sils o Dulce dela Vita e o dinheiro para perseguir seus sonhos.

O perfume que Sils tinha sentido vinha do Dulce exalado pela figura elegante, mas também emotiva de Grace, que chorava copiosamente no casamento. Sils viu aquela senhora de idade, que parecia tão forte e astuta, chorando e se contorcendo em lágrimas, naquele belíssimo casamento sob a luz alaranjada do pôr do sol.

A garota nova-iorquina esperou toda a cerimônia acabar, então se aproximou da última fileira, também um pouco emocionada. Ela viu toda a felicidade da mulher que havia impulsionado a conquista de seus sonhos.

Até que Grace a olhou de volta, sorrindo.

As duas estavam emocionadas, Grace pelo casamento e Sils por rever a mulher bondosa que tinha mudado a sua vida. De repente ela sentiu um frescor na alma que lhe trazia memórias tão reconfortantes.

Finalmente elas se abraçaram emocionadas.

— Achei que nunca mais te veria de novo — Sils falou, sem conter a emoção.

— Eu sei, querida, eu sei, me perdoe... Dei-lhe o dinheiro, mas nunca pude vê-la depois daquele dia.

Depois de alguns minutos elas retomaram a calma.

— Soube dos seus feitos, garota nova-iorquina... Fazia tanto tempo que eu queria te ver... Tanta coisa que eu queria conversar... Tanta coisa. Como você está?

— Eu também, eu também tenho tanto para falar. Ah, meu Deus! — Sils balançou a cabeça, gesticulando com as mãos, como se não quisesse contar sua história. — Eu estou... de certa forma...

Grace interrompeu Sils, por perceber que ela estava lutando com as palavras.

— Tudo bem, tudo bem! Eu soube de tudo. Leio três jornais americanos todos os dias, eu soube de tudo... não precisa. Vamos caminhar, tomar um pouco de ar — ela falou, consciente de que as emoções estavam vindo à tona.

Caminhando pelo campo de tulipas, Sils e Grace admiravam as vermelhas, pareadas lado a lado com as rosas.

— Então, o que a trouxe à Holanda? — Grace perguntou.

Sils contou de seu pai biológico e das fotos para a Gucci.

— Só isso? — Grace perguntou, enquanto sorria.

— Precisava sair dos Estados Unidos... Não quero causar mais confusão.

— Vai voltar?

Sils engoliu em seco, olhando para as flores, como se quisesse receber delas algum tipo de resposta mágica.

— Não sei... Eu não sei. É tudo tão complicado. Você voltaria?

— Eu retornaria e lutaria pelo homem que amo. Não importa o que a mídia dissesse, achasse ruim, quem achasse.

Sils balançou a cabeça suspirando, como se aquilo não fosse tão simples e ninguém realmente entendesse o que se passava dentro dela.

— Mas eu lutei... eu lutei o melhor que pude... digo, o que mais eu...

— Pois lute de novo, dessa vez com mais força.

Sils assimilou aquelas palavras como se quisesse dizer que talvez aquilo fosse o certo, mas não tinha exatamente um primeiro passo a dar, já que tinha negado o pedido de casamento de Kardner, agora parecia completamente perdida sem saber o que fazer.

— Você o ama? — Grace perguntou.

— Sim... mas aprendi que nem sempre conseguimos um final feliz... Nem sempre as coisas acontecem como queríamos que acontecessem. Precisamos aprender a aceitar.

— Então é isso, vai aprender a aceitar? Dois jovens bem-sucedidos e cheios de vida vão se render às circunstâncias? Jogar tudo para cima e desistir de uma vida feliz? Só por causa da política e da opinião pública?

Sils ficou sem palavras, pois não queria contar que havia negado o pedido de casamento de Kardner porque temia que fosse julgada por isso. Ela não havia contado para ninguém, porque ela própria se condenava pelo que havia feito, mesmo que pelos amigos.

De repente, ela parou, olhando Grace nos olhos; queria contar a verdade, mas estava a ponto de explodir, aquela cortina de tristeza e frustração tinha chegado e, verdade seja dita, já fazia algum tempo que esse dique estava no limite, à espera da vazão.

Sils respirou fundo, segurando os músculos da face, enquanto tentava articular alguma frase. Tudo era inútil, porque sua cabeça não conseguia construir nenhum tipo de linha de raciocínio verossímil. Ela baixou a cabeça, mordiscando os lábios.

Grace percebeu o que estava acontecendo.

— Querida, está tudo bem. Eu estou aqui, sempre vou apoiá-la. Se você sorrir, eu vou sorrir; se você chorar, eu também vou chorar... Você vê? Não há nada mais que eu possa fazer senão amá-la!

Sils ouviu, levantou a cabeça, acenando positivamente e, finalmente, parou de lutar, e lentamente começou a deixar a tristeza vir à tona. Grace estava ali, estava tudo bem, era uma pessoa boa, tudo ia ficar bem. Ela só tinha que se permitir.

— Perdi o controle da minha vida!

Foi a única coisa que ela conseguiu dizer e simplesmente se jogou nos braços da perfumista chorando como uma criança indefesa. Durante minutos ela apenas chorou nos braços de sua amiga. Grace a confortou como pôde, alisando seu cabelo, enquanto Sils despejava aquela torrente de dor enrustida durante todos aqueles dias.

— Perdoe-me estar fazendo isso com você no dia do seu casamento — disse, ainda abraçada à perfumista.

Grace riu.

— Querida, nós estamos comemorando bodas de prata. Na verdade, são os vinte e cinco anos do meu casamento.

Sils exclamou um "Uau", enquanto se desgarrava dos braços de Grace, rapidamente limpando os olhos e se refazendo. Naquele ponto, tomou coragem para contar a verdade a Grace.

— Kardner me pediu em casamento, mas eu fui obrigada a negar.

Ela falou e imediatamente retornou ao abraço de Grace. A perfumista tinha entendido tudo.

— Deixe-me ver, Kardner disse que ia abandonar a campanha e seus amigos ficariam indefesos e seriam deportados dos Estados Unidos, e você nunca seria feliz numa situação dessas, certo?

A garota nova-iorquina apenas fez que sim com a cabeça, enquanto se mantinha nos braços de Grace.

— Sabe, Sils — Grace começou falando calmamente enquanto mantinha Sils em seus braços —, eu sempre fui uma mulher mais rica que meu marido, mas ele sempre me ajudou, da melhor forma. Quando chegou o tempo de casarmos, vinte cinco anos atrás, eu lembro... eu lembro que eu estava meio impaciente e queria tomar a iniciativa de propor o casamento. Só então eu descobri que ele, na verdade, estava procurando igrejas e lojas de joias... Ele ia me pedir em casamento, só estava querendo fazer uma boa surpresa... Mesmo sendo uma mulher proativa, eu percebi que não queria tirar isso dele. Assim como nós, os homens também fantasiam com amor, eles não falam, mas acontece... Quando o momento chegou, eu não sei como explicar... A emoção de ver o homem que você ama lhe pedindo para passar o resto da vida ao seu lado... Esse é um momento único na vida! É como se os anjos descessem para cantar para você... Eu estava tão feliz, a vida não era mais sobre mim, controlando e buscando coisas para satisfazer a mim mesma... Eu não me senti passiva, não! Eu tomei a decisão final! E a decisão era que parte de mim viveria em outro alguém e parte de alguém viveria em mim... Se Kardner a pediu em casamento, abandonando tudo que lhe era mais caro, arriscando o suporte familiar, sua reputação jurídica e tudo mais... Se Kardner foi capaz de sacrificar tudo isso por você, então ele realmente a ama! E não vai ser amanhã ou depois de amanhã que você vai deixar de existir na vida dele. Deixe-me lhe dizer uma coisa básica: as pessoas que amamos têm o poder de nos ferir, e ele provavelmente está bem ferido... Ele não virá aqui, os homens prezam por seu orgulho e, na verdade, ele já fez tudo que podia. Neste exato momento, Kardner está na reta final da campanha, correndo de um lado para o outro, superfocado... Sils, você terá que tomar a iniciativa. É você quem tem de obrar um milagre agora!

— Mas não posso me casar com ele.

— Quem falou em casar? Retome o relacionamento. Comecem do zero outra vez. Ouça, talvez você sinta que tem uma dívida com o público americano, mas se essa dívida existe ela já está mais do que paga com seu sangue, suor e lágrimas. Você é a mulher que é hoje porque teve coragem de sair de sua comunidade e conhecer o mundo. Ninguém lhe fez, você caminhou com suas próprias pernas.

— Mas e a campanha? Se Kardner me aceitar de volta, como as pessoas vão reagir?... Ele vai perder.

— Bem, Sils — Grace retomou —, você está tirando conclusões com base na presunção de que o povo americano nunca vai aceitá-la como uma americana... Isso porque você nunca lutou... Você se apoiou nessa premissa egoísta das mulheres que, em troca de paz, são capazes de sacrificar a própria felicidade, como se fosse melhor suportar a vida do que lutar para viver! Lutar por sua felicidade não a fará uma mulher menos simpática e doce! Lembre-se de que é um ser humano, lute para viver, viver plenamente! Assuma sua condição imigrante com orgulho! Ouse tudo! Com toda a felicidade e liberdade a que um ser humano tem direito!

Sils ouviu tudo atentamente com o semblante sério. Tudo aquilo fazia tanto sentido, estava cansada de suportar a vida, estava cansada de ficar o tempo todo jogando na defesa, recuando e recuando sem nunca avançar de fato.

Grace lhe falou o que sua consciência já tinha lhe soprado no ouvido: Kardner não viria mais, ela não poderia mais contar com a iniciativa dele.

O que Sils ainda não entendia era seu poder de celebridade, ela não sabia exercê-lo. Grace lhe mostrou o óbvio, uma celebridade tem o poder de jogar luz em pontos escuros. E isso não faria dela uma pessoa odiada. Ela tinha não apenas o direito a uma opinião, mas o dever de exercê-la.

E, quando voltasse à América, enfrentaria um dos processos mais encarniçados da história americana.

Então era hora, era hora de tirar um coelho da cartola, era hora de obrar um milagre, como o que tinha feito para se tornar a garota nova-iorquina. Era hora de ousar tudo pela felicidade.

— Vou lutar — Sils disse, de forma decidida.

★ ★ ★

Elas trocaram mais algumas palavras, já caminhando de volta para a festa. Até que Sils fez menção de se despedir.

— Muito obrigado por tudo. Eu tenho de ir. Você sabe onde me encontrar.

Grace a viu virar as costas e, quando ela também já ia se virando, lembrou-se de algo.

— Ei, mocinha!

Sils se virou.

— Por que não está usando o Dulce dela Vita? O melhor perfume do mundo, feito pela melhor perfumista do mundo!

Sils riu e contou que nunca o havia usado, que sem querer o tinha derramado todo numa viagem às escuras no trem para Nova York.

Grace rapidamente tirou uma caixinha da bolsa.

— Tome. Agora me prometa que vai usar mesmo.

— Prometo.

Dessa vez um abraço definitivo, e Sils foi embora feliz da vida com o icônico perfume nas mãos. O perfume que tinha sido o pontapé inicial naquela jornada. Ela lembrou que o Dulce tinha lhe dado alguma confiança para parecer menos caipira.

A ironia dos fatos é que ela nunca tinha abordado ninguém com aquele perfume. Não tinha impressionado ninguém sob a escolta daquele cheiro.

Ninguém, exceto Kardner Louis Deschamps.

★ ★ ★

Depois de esperar duas semanas, finalmente Dom havia conseguido agendar uma consulta.

Sentado na confortável poltrona do escritório do chefe da administração da clínica geral do Hospital Metropolitano de Nova

York, o velho magnata fumava um grosso charuto, chocando todos os assessores presentes.

— A que devo essa ilustre visita em meu consultório? — perguntou Michael Campbelo, chefe administrativo e pesquisador sobre a esterilidade por caxumba.

Ele falou e sacudiu os braços tentando afastar a fumaça para longe, numa clara demonstração de incômodo com o charuto do velho magnata.

Dom se aproximou entregando o envelope com exames, não sem antes soprar a fumaça na cara do pesquisador.

Nesse momento, pegou os exames antigos e os olhou novamente, inspecionando-os acuradamente.

— As chances de uma reversão? Zero! Uma vez que a caxumba desceu para os testículos como foi no seu caso e afetou a qualidade do seu esperma, então... Pela visão da ciência, é impossível um retorno, quanto mais na sua idade.

— Se eu fizer um espermograma, o senhor avalia a qualidade dos meus espermatozoides para ver se tenho condições de gerar um filho?

O médico e seus assessores o observaram, céticos.

— Sim, avalio. Sem problemas.

Dom conseguiu dar a amostra, e o resultado sairia em alguns dias, enquanto continuava vigiando secretamente Pedrinho, além de continuar as investigações nos homens brancos do Harlem.

Ele estava levando aquilo às últimas consequências e gastando praticamente uma fortuna, pois todos os entrevistados eram pagos. E agora ele havia entrado em outro estágio.

— Phillip! — ele gritou ao telefone. Não quero saber de desculpas. Quero os dados genéticos de todos os pais das pessoas brancas do Harlem e quero em dois dias!!!

★ ★ ★

Uma semana para a eleição.

Em sua casa, numa reunião com assessores, Kardner definia a estratégia final para aquela última semana de campanha.

Ele chamou todos os membros do staff e durante meia hora os deixou esperando, enquanto mexia em papéis na escrivaninha.

Pelo tom grave e a quantidade de papéis que Kardner segurava, aquele parecia ser um pronunciamento importante. Como de fato era.

Era hora de ser ousado e jogar uma carta coringa para desequilibrar o jogo inteiro.

— Quero fazer um superpronunciamento na TV, três dias antes das eleições, nas quatro maiores redes de TV americanas... No horário das oito e meia... Precisamos recolher fundos agora, precisamos de doações, ok? Esse é um dinheiro que não temos... Mais ou menos cinco a sete milhões de dólares para fazer esse anúncio...

O tesoureiro da campanha levantou a mão.

— Kardner, é... que...

Ele relutou em falar, sem saber ao certo como dar aquela notícia.

— Nossa campanha já está operando no vermelho e, ao que parece, ninguém vai nos emprestar nenhum centavo esses dias.

— Como assim, emprestar? Não precisamos de empréstimo! Fale com os doadores do partido... Esses caras podem ajudar, está cheio deles.

O tesoureiro balançou a cabeça.

— É que, depois do seu apoio ao projeto de reforma imigratória, eles se recusam a doar. Vão apenas votar... Mas doar na última semana cinco milhões de dólares numa campanha para governador de estado...

— Como assim, se recusam a doar? — Kardner deu um soco na mesa. — É muito engraçado porque, quando eu for eleito, eles vão querer isenção de imposto para isso e aquilo, e agora não vão ajudar?! O que eles acham que vão conseguir?

— Na verdade — o tesoureiro interrompeu —, nossos espiões acham que Sherman cooptou alguns deles.

— Mas que droga! — Kardner berrou. — Não posso mais pedir dinheiro a minha família, muito menos para fazer um anúncio no horário nobre nos quatro canais de TV dos Estados Unidos, não vou pedir ao meu tio... Preciso dos doadores. Arranje um jeito! Eu preciso desses cinco milhões!

O tesoureiro balançou a cabeça.

Kardner encerrou a reunião, dispensou todos, enquanto quebrava a cabeça, pensando num modo de financiar o superanúncio. Ele estava claramente irritado consigo mesmo.

De repente, aquele projeto de lei que ajudaria milhares de pessoas, aquele projeto sensato e compassivo o estava atrapalhando. Primeiro Sils se recusara a casar com ele. Agora os doadores do partido se recusavam a financiar seu superanúncio em razão do projeto de reforma imigratória. Era fato, os pioneiros pagam um preço por sua ousadia, o preço da solidão.

Kardner sentou na sua cadeira, batendo cálculos na calculadora, quando ouviu uma batida na porta.

— A reunião já se encerrou. Já podem ir para casa... Exceto se você tiver cinco milhões!

Não era nenhum assessor; era Gayoh.

Kardner olhou, cumprimentou e simplesmente abaixou a cabeça, como se não quisesse muito papo. Àquela altura, Gayoh já presumia que Kardner estava pagando um preço pelo apoio a seu projeto.

— Soube dos doadores republicanos — Gayoh falou calmamente.

— Tudo bem, podemos conseguir fundos de outras fontes — o advogado negociador respondia, enquanto continuava implacavelmente fazendo cálculos.

Sem saber bem como se portar, Gayoh caminhou de um lado para o outro, mexendo impacientemente as mãos.

— Será que dá para você parar com essa calculadora por um instante? Tenho boas notícias.

Kardner parou, levantando o cenho para ouvir Gayoh.

— Boas notícias? Taí uma coisa que seria interessante nesses tempos!

— As comunidades latinas estão começando a apoiar você, pouco a pouco eles estão virando. As pessoas no Harlem e no Bronx estão falando sobre você todos os dias. Eles estão começando a simpatizar com o fato de você estar sendo perseguido pela mídia e a Justiça... Olha, eu sei que tudo parece ruim agora, sem os doadores, mas a maré está virando! Daqui a dois dias virá outra pesquisa e nessa você estará melhor, confie em mim... Isso vai ser bem melhor do que cinco milhões, eu lhe garanto.

— Ou estarei melhor, ou vou acabar de me enterrar, isso é certeza. Tinha de conquistar o voto protestante e... Digamos que, com o apoio ao seu projeto, isso tenha ido pelos ares... Mas, se você quer saber, foda-se! Agora estou fazendo a minha campanha, uma campanha verdadeira, das coisas em que eu acredito! Se perder, pelo menos vou perder de cabeça erguida!

Gayoh abriu o paletó, tirando de dentro um envelope com fita dourada.

— O que é isso? — Kardner perguntou, enquanto Gayoh lhe entregava o envelope.

— Um convite para a festa de noivado — Gayoh respondeu.

De repente, Kardner olhou estupefato para Gayoh, como se não quisesse acreditar no que estava ouvindo, ou como se tivesse abruptamente sido acordado por uma espécie de relógio social que o lembrava como era a vida das pessoas normais que vivem relacionamentos, planejando casa, família e vivendo o dia a dia de intimidade compartilhada.

— Kardner, estou falando! Acorde!

Por alguns instantes, aquele convite de casamento tinha ligado a televisão dentro da cabeça dele. Ele viajou para aquele mundo insondável para as pessoas comuns, aquele mundo que ele acreditava ser uma ilusão, mas uma ilusão sedutora demais.

— Opa, desculpe! Nossa, você me pegou totalmente de surpresa... Parabéns! — Kardner disse, constrangido, enquanto se levantava para abraçar Gayoh.

Ele não queria ser o típico Deschamps e dar advertências, lhe perguntando se não era cedo demais ou coisas do tipo. Não, ele estava feliz por Gayoh, pois Gayoh estava vivendo sua vida de forma plena.

— Sua comunidade vai aceitar bem o fato de o afro-americano mais admirado de Nova York se casar com uma chinesa e não com uma mulher negra? — Kardner quis saber.

Gayoh respirou fundo.

— Ainda não tenho a resposta para isso, mas sei que em algum nível haverá resistência. Não me importo!

Kardner e Gayoh sorriram, aqueles dois advogados, ex-rivais, colegas de faculdade que tinham batalhado um contra o outro por tanto tempo, finalmente se viam como realmente eram. Durante todo aquele tempo eles haviam sacrificado tudo pela carreira, por isso haviam ficado por último.

— Da nossa turma, quantos ainda faltam casar? — Kardner quis saber.

— Acho que pela quantidade de casamentos a que fui... somos os dois últimos.

Kardner sorriu, balançando a cabeça positivamente, pois sabia que era verdade, também fora convidado para os casamentos de seus antigos colegas. Agora que Gayoh ia se casar ele ia ficar por último mesmo.

— É engraçado — Gayoh disse, de forma saudosa. — Sempre achei que você seria um dos primeiros a casar, você sempre pareceu mais jovem do que o que era... Você era tão engraçado na faculdade... Mas ao mesmo tempo tão profundo.

O advogado negociador apenas arqueou as sobrancelhas.

— Também achei que não haveria tantos problemas nessa área, mas fico lisonjeado de não deixá-lo ser o último — Kardner respondeu, rindo.

De repente eles pausaram o riso e ficaram se olhando, como que sem entender o porquê de terem brigado tanto; durante tanto tempo eles tinham se deixado levar por posições políticas que pareciam irreconciliáveis.

Mas nunca, de fato, foram pessoas que se odiassem. Ao contrário, sempre houvera uma espécie de admiração disfarçada, misturada com mágoa. A amizade deles estava ali, intacta, como se nada tivesse acontecido.

— Durante todo esse tempo — Gayoh retomou —, desde que saiu da faculdade, como você lidou com essas contradições? Lembro-me das suas ideias na faculdade e os casos que defendeu depois. Como equilibrou essa personalidade tão flexível?

Kardner deu um olhar errante para o nada.

— Fiz a vida não ser sobre mim, é sobre meu mundo, meus objetivos, por isso suportei tudo. Nunca me interessei tanto em exibir minha opinião ou meus valores. Sei que não posso passar muito tempo dentro de mim mesmo, senão enlouqueço, eu sei que nunca vou ser um puro-sangue de direita ou esquerda, eu nunca vou ser um playboy de Manhattan ou um negociador obcecado por dinheiro... A vida nunca foi sobre mim... Sempre foi sobre o quão próximo eu estou do meu mundo. De resto...

— Entendo, mas durante esse tempo todo você nunca sentiu falta...

Kardner gesticulou interrompendo, então tomou o semblante reflexivo outra vez.

— Uma vez, quando adolescente, pedi dinheiro ao meu pai para sair com uma menina... Meu pai me disse que eu devia andar bem vestido, já que... estava apaixonado... Aquela expressão "apaixonado" martelou sobre mim como algo ultrajante e ridículo, foi como se as palavras dele tivessem me flagrado sem roupa, foi como se fosse um insulto... Já li um pouco sobre psicologia e procurei fatos traumatizantes ao longo da vida, mas a grande verdade foi que tive muita sorte, nasci assim. Eu sempre lutei contra a intimidade e o compromisso... passei a vida inteira sendo julgado pelas pessoas que me conheciam como alguém diferente, fosse porque não estava falando do assunto que todos falavam ou praticando os mesmos hábitos... Cresci acostumado com a rejeição, por isso tenho medo de compromissos. Não sou um bom negociador porque negociei muito, sou um bom negociador porque passei a vida inteira negociando meu estado de espírito, mediando uma batalha entre meu intelecto, meus sentimentos e o meu eu verdadeiro...

— Então... Vai desistir da garota nova-iorquina?

— Ela desistiu de mim. Eu a pedi em casamento e ela simplesmente não quis...

Gayoh fez menção de interromper, mas Kardner não deixou e continuou falando antes que o colega se apiedasse.

— E, quer saber, eu estou decepcionado comigo mesmo nessa parte, não porque eu fui rejeitado, mas porque eu caí na pressão do partido para demonizar imigrantes. Eu nunca realmente acreditei nesse mantra, apenas joguei o jogo e agora pago esse preço... Eu perdi Sils, perdi pessoas sérias do partido e acho que perdi a mim mesmo.

✶ ✶ ✶

No dia seguinte, Kardner e seu pai foram direto a uma reunião com os maiores doadores republicanos. Ele precisava explicar por que precisava de cinco milhões de dólares na última semana de campanha.

Um dos chefões republicanos pegou um jornal e o jogou sobre a mesa, apontando diretamente para a manchete.

Ele leu em voz alta:

— *Novo projeto imigratório de Kardner Deschamps pode legalizar milhões de imigrantes sem nenhum cadastro nos sistemas de informações americanos.*

Kardner protestou, alegando que o projeto não contemplava quem tivesse passagem pela polícia.

Outro doador rebateu:

— Então é assim? Basta atravessar a fronteira de qualquer jeito e você se torna cidadão americano com direito a Medicare e ao sistema judiciário...

— Não falei em torná-los cidadãos americanos de imediato, falei em lhes dar uma permissão de trabalho! Essa é uma forma de tirá-los da obscuridade do trabalho exploratório! Eles já estão aqui aos milhares! Concorrem com salários de miséria com americanos nativos! Isso parece inteligente? Acham mesmo que podemos colocar milhares numa caçamba e simplesmente despejar fora da fronteira?

Os doadores se calaram por um instante.

Depois retomaram o ataque, dessa vez em tom de ameaça.

— Kardner, veja, nós estamos preocupados com os efeitos disso, este é um país onde a lei se faz respeitar. Não somos uma república de bananas de Terceiro Mundo e sinceramente... achamos que seu projeto incentiva a impunidade... votaremos em você, não se preocupe! Mas não lhe daremos um centavo enquanto mantiver seu projeto. Ok?

Kardner se levantou com todos os outros. A reunião estava encerrada. E as traições pairavam no ar.

Mais do que nunca Kardner queria vencer, apenas para mostrar para aqueles arrogantes que não precisava do dinheiro deles.

Com a nova estratégia de não parar um minuto sequer, Kardner manteve o ritmo frenético de campanha.

Ele deixou o pai em casa e rapidamente se encontrou com alguns vereadores locais em Manhattan, antes de fazer uma caminhada pelos arredores do Central Park.

Já pelo fim da tarde, o advogado ligou de seu escritório para seu tio para saber se alguém tinha vazado a pesquisa. Mas, até aquele ponto, nada tinha sido ventilado pelos corredores da imprensa. Kardner estranhou o fato de ninguém saber de nada àquela altura, seria aquilo um sinal positivo ou negativo? Ninguém sabia.

Em meio à especulação sobre a pesquisa, a secretária de Kardner apareceu, dizendo que um homem italiano de paletó queria vê-lo. Aparentemente se tratava de um rico empresário com fortes raízes no sul da Itália.

Quando a porta se abriu, Kardner viu quem era. Ele simplesmente colocou as duas mãos na face, já sabendo que o Siciliano vinha para lhe contar alguma história mirabolante que não ajudaria em nada na campanha, exceto lhe tomar um tempo precioso.

— Como foi de Europa? Imagino que deva ter ido à Itália, gostei desse seu estilo... Cafetão italiano!

— *Mio bambino*! Tenho grandes notícias! A Gucci está querendo fazer uma campanha masculina na Itália e está recrutando grandes figuras públicas do cenário norte-americano para retratar uma nova linha de roupa para homens de negócios... Perguntei se você poderia participar e eles disseram que sim! Querem apenas que você conte sua história com a cultura italiana na América!

Kardner podia ser emotivamente estéril e estar passando por um momento difícil na campanha, mas ainda tinha tino para oportunidades, por isso a primeira pergunta que veio à sua mente foi se a campanha seria veiculada apenas na Itália.

— Não. A campanha é direcionada para o público norte-americano! Vai sair inclusive nas televisões daqui. Eles só precisam de homens de sucesso para vestir suas roupas, daí rodam comerciais onde contam suas histórias de sucesso na América, sejam italianos ou não. É uma chance de ouro para revigorar seu *appeal* aos italianos... Viu só, nessa cabeça tem tutano!

Aquela era a semana final da campanha, talvez Kardner perdesse um ou dois dias nessa viagem, mas ganharia um apelo especial junto à comunidade italiana, justamente o grupo onde ele estava sangrando votos: os católicos.

— Estou dentro. Vou mandar comprar as passagens.

Antes que Kardner pegasse o telefone para falar com a secretária, o Siciliano puxou duas passagens do bolso para aquela mesma noite.

O advogado negociador olhou com surpresa, era como se o Siciliano tivesse certeza de que seria capaz de convencê-lo.

Para Kardner, aquilo caiu como uma luva, pois poderia ir e voltar rapidamente. A única coisa que Siciliano não lhe explicou era que as passagens eram para Amsterdam, Holanda, e não para a Itália.

★ ★ ★

No aeroporto, Kardner e o Siciliano estavam esperando tranquilamente no salão de embarque quando foi feita a chamada para o voo rumo a Amsterdam.

O Siciliano fez sinal para um Kardner confuso.

— É apenas uma conexão... Estava sem voo direto para Roma, daí...

Kardner estranhou, mas não fez caso, pois estava tão obcecado em ganhar votos italianos que não conseguia raciocinar dois com dois.

Já dentro do avião, o piloto anunciou que aquele voo tinha como destino final Amsterdam. Nessa hora Kardner entendeu, estava sendo enganado.

— O quê? Seu desgraçado!

Ele se levantou abruptamente da poltrona, enquanto o Siciliano o abraçava pela cintura, tentando acalmá-lo.

— Preciso sair deste voo! — ele falou alto.

Os passageiros se inquietaram, observando aqueles dois homens se abraçando como dois malucos.

— Você vai!

— Não vou!

— Vai sim, a Holanda é um lugar maravilhoso! E você vai sim! Não teime, Satanás!

— Estou em campanha! Estou pouco me lixando para a Holanda!

Os passageiros holandeses protestaram.

Desvencilhando-se de Siciliano por um rápido momento, Kardner fez menção de pegar a bagagem de mão, quando esta caiu se espalhando pelo corredor.

Quando Kardner se acocorou para pegar, o Siciliano fez o rasga-lata com a boca.

Já impacientes, todos os passageiros observaram Kardner com cara de horror.

— *Mal-educado!*

— *Imundo!*

— *Vai ao banheiro!*

— *Senta logo, peidão!*

A aeromoça chegou pisando forte, olhando Kardner de cima a baixo. Disse bem alto, para todos ouvirem:

— Senhor, a saída principal já foi fechada e... esse avião é pressurizado, gases aqui podem se prolongar por muito tempo. Nós temos um banheiro!

Kardner gelou de vergonha. Como alguém criado para ser elegante e impressionante, ele sentira como se o ar tivesse faltado, havia só um branco na mente.

— Sim, senhora — respondeu uma alma em vegetação.

Kardner timidamente voltou para a poltrona ao lado do Siciliano, tentando o máximo que conseguia se enterrar ali.

Nem bem o avião tinha decolado, Kardner segurou forte o braço do Siciliano para cochichar em seu ouvido:

— Quando chegarmos à Holanda, vou te esquartejar.

O Siciliano fez o rasga-lata outra vez.

Os passageiros não deixaram passar:
— *De novo, peidão!*
— *Falta de vergonha!*
— *Pelo menos dentro do avião tenha modos!*

✴ ✴ ✴

Uma vez em solo holandês, Kardner tratou de comprar a passagem de volta no dia seguinte.

O Siciliano tinha cumprido sua missão e havia explicado a Kardner que Sils estaria durante a tarde no Jardim de Keukenhof, esperando-o. Ela queria conversar com ele num ambiente fora da bolha, longe de toda a muvuca americana.

Já dentro do hotel, aquela informação estava remoendo dentro dele, o sono teimava em não vir, enquanto seu pensamento estava no dia seguinte... iria ou não se encontrar com Sils?

Havia tantas questões povoando a sua cabeça, pois não sabia se Sils queria uma reconciliação ou apenas conversar; se uma reconciliação fosse possível, o que ele ia fazer? Como revelar ao público?

O pior era que havia manobrado tão bem para não se deixar afetar na ausência de Sils e, de repente, estava de volta àquele furacão de emoções. Como voltaria para a campanha depois do que poderia acontecer no encontro com Sils?

Da última vez, Sils não o quisera, mas agora talvez a decisão coubesse a ele, estava nas mãos dele ir ou não ao encontro no Jardim de Keukenhof. Se ele dissesse não, teria, necessariamente, que conviver com o peso daquela decisão durante a campanha, e não podia fingir, como da última vez, que havia feito tudo que podia.

Assim, entre a cruz e a espada, Kardner viveu o dilema que todo ser humano vive diante daquilo que podia ser ou não feito por amor.

Já disse um grande filósofo que aquilo que é feito por amor está acima do bem e do mal. A questão é o quanto e em que medida cada um de nós é capaz de harmonizar e conviver com o bem e o mal de uma decisão tomada por amor. No dia seguinte, Kardner acordou cedo, fez uma rápida caminhada pelas ruas de Amsterdam, enquanto parava nos cafés próximos aos canais. A mala tinha ficado no hotel; ele nem sequer a tinha desfeito.

✳ ✳ ✳

Durante o fim da tarde, Kardner tomou coragem, ligou para o número que o Siciliano tinha lhe dado e o italiano prontamente chegou para acompanhá-lo. Ele iria a Keukenhof ver Sils.

Ele pensou que ela queria falar algo, que tinha algo importante a dizer. Ele estava magoado e em algum lugar seu orgulho queria ouvir desculpas, então depois ele podia ir embora e voltar para a campanha como se nada tivesse acontecido. Essa foi a razão que ele inventou para si mesmo.

Assim que eles chegaram ao jardim, o advogado tomou uma respiração profunda, deixando penetrar o aroma daquele frescor das flores coloridas que iluminavam a fachada da entrada.

O que Kardner não contava era que o Siciliano era extremamente estúpido e desorganizado.

— Onde está Sils? — Kardner perguntou.

— Ela está aqui neste jardim! Isso eu sei!

Kardner bufou impaciente.

— É um jardim com o tamanho de trinta campos de futebol. Preciso de algo mais específico!

O Siciliano colocou a mão no queixo, depois coçou a cabeça.

— Sabe, eu deveria ter estabelecido com Sils um perímetro de cem metros quadrados onde ela estaria. Teria sido mais inteligente.

— Não me diga!

Sem demora, cada um foi para um lado do jardim, combinados de retornar em meia hora para entrada, achando Sils ou não. Kardner saiu, caminhando na direção centro-oeste, onde estavam as tulipas de cor mais escura. Ele deduzia que Sils, assim como ele, gostava de azul, apesar de ela nunca ter falado nada.

Era apenas seu ego presumindo que Sils gostava da mesma cor que ele.

De fato, imerso em todo o esplendor do jardim, Kardner mais passeava do que propriamente procurava; seus olhos pareciam pular de flor em flor, enquanto seus sapatos deslizavam na grama molhada.

Ele caminhou vinte minutos, vinte minutos com as defesas baixas, algo dentro dele se permitiu contemplar e aspirar os aromas daquele lugar especial. Depois de meses de tensão e análise de números, eleitores e suas preocupações, discursos e coisa e tal, depois de todo esse corre-corre, finalmente sentia que seu espírito estava desarmado.

Ele se lembrou de quando era criança e ia para as fazendas dos amigos de seu pai. Lá ele se impressionava com a coragem dos vaqueiros e, acima de tudo, se deleitava com aquela conexão que todo fazendeiro tem com a terra.

Vida campestre e flores pareciam coisas tão triviais na cabeça do advogado negociador. Ninguém sonha com o que já conquistou. Porém, todos têm saudade do tempo em que tinham papéis bem definidos na história de sua vida.

Havia qualquer coisa de espiritual naquele lugar, uma paz diferente. No momento em que pôs os pés ali, Kardner sentiu uma espécie de pertencimento instantâneo. Algo que invoca a verdade em nós, que nos faz pensar no bom da vida e não tolera preocupações tolas, porque não pode haver dor ou tristeza quando se está cercado por amor incondicional.

Aquele sofisticado advogado achava que estava de volta a algum tipo de fazenda idílica, apenas aguardando, logo viriam os camponeses andando sobre o baixo mar da Holanda com seu cultural sorriso de fé. Na verdade, ele se sentia abraçado, porque é assim que nos sentimos ao passear pela natureza, pois a natureza, apesar de bela e imponente, não nos julga. Por isso é reconfortante estar em meio a ela.

Kardner fechou os olhos e, em vez dos camponeses, o que ele sentiu foi um aroma delicioso, forte, mas com um toque final suave, um cheiro familiar. Ele tinha certeza de que já havia sentido aquele aroma em algum lugar.

Não! Não eram flores, era perfume e provavelmente um perfume feminino. Era algo que intrinsecamente tinha ligação com ele. Ele só não sabia como.

O perfume era o Dulce dela Vita, que a garota nova-iorquina, Gabrielle Sils, estava usando naquele dia, como Grace havia pedido.

Kardner reconhecia o cheiro da noite em que ele e Sils haviam se encontrado no ttrem escuro que saía de Scranton.

O perfume havia derramado nas mãos do advogado, e de fato o cheiro era maravilhoso. Na verdade, ele até tentara procurar um perfume igual, mas, sem sucesso.

Sils estava a duzentos metros de Kardner, sentada recostada numa árvore em meio a um jardim de girassóis, que testemunhavam por horas aquela figura triste e ao mesmo tempo ansiosa, olhando na direção da pequena estradinha para ver se alguém vinha.

Aquele era talvez o jardim menos visitado de Keukenhof, aonde todos iam para ver as tulipas. Sils achou que aquilo poderia propiciar uma oportunidade para um encontro discreto. Os girassóis, apesar de belos, também sofriam sua particular solidão.

Realmente, não havia nenhum turista, só ela estava lá.

Por seu turno, Kardner estava se aproximando. Ele foi seguindo o rastro do perfume até sair da zona das tulipas.

Diante dele havia faixa de calêndulas vermelhas, e mais à frente, a cinquenta metros, um campo amarelo de girassóis.

Kardner não pensou em nada, simplesmente algo dentro dele o empurrou adiante.

Aqueles que desbravaram a mata e construíram um novo mundo do nada

KARDNER E SILS SE AVISTARAM PRATICAMENTE AO MESMO tempo e foi preciso apenas alguns passos lentos na direção dela. Então parou, um tanto confuso e nervoso.

Ao longe, Sils olhou em seus olhos, percebendo o atordoamento do homem que se gabava de exalar tanta confiança em sua abordagem.

Sils acenou para seu staff e simplesmente caminhou na direção dele. Quando estava a cinco metros de distância, ela parou. Ela parou porque Kardner subitamente lhe deu as costas, depois virou o corpo. Então, caminhou de um lado a outro freneticamente. Ele não queria olhar nos olhos de Sils. Não havia controle nenhum.

— Era você no trem naquele dia à noite! Você está usando o mesmo perfume que ficou nas minhas mãos naquele dia. Isso é surreal — o advogado falou.

— Era você? Nossa! Agora me lembro. Você estava tão bêbado! — Sils disse, tentando quebrar o gelo.

Kardner sorriu em meio àquela pausa tensa, em que suas mãos pareciam não ter lugar certo.

— Você queria conhecer Nova York, estava ansiosa para ver a cidade... Qualquer um poderia jurar que você nunca a abandonaria.

Sils ficou desconcertada.

— Parece que nos conhecemos, antes de sabermos quem éramos.

— Nova York nunca saiu do meu coração. Como você está? O que achou da Holanda? — ela perguntou, com um largo sorriso para as costas de Kardner.

Aparentemente nervoso, Kardner apenas acenou positivamente com a cabeça.

— Bem, você sabe, focado na campanha e agora isso... Não sei, parece um país maravilhoso, pelo menos o queijo é. Não vou demorar aqui. Não sei se isto... Não sei se estamos fazendo o certo — ele respondeu hesitante.

Sils não se abalou.

— Bem — ela falou enquanto entrelaçava freneticamente os dedos uns nos outros. — Eu queria que você... Eu pensei que poderíamos, de alguma forma, encontrar um ponto em comum. Estou nervosa, me desculpe — ela falou enquanto caminhava de um lado para o outro.

Estranhamente Sils não tinha as palavras que queria usar. Algo estava faltando em sua mente. Ela sentia como se Kardner não estivesse presente, como se ele estivesse inalcançável. Por isso, ela mudou de assunto.

— O que achou desse jardim?

— É magnífico! Já tinha ouvido falar, mas não fazia ideia de que existia um lugar tão bonito assim na Terra.

— Eu sabia que ia gostar! O que achou das tulipas?

— Bem, se eu pudesse dizer algo que fizesse jus à beleza, diria que são as estrelas do jardim. Mas, você não aliciou o Siciliano para me trazer aqui e falar deste jardim, certo?

Ela arfou, balançando a cabeça, como se não tivesse tido tempo suficiente para preparar a parte essencial da conversa.

— Pois é... Não! Eu queria apenas... Eu pensei que poderíamos conversar e discutir sobre alguns pontos. Ah! Desculpe! Eu tinha ensaiado tão bem. Mas, não encontro as palavras... — ela terminou, num meio sorriso. Como se, mesmo de costas, Kardner pudesse sentir sua afeição.

Kardner sorriu meio constrangido, meio sem entender o que estava acontecendo. Nessa hora ele levantou a mão, balançando a cabeça, como se não estivesse mais conseguindo suportar aquela atmosfera em que fora lançado.

— Sils... Eu... Sinceramente, sinceramente não quero...

A garota nova-iorquina empalideceu. O sorriso fora embora e dera lugar a um olhar perdido e sem expressão.

— O homem que você rejeitou não é capaz de suportar tudo outra vez. Acho que as palavras que você ensaiou não servem, porque isto é a vida real. Isto não é um de seus filmes!

Já desconcertada com a resistência, Sils encheu os olhos de lágrimas, tentando tomar uma postura séria enquanto se postava diante das costas de Kardner. Aquilo era acima de tudo humilhante, era uma batalha por um simples *glimpse* de olhar. Ela tinha de ser capaz de vencer essa primeira batalha contra o orgulho de Kardner.

Ela tinha de falar. Ela tinha de ser capaz de expressar aqueles sentimentos; acima de tudo, mesmo que as palavras não fossem bonitas, seriam poderosas, porque representavam a verdade.

— Então tudo bem. Posso não ter as palavras mais apropriadas e, na falta delas, lá vai... Kardner, não há nada mais importante nesse mundo que eu queira fazer do que poder amá-lo outra vez! Se isso não for possível, então, pelo menos, olhe para mim! E me deixe dizer que o amo olhando em seus olhos, ainda que seja a última vez! É tudo que eu peço!

Kardner escutou aquilo, dando um longo suspiro. Finalmente ele se virou de frente para Sils, olhando em seus olhos com o olhar úmido de quem também estava destroçado dentro de si.

— Você me rejeitou, depois me sequestrou. Daí, você me chama no seu jardim e clique! Eu estou de volta na sua vida! Você me feriu como nenhuma pessoa do mundo jamais me feriu — Kardner disse, numa mistura de emoção e indignação.

— Eu nunca, em toda a minha vida, conheci uma pessoa com tanta capacidade de me afetar e, para falar a verdade, nossos mundos são tão diferentes! Você fala alemão, vive com italianos, você foi embora.

— Mas eu vou voltar! — ela interrompeu abruptamente. — Vou voltar, porque acho que sei quem eu sou e o que quero. Vou voltar porque sei que sou uma cidadã americana.

— Não vai vencer o processo de Hewitt, vai...

— Mas darei o meu melhor — ela falou emocionada. — Eu voltarei para lutar por isso. Gostaria que me apoiasse! Mas, se não puder, não importa, irei sozinha porque sei que isso é o certo!

Só então ele abriu os braços...

— Por que tudo isso? Digo, depois de tudo?

— Você ainda me ama? — ela perguntou, interrompendo-o.

Kardner sentiu aquela pergunta como um soco em seu pensamento. Naquele momento ele havia perdido a linha de raciocínio que estava começando a construir, suas ideias, seus argumentos controladores deram lugar a uma espécie de paralisia ansiosa. Ele não encontrava palavras, mas ao mesmo tempo seu ego estava prestes a explodir em reação.

Ele colocou as duas mãos nas faces para logo se agachar, levantar de um pulo e caminhar de um lado para o outro.

— Amo! — respondeu, emocionado. — Mas esse amor é uma ferida que sangra constantemente lembrando-me da minha incapacidade, da minha impotência e pequenez diante dos fatos. Para mim, é muito difícil reconhecer o fato de que eu não fui capaz de proteger você.

Sils deu dois passos em sua direção, dois passos lentos, com o olhar fixado em seus olhos. Então segurou uma de suas mãos.

— Então, não faça isso! Não se julgue mais. O que aconteceu não foi sua culpa. Eu descobri um novo mundo. Nunca vi um lugar com tanta beleza e diversidade quanto a Europa! Olhe este jardim! Olhe os castelos! Eu me apaixonei por este lugar. Aqui eu posso ser quem sou, atriz, costureira de moda, uma mulher livre...

Ela pausou, respirando fundo.

— Mas as coisas não são assim tão simples. Nada nunca veio de graça na minha vida. Eu tive de lutar para ir embora da minha vila, lutar para ser uma atriz, e não importa o quão politicamente desorganizada seja Nova York, eu sou uma garota nova-iorquina, nada nem ninguém vai tirar isso de mim. É quem eu sou... Se tiver de lutar mais uma vez por isso, lutarei!

Kardner balançou a cabeça.

— Não temos nada! O que vai fazer?! Eu não vou sair da campanha. Não temos planos...

Sils deu mais um passo para perto, segurando o rosto do advogado com as duas mãos.

Essa parte ela havia memorizado, não porque queria usar diante de Kardner, mas porque realmente nunca tinha esquecido aquelas palavras.

Palavras que o próprio Kardner havia ensinado.

— É sobre os pioneiros! Aqueles desbravadores que navegaram rumo ao desconhecido sem um plano certo, movidos apenas por um sentimento real. Aqueles que desbravaram a mata e construíram um novo mundo do zero! Aqueles que ousaram ver o amanhã, quando todos estavam jogando com o medo do passado. É por esses que eu luto! É por esses que eu sigo em frente.

Kardner ouviu aquilo e imediatamente entendeu a ironia do destino. Ele havia se esquecido de quem era.

Ele sentou no chão, chocado com o peso daqueles valores que um dia haviam sido para ele o suprassumo do sentido da vida. Mas agora pareciam tão distantes, tão utópicos. Ele havia esquecido de si mesmo; tinha virado um produto de marketing. Um homem que age de acordo com as pesquisas de opinião. Estava longe de ser um pioneiro.

O advogado tinha apenas herdado a plataforma política de Riley, por medo de como as lideranças iriam reagir. Mesmo incorporando o projeto de Gayoh, ainda assim ele havia incorporado a filosofia defensiva do partido, o que até certo ponto era compreensível.

Sendo humilhado publicamente pelo tio, um cara que havia subido nas fileiras do partido, através de uma família poderosa, depois alçado a liderança de forma trágica e involuntária, era um líder legítimo ou não?

Então, surgiu todo o problema com Sils. Kardner tinha passado a maior parte da campanha se explicando. Ele teve pouco tempo para se mostrar e dentro do partido, ele nunca fora "Kardner Deschamps". Tudo que ele queria era um tempo com a cabeça fora d'água.

Mas, esse tempo com a cabeça fora d'água era sempre aquilo que parecia ser "o mais adequado". Nunca era o que ele realmente queria fazer. De fato, não era sobre o que ele estava fazendo na campanha ou sobre seu amor por Sils, tratava-se de ser fiel a si mesmo e parar de negociar com quem realmente era.

Era preciso tomar uma decisão. Mas, antes reconhecer onde estava.

— Não sei se sou o homem que você pensa que sou — disse, claramente decepcionado consigo mesmo.

— Não é sobre quem eu penso que você é. Só vim pedir pelo seu amor.

— Você é capaz de me aceitar assim, mesmo sem que eu possa lhe dar uma segurança sobre ficar na América? Sendo incapaz de protegê-la?

Ela fez que sim com a cabeça e se aproximou.

— Agora, preciso que você se aceite assim. Alguém me disse uma vez... Grandes sonhos exigem grandes escolhas.

— Não consigo. É muito difícil — ele falou emocionado. — Sinto como se estivesse falhando.

Foi nessa toada, ao vê-lo confuso, que Sils se ajoelhou em frente, olhando em seus olhos. Naquele curto momento de vislumbre eles se permitiram uma abertura espiritual, dando permissão àquela elevação da alma como na primeira vez, aquela sensação de pertencimento, no fundo dos olhos do outro.

Como da primeira vez, Kardner sentia-se inteiramente aceito. De fato, naquele momento ele estava muito longe de parecer o advogado negociador de sucesso, e talvez tudo isso sempre tivesse mexido com sua cabeça.

Kardner era genuinamente compassivo com seres humanos. Havia algo dentro dele que queria ajudar as pessoas e fazê-las ter uma vida melhor. Mas também havia outro lado em sua personalidade. O lado que saía do ar, o ego inflamado, a introversão hipnótica que parecia ridicularizar todas as pessoas ao redor, seus métodos escusos para vencer nos tribunais. Tinha uma personalidade complexa, que parecia se mover em várias dimensões numa única vida.

Quando pequeno, Kardner sonhava em mudar o mundo. Mas, quando falava sobre isso, seus colegas o ridicularizavam. Ele havia adquirido o cinismo como uma forma de se desenvolver socialmente.

Era difícil se aceitar como era. Como alguém se abre para um amigo, dizendo que não é capaz de estar presente boa parte do tempo? Mas ele estava dando passos firmes nessa direção. Era hora de dizer que sim! Ele se importava com as pessoas; se ele se esquecesse de ligar no aniversário de alguém querido, não era maldade ou egoísmo; se ele não estivesse ouvindo, não era arrogância.

O paradigma Deschamps do homem forte e inabalável o tinha deixado emocionalmente confuso. Kardner era um idealista, mas contraditoriamente havia sido criado com a firme crença do pragmatismo e controle. Por anos ele lutava contra a própria natureza, tentando criar uma realidade que mudaria sua personalidade.

Era hora de explicar às pessoas suas fraquezas. Revelar para seus queridos todos os limites existentes para então ser mais bem compreendido, porque a vida não é apenas sobre quem somos e o que queremos, é também sobre solidariedade. Quando partilhamos nossos limites, damos permissão para que outros limites sejam revelados e assim criamos uma corrente para que as outras pessoas possam se ajudar num mútuo desenvolvimento.

✳ ✳ ✳

Só então, ali abraçados, em silêncio, eles se sentiam libertos de todas as amarras das circunstâncias sociais que os haviam aprisionado. Seus corações carregados de ternura de um pelo outro, já não se lembravam mais de qualquer dor ou desentendimento. Era como se nada tivesse acontecido, e o amor que um dia parecera impossível estava bem ali, forte e intacto como nunca antes.

Sentados na grama, com abraçada aos joelhos de Kardner, Sils compreendeu que estava na posse de um sentimento real.

Ele tinha de concorrer com Sils ao seu lado para manter seus projetos e não apenas para quebrar os paradigmas da sociedade americana. Além disso, para lembrar a si mesmo de quem era, do que era capaz de fazer por aqueles que amava, pois a vida não pode se resumir à escassez de preto e branco, em que escolhemos o vencedor e abandonamos o perdedor.

De fato, nada, absolutamente nada, podia ficar entre eles.

— Não temos de abrir mão de nada. Nós podemos vencer essa eleição e podemos vencer o processo — Sils disse, e em seguida o beijou.

Kardner sorriu. Então segurou aquele rosto esbranquiçado de Sils por alguns segundos. De repente, seus olhos perscrutaram ao redor e ele teve como que um choque de beleza.

— Veja — Kardner apontou para um singelo casal de borboletas que rodeava as flores. — Talvez este seja o lugar mais encantado do mundo — ele falou emocionado.

Seu olhar viu o brilho cintilante do pôr do sol acalmar o jardim, tocando pétala por pétala das flores, as mesmas flores que pareciam se alinhar à espera da última saudação da luz.

E Kardner apenas respirou, sentindo aquela brisa fria e suave contornando o corpo de Sils. Ele abriu os olhos e viu o sorriso da garota nova-iorquina, enquanto a brisa fazia suas madeixas balançarem. Aquela mulher parecia alinhada à alma do jardim, com seu sorriso suave e ideias ousadas. Desse modo, seu olhar galgava o bailar das borboletas, enquanto sua vida levitava em pensamentos desordenados.

Por vezes, imaginava estar num destino ferido pelas areias do tempo ou sonhando com um tempo sem sentido para salvar um destino atrasado. Nada conseguiria retirar, e ele não queria sair daquele arrasto, daquele esplendor de sentimentos que parecia se deitar sobre as flores, dançando com as borboletas, sem constrangimento, sem julgamentos.

Se havia um Deus, Ele provavelmente estava ali, no toque dos lábios de Sils, rindo da sua cara. Um Deus caprichoso de fato, porque trouxera o homem mais teimoso do mundo ao lugar mais bonito do planeta, para que ele soubesse que seu amor estava ali, mas acima de tudo para lhe mostrar que a beleza da vida está na descoberta e não nas regras em que nos viciamos, que ele não era simplesmente um advogado ou um joguete do marketing político. Ele podia ser quem quisesse. De fato, nunca havia tido tanta certeza.

★ ★ ★

Quatro dias para as eleições.
Kardner e Sils voltaram para os Estados Unidos no mesmo voo. Foi tudo que a imprensa soube e, como era óbvio, a mídia

americana bombardeou o público com todo tipo de notícia e especulação das mais variadas possíveis.

Havia quem dissesse que Kardner iria desistir da campanha. Havia outros especulando que Kardner queria apenas fazer marketing junto à comunidade italiana, defendendo Sils contra Hewitt.

Outros mais doentes, achavam que Kardner tinha convencido Sils a voltar aos Estados Unidos para pagar o preço de seus atos.

Ninguém apostou no amor. Não era que o público americano fosse cínico demais, era que, se fosse amor, não haveria segundas intenções, nem movimentos estratégicos, e todos os analistas ficariam com cara de tacho, já que ninguém tinha analisado a possibilidade do amor.

O casal chegou à tarde. Faltavam apenas quatro dias para a eleição. Àquela altura a maioria dos analistas acreditava que noventa por cento do público já tinha decidido seu voto.

Perto do fim da tarde, Kardner convocou uma coletiva. Sils estava a seu lado.

Em polvorosa, a imprensa se prostrou no jardim da Mansão Deschamps, em meio a gritos, flashes e uma chuva de braços, esticando microfones, câmeras e todo tipo de gravador.

O advogado negociador começou a coletiva fazendo uma breve exposição de suas razões para seguir na campanha.

Nem bem terminou de falar e os gritos com perguntas começaram, junto a um empurra-empurra frenético entre os repórteres.

De início, Kardner percebeu que todas as perguntas tinham o mesmo sentido. Queriam saber o porquê de ele ter assumido publicamente seu relacionamento com Sils.

— Nós tomamos a decisão de reatar e assumir o nosso relacionamento. Agora de forma pública, para que ninguém mais tenha dúvidas disso. Sabemos que existe um processo de deportação em curso e nós vamos enfrentá-lo. Custe o que custar, seguirei com minha campanha e meu projeto de reforma migratória, porque achamos que esse é o caminho mais justo e solidário para todos.

Um dos repórteres levantou a mão.

— Como o senhor avalia que será a reação dos líderes do partido à sua decisão de assumir publicamente seu relacionamento com a Senhorita Sils?

— Gostaria de manter todos no meu palanque de forma amigável. Mas eu não mudarei minhas convicções por nenhum tipo de pressão, venha de onde vier.

Aquela resposta seca e direta surpreendeu os repórteres. Kardner estava diferente, falava com segurança e parecia muito tranquilo sobre como domar o partido.

— O senhor vai se casar com a Senhorita Sils?

Kardner olhou sorrindo para Sils. Ele já havia explicado a situação para ela, e era hora de falar para os repórteres que não tinham o exato conhecimento jurídico.

— No futuro, sim! Agora, isso apenas tumultuaria o ambiente político e social. Mesmo que eu me casasse com Sils, conforme a lei de imigração de Nova York, isso não extingue o processo de deportação, pois o juiz já deu o primeiro despacho no processo. Agora o processo ganhou vida e não pode dar a marcha a ré. Será considerada a condição de solteira de Sils do começo ao fim do processo. E nós preferimos assim.

Era a vez de outro repórter perguntar.

— Senhorita Sils, bem-vinda ao país! De volta à América, qual postura podemos esperar da senhora, agora que vai enfrentar um processo público de deportação contra o procurador Hewitt?

— A postura de quem está com a consciência tranquila, de alguém que viveu a vida inteira na América, alguém que conhece e honra os valores deste país!

Um repórter pulou a vez, gritando de longe:

— Se Sils for deportada desse país, Kardner, o que você vai fazer?

— Eu irei embora com ela, para onde for. Jamais abandonaria a mulher que amo!

Subitamente, os fotógrafos se calaram, os flashes pararam e todos olharam para aquele casal, imaginando como eram corajosos de enfrentar todo o escrutínio público, toda a sujeira da política com seus golpes baixos.

A altivez e determinação estavam lá e podiam ser facilmente observadas toda vez que Kardner e Sils trocavam um olhar.

Do seu QG, Sherman assistia àquela coletiva em meio a risos e piadas.

— Ora, ora, mas esse Kardner se mostrou mais imbecil do que eu pensei... Meu Deus! Ele só facilita.

— Essa, nós já levamos! A minha dúvida é se levamos com dez ou quinze pontos de diferença — Stoltenberg declarou.

Ao lado de Kardner na coletiva, os Deschamps viam o movimento de seu pupilo como um ato que era, antes de mais nada, de coragem. Um ato genuíno de quem estava de saco cheio das fórmulas padronizadas, de quem não suportava mais parecer um boneco engessado nas mãos de um garoto besta e mimado.

— Ele fez a coisa certa — Dom falou.

— Na eleição não sabemos o que vai acontecer, mas a honra dos Deschamps está salva — Frank completou.

★ ★ ★

O público americano viu naquela entrevista o símbolo de pioneirismo daqueles que haviam construído a América do Norte. Não era a beleza ou a fama daquele casal que chamava a atenção, mas sua devoção a um país aparentemente maldisposto a aceitá-los, como os irlandeses que não foram bem-aceitos quando chegaram. Mas eles perseveraram, trabalharam duro e conquistaram seu lugar, também os primeiros italianos imigrantes foram tão discriminados que tiveram até de mudar de nome.

Assim como aquele jovem casal, a América não era perfeita, tinha suas contradições, bastava ver os primeiros poloneses segregados dos brancos protestantes e ao mesmo tempo excluindo os ortodoxos russos, que chegavam à vizinhança.

Nenhum desses grupos pode ter sofrido mais na América do que os negros. Mas nenhum descendente chinês se esquece dos linchamentos e expurgos que ocorreram na Califórnia.

O que todas essas etnias tinham em comum? Elas não se limitaram a sair pelas ruas protestando e pedindo os benefícios, aos quais tinham direito. Mas trabalharam duro, lutaram por seu lugar. Não, eles não foram embora e, por maiores que fossem as dificuldades, não admitiam que seus parentes falassem mal da América. Havia qualquer coisa mística que os fazia se sentir americanos. Essa mística era o senso de construção. Eles sentiam que estavam ajudando a construir um novo grande país.

Logo, quando as terras ficaram áridas, brancos e negros imigraram para trabalhar nas fábricas da cidade. Quando a Costa Leste estava sem empregos, eles desbravaram um Oeste selvagem com nativos desconhecidos e um clima desafiador.

E eles conseguiram; daquele chão seco tiraram ouro e, quando o Oeste ficou lotado, o país precisou deles para servir militarmente. A cada década os imigrantes fincavam os pés na América, sentindo-se parte essencial do tecido social, pois se sentiam parte da construção daquele grande país.

Quando não havia mais empregos, as pessoas ficavam frustradas nas ruas. Então, de repente, um pioneiro surgia, pessoas como Rockefeller e Ford, e logo desenvolviam ideias que desafiavam o paradigma existente, criando mercados e oportunidades inteiramente novos.

Kardner e Sils eram os pioneiros da vez. Pioneiros na política, desafiando o status quo do que era justo ou injusto na América, de como um candidato deve se exibir diante das câmeras, e não, não era preciso ser forte e bater no peito para ganhar respeito. A decência superava tudo, e mesmo as mulheres podiam compreender que não perdiam o charme e a elegância quando se negavam a aceitar um destino injusto, pois Sils continuava deslumbrante.

Pioneiros no exemplo de perseverança e paixão por uma terra, que mais do que nunca, precisava compreender que sua grandeza não estava nos arranha-céus ou nos canhões de última geração, mas no espírito desbravador daqueles primeiros pioneiros: aqueles que seguiram em frente sem um plano definido, desbravadores que navegaram rumo ao desconhecido sem um plano certo, movidos apenas por um sentimento de real, aqueles que, movidos pelo entusiasmo, desbravaram a mata e construíram um novo mundo do zero. Aqueles que ousaram ver o amanhã, quando todos estavam jogando com o medo do passado.

Kardner e Sils poderiam perder tanto a eleição quanto o processo, mas eles já haviam ganhado grande parte da admiração do público americano.

✳ ✳ ✳

Na reta final da campanha, as pesquisas mantinham a vantagem de Sherman. Kardner sabia que precisava de um quase milagre.

Por isso, naqueles últimos três dias, ele freneticamente visitou cada comunidade. Ele foi aos alemães e lá viu Sils falar em sua língua natal para uma plateia hipnotizada com o carisma daquela mulher falante e altiva que, depois de toda a pancadaria, parecia ter renascido das cinzas.

No Harlem e no Bronx, toda a comunidade negra se juntou para ver Kardner e Gayoh lado a lado no palanque.

Gayoh lembrou a todos que Kardner tinha um novo projeto de moradia social. Ele relembrou toda a discriminação que eles haviam sofrido até ali e jamais seria justo que os negros comprassem a retórica de separação da qual eles tinham sido a maior vítima. Eles tinham de apoiar Kardner.

Em Chinatown, Jiso subiu ao palanque para contar a todos que era uma refugiada de guerra. Havia vindo à América para buscar uma vida melhor e só conseguiria ficar no país se Kardner vencesse.

A comunidade asiática lembrou-se dos expurgos da Costa Oeste e mesmo os chineses da Califórnia vieram em massa para apoiar Kardner, fosse com dinheiro, fosse falando com parentes e amigos.

Já pela manhã, no penúltimo dia de campanha, Kardner chegou a Little Italy e lá ele viu não apenas o Siciliano falar no microfone, mas uma verdadeira miríade de personalidades de origem italiana.

Todos estavam revoltados com o tratamento que havia sido dispensado a Sils. Mas ninguém tinha coragem de falar abertamente, até que Kardner o fez. Então, o povo italiano sentiu aquele velho senso familiar de volta. Quando Sils partiu, eles sentiram como se ela não se importasse. Agora que estava de volta, eles lutariam por ela, não importava o que acontecesse.

Ao meio-dia do antepenúltimo dia de campanha, o comício em Little Italy acabou.

Kardner ainda tentava fazer seu superanúncio na TV naquela noite e estava recebendo ligações das redes perguntando pelo dinheiro.

No QG de campanha, o tesoureiro olhou para Kardner, que não sabia bem o que responder, e o candidato apenas pediu paciência, uma paciência que já estava se esgotando.

— Kardner, a campanha acaba amanhã, preciso de uma resposta! Os produtores vão fechar a grade horária em meia hora!

Kardner suspirou, olhando para o céu, como se algum tipo de inspiração divina fosse surgir.

Ele sonhava dia e noite, aparecendo às oito e meia da noite, nas quatro maiores redes de TV americanas, para falar sobre o homem que era e tudo que havia aprendido em campanha.

— Ok, diga que não! — ele disse, cabisbaixo.

★ ★ ★

Antes que o tesoureiro saísse pela porta, Kardner bateu de frente com um Dom Deschamps zangado e impaciente.

— Não! Você não vai a lugar nenhum, caralho!

Kardner interveio, constrangido.

— Tio, é muito dinheiro, não aceito que o senhor...

Dom olhou, arregalando os olhos, como se dissesse que ele jamais pagaria.

— Alguns amigos estão chegando — ele falou soprando a fumaça do charuto para o alto.

Em dez minutos, um homem de fraque entrou, olhando Kardner, que imediatamente o reconheceu.

Era Nathaniel Ingram, o judeu mais rico de Nova York. Era também o homem que o tinha derrubado nas prévias do partido. Ele vinha ajudar no financiamento da campanha.

Junto dele, uma marcha de outros judeus vindos de todos os cantos do país.

De repente, Kardner lembrou... Ele e Sils eram um casal judeu e os judeus não estavam apreciando muito ver dois de seus membros mais famosos serem acossados pela escória política da América.

— Temos o dinheiro para seu anúncio — Nathaniel falou calmamente colocando o envelope com o cheque sobre a mesa.

Kardner parou esperando Nathaniel fazer a contraproposta. Aquilo era muito dinheiro para ser doado sem nenhum tipo de condição ou favor especial.

— Alguma coisa que eu possa fazer, digamos em troca?

Nathaniel e os demais judeus se olharam de forma séria.

— É sobre a garota judia, sua namorada. Pois é! Mantenha-a na América!

Kardner sorriu e apenas esticou a mão.

Durante a noite, exatamente às oito e meia, Kardner entrou no ar ao vivo nas principais cadeias de TV americana.

Ele começou falando o básico de alguns projetos de infraestrutura, além de algumas ideias para melhorar o ensino de base. O tempo não era muito e, ao final, ele fixou os olhos na câmera buscando forças para entregar uma mensagem verdadeira, algo que havia muito estava em seu coração.

Eu gostaria hoje de compartilhar uma mensagem de paz, harmonia e acima de tudo tolerância. Estes foram os pilares que construíram nosso país. Aqueles que podem mais sejam o exemplo de que nosso estado precisa, pois o exemplo é a verdadeira liderança do mundo. É uma liderança que inspira, que não obriga. Sejamos sábios para tolerar nossas diferenças. Tenhamos coragem de seguir a rota do novo, sem olhar para trás. A dúvida jogará seu jogo, mas nós nunca aprendemos nada com nossas dúvidas. Aprendemos quando expressamos nossa vontade de aprender. Que sejamos pioneiros outra vez, pois esta é nossa essência...

Sendo assim, posso dizer estas palavras com muito orgulho:

Não importa de onde você venha, a cor da sua pele, sua religião ou seu partido... Somos todos nova-iorquinos!

O advogado

DIA DA ELEIÇÃO.
Um verdadeiro temporal havia caído durante a mudrugada. Várias ruas de Nova York estavam interditadas. Árvores caídas impediam acessos, fiação solta e energia caindo. Aquele era um bom sinal? Kardner não sabia, mas a chuva teria seu papel na eleição.

Kardner mal dormira naquela noite. Ele e Sils haviam passado a madrugada treinando um pequeno roteiro de visitas, quando depois do almoço se recolheriam na Mansão Deschamps, onde todos acompanhariam a eleição.

Em 1968, o rádio dava a contagem nominal por urna bem antes da televisão. Era natural para as famílias americanas que todos ficassem na sala, bebendo, ouvindo a apuração e ao mesmo tempo especulando sobre quantos votos esse ou aquele bairro ou condado ia dar.

Uma hora antes de a apuração começar, Kardner havia saído para ir ao escritório pegar um mapa de distritos que tinha esquecido.

A apuração havia começado e Kardner não havia chegado. Ele chegou com cinco minutos de atraso, o que deixou os Deschamps loucos da vida.

— Atrasado, outra vez?

Kardner se limitou a balançar a cabeça, ele tinha certeza de que chegaria a tempo.

Na pesquisa boca de urna nenhuma novidade. Sherman na frente com cinco pontos de vantagem. Aquela notícia era uma bomba, Kardner tinha esperança de que o público tivesse mudado de opinião.

Ao ouvir a pesquisa, Dom não se aguentou:

— Essas porras dessas pesquisas são todas compradas! Radialista veado! Filho da puta! Desgraçado ruim do meio dos infernos! — berrava, tacando a bengala no rádio.

— Tio, calma! Precisamos do rádio inteiro — Kardner interveio.

Quando a apuração começou, às cinco da tarde, Sherman largou na frente com uma vantagem de sete por cento; eram os votos do lado do North Country, Moonwalk Valley e Capital District e Buffalo.

Aquilo não era exatamente esperado, aquelas eram zonas de maioria branca protestante. Ainda assim Sherman tinha ido bem.

A situação parou de piorar quando vieram as urnas da região do Hudson Valley.

Mas o cenário ainda era tenso. Todos os pequenos distritos e condados nos arredores da megalópole tinham sido contados. Quando chegou a vez de Hudson Valley e Central New York, a diferença caiu. A diferença de Sherman desceu para cinco pontos de vantagem, que era justamente a vantagem que a maioria das pesquisas lhe dava.

A decisão realmente ia ficar para a cidade de Nova York. Aqueles cinco por cento poderiam ser revertidos facilmente se Kardner tivesse conseguido penetrar no voto católico.

Era isso que ele, todos os Deschamps e Sils pensavam. Perto das oito da noite, as urnas da capital começaram a ser apuradas.

Quando os votos do Bronx chegaram, a diferença caiu mais um ponto, chegando a quatro. Queens e Brooklin contribuíram com mais um ponto cada, baixando a diferença para dois.

Na poltrona, Dom Deschamps deixou de comer as unhas das mãos. Ele estava começando a comer as dos pés.

Kardner se mantinha em alta adrenalina, comemorando cada urna anunciada. Por seu turno, os matemáticos da campanha, a toda hora, corrigiam seus cálculos, fazendo projeções de quanto Kardner precisava para vencer a eleição.

— Nervoso? — Sils perguntou.

— Um pouco! — respondeu.

Ele estava animado. Kardner sabia que os protestantes de alguns subúrbios e a comunidade negra do Bronx tinham dado seus votos. Ele havia se saído melhor do que pensava. Agora era esperar por Staten Island e ver como ia terminar aquela velha sangria católica que o deixava sem sono.

Após todas as urnas de Staten Island saírem, a diferença tinha descido mais um ponto.

Quando a apuração chegava aos centros mais urbanos de Nova York, a diferença caía, e assim foi até surgir um empate técnico.

Com mais de 99% das urnas apuradas Sherman estava na frente por 1.850 votos.

Subitamente, o rádio parou avisando que a contagem havia sido encerrada.

— Mas como acabou?

— Perdemos?

— Não acredito!

Kardner olhou de um lado para o outro, mas ninguém sabia explicar o que estava acontecendo, que o rádio ainda não pronunciava Sherman eleito. Mas a notícia era de que a apuração tinha se encerrado no rádio. Sherman naquele momento era o governador eleito. Os matemáticos chamaram Kardner.

— Tem algo errado aqui! Faltam votos, mesmo contando com as abstenções veja os boletins parciais. Simplesmente não batem.

— Fraude! Malditos democratas estão roubando! — Dom protestou.

A situação ficou confusa por vinte minutos com ligações indo e voltando e ninguém sabia ao certo por que tinha parado a apuração sem a pronúncia de Sherman como vencedor, com os 1.850 votos de vantagem.

De repente, batidas na porta. Eram um oficial de justiça e um procurador com uma notificação, avisando que, devido ao temporal, uma urna do norte do estado, com quinze mil votos, estava atrasada em razão dos danos na estrada causados pela chuva.

Um suspiro de alívio.

Só então, em outro telefonema, o juiz Adam alertou a Kardner que, pelo fato de a urna ter sido exposta a mecânicos e outras pessoas externas, pelas leis do estado, ela teria de ser aberta na presença não apenas dos delegados de campanha, mas dos dois candidatos.

A lógica por trás disso é que, para não macular a eleição, essa urna, que não foi aberta em seu horário normal e havia sido manuseada por mãos estranhas, deveria ser examinada acuradamente pelos dois times por meia hora e depois aberta.

Pelas leis eleitorais do estado, seria considerada "urna em análise", e a partir do momento em que estivesse no tribunal ou na residência/QG de campanha de alguém, eles teriam meia hora pra impugná-la num argumento fundamentado, ou reconhecê-la.

Porém, se um dos dois candidatos não estivesse presente naquela meia hora, a urna seria considerada contaminada, não sendo aberta. Ou seja, precisaria da presença dos dois candidatos. Naquele ponto, isso daria a vitória para Sherman.

Mesmo antes de o juiz terminar, Kardner disse adeus e se dirigiu ao tribunal. Fora do gancho, o juiz Adam se despediu lhe dizendo que, a pedido de Sherman e devido à chuva torrencial, não tinham como chegar a tempo no tribunal.

O lugar de encontro, acordado entre os delegados de campanha, onde a urna seria aberta na presença dos dois candidatos, seria a Mansão Deschamps. Na sua obsessão pelo resultado, Kardner partiu sem ouvir a última parte.

Quando a campainha tocou, Frank deu de frente com os dois staffs de campanha e o juiz Adam. Eles tinham a urna nos braços e os Deschamps tinham um olhar de desespero.

— Se Kardner não estiver aqui em meia hora a urna não será aberta e... Vou impugná-la e declarar Sherman vencedor.

O Deschamps se alvoroçaram. O tribunal tinha uma distância considerável ainda mais considerando aquele trânsito de começo da noite.

Frank saiu em disparada em busca do filho. Só teve um problema: Kardner foi ao tribunal eleitoral do estado, ao passo que Frank foi para o tribunal de apelações.

★ ★ ★

— Sem pressa, temos meia hora, agora que já se passaram cinco minutos — Kardner falou sem saber que aqueles primeiros cinco minutos preciosos poderiam fazer toda a diferença.

Quando o carro finalmente chegou ao tribunal eleitoral, ele viu o tribunal fechado mas não estranhou. Logo os delegados da campanha iam chegar. Enquanto isso ele sentou pensativo ao lado do guarda que vigiava a entrada da corte.

★ ★ ★

— Já se passaram quinze minutos. Tem certeza que ele vai aparecer? Olha eu tenho de seguir a lei, se não comparecer, vou declarar a eleição.

— Mesmo que Kardner tenha vencido a eleição com os votos dessa urna? — Davi quis saber.

— Mesmo que ele tenha votos aqui para vencer. Sigo apenas a lei, não posso me mover um centímetro além.

O juiz Adam era o suprassumo dos juízes legalistas, altamente rígido. Não havia margem subjetiva em suas interpretações da lei.

Ele decidia rápido, pois se baseava na lei e nada mais. Precedentes de outros tribunais e novas doutrinas tinham pouco espaço. O homem era a lei em carne e osso.

★ ★ ★

— Você está esperando alguém? — o guarda quis saber.
— Sim, em dez minutos o juiz Adam e os delegados de campanha junto com o vagabundo do Sherman vão chegar por aqui.
— Deve ter algo errado.
— Como assim?
— Se fosse pra abrir os portões em dez minutos o juiz Adam já teria mandado nos avisar. Ele sempre faz isso com meia hora de antecedência, e pelo que eu sei, o trajeto da casa dele pra cá está praticamente interditado pela chuva.

O rosto do advogado negociador ficou pálido.

Kardner se desesperou. Ele estava em um lugar desconhecido, a dez minutos da abertura da urna, e não havia sinal do juiz Adam. Ele tinha que voltar pra casa imediatamente, pois, pela lei do estado, quando se vai abrir uma "urna em análise" um candidato tem de estar ou no tribunal indicado, sua residência ou sede de oficial de campanha.

"Meu Deus, preciso voltar!"

★ ★ ★

— Faltam cinco minutos, pessoal, onde está Kardner?

Sils se colocou adiante do homem que julgaria seu destino na América.

— Ele está vindo, não se preocupe! Ele vai chegar a tempo.

Gayoh saiu, e logo na calçada da mansão um atoleiro de lama trazido pela chuva e uma montanha de câmeras e repórteres perguntando pelo paradeiro de Kardner. Àquela altura, já havia vazado que uma urna em análise estava para ser aberta e ela seria a última e decisiva da campanha.

— Kardner abandonou a campanha? Sherman foi declarado vencedor?

— Não! Jamais! Jamais! Ele está vindo! Tenham calma e por favor, saiam da frente da entrada — respondeu Gayoh, afundando seus pés na lama.

★ ★ ★

— Acelera, acelera, vai vai!!!

Kardner berrava a plenos pulmões. Faltavam dois minutos, e ele ainda estava a algumas quadras da mansão. Seu motorista não tinha tomado conhecimento dos sinais vermelhos.

Faltando quatro quadras para chegar, um guarda pediu que parasse. A zona próxima à mansão havia sido fechada por decisão do juiz Adam.

Não havia o que fazer. Kardner desceu do veiculo e correu como nunca tinha corrido na vida, até chegar no bolo de repórteres na entrada.

— Me deixem passar! Me deixem passar!

Você abandonou a campanha?
Está desistindo?
Ei!? Espere não empurra.
Está louco?! Não é assim!

Repórteres com tendências democrata propositalmente se colocaram no meio de Kardner, atrapalhando sua passagem. O advogado acotovelava todo mundo tentando avançar até o meio da coisa. Foi quando o sangue político resolveu subir a cabeça da mídia.

Repórteres com tendências republicanas partiram para cima dos democratas. Se ouviram gritos, estalos de mãos, cabos de microfone eram jogados de um lado para o outro. Isso resultou numa deprimente e patética briga generalizada entre mídias enviesadas.

Aturdido, Kardner teve de recuar. A briga seguia ganhando corpo. Ele olhou no relógio e faltava apenas um minuto. Não havia muito o que fazer.

— Kardner! Kardner! — Gayoh gritou.

Como quem vê a imagem de Deus, Kardner viu aquele homem alto e forte abrindo caminho na multidão.

— Não dá tempo! — Kardner gritou, a cinquenta metros de Gayoh.

— Jogue seus sapatos pra mim!

— O que vai fazer?

— Joga a droga do sapato!

★ ★ ★

— Bem, como não há a presença do candidato Kardner, não vou abrir a urna... sendo assim, pelo poder investido em mim, declaro Sherman novo governador de Nova York.

Sherman estava na mansão Deschamps, seria por demais deselegante comemorar ali. Ele apenas sorriu, olhando logo para Sils, ao passo que abraçava seus correligionários.

— Não acredito! Isso não é possível! Ele perdeu? Mas ele tinha feito tudo correto! — Sils não se conformava.

— Nunca vamos saber se ele perdeu, porque nunca vamos saber quantos votos havia naquela urna. — Davi também não escondia a decepção.

Subitamente, os seguranças entraram correndo na mansão, a briga se alastrava mais e mais. Transeuntes que passavam, fossem democratas, fossem republicanos, estavam juntos na guerra tribal.

A polícia tinha trabalho para conter a confusão, enquanto isso Kardner e Gayoh continuavam lá. Mesmo com todo o caos o juiz Adam, que vivia numa realidade alternativa, queria sair.

— Eu preciso ir, preciso certificar a eleição. Não me impeçam é a lei. Eu preciso cumprir a lei.

— Senhor não é seguro!

— Eu sou a lei nesta eleição. A lei não pode ser tolhida ou ameaçada.

— Senhor se quiser, pode sair, mas não podemos garantir sua segurança.

O juiz Adam saiu pela porta, caminhou até o jardim ficando a um metro do portão de saída.

— Amigos, por favor, me permitam sair.

Aquela breve e educada manifestação foi o suficiente para inflamar ainda mais a multidão; gritos republicanos e democratas eram ouvidos direcionados ao juiz.

Você não vai passar seu ladrão de urna!
Juiz Adam certifique a eleição!
Pilantra, a eleição tá roubada!
Nós vamos lhe proteger!

Adam olhou aquela cena com tristeza. O país que amava tinha se tornado aquilo mesmo que eles tanto desprezavam em outros países: uma república de bananas. A democracia começa a ruir quando o povo não tem paciência para nada, além do sim ou não.

O magistrado estava encurralado, mas não por muito tempo. Com a sutileza que lhe era peculiar, Dom Deschamps apareceu atrás, sacou a espingarda deu três tiros para cima, além de gritar a todos que tinha uma pá no quintal.

Um a um cada bagunceiro deitou no chão. O juiz Adam seguiu.

— Juiz Adam, espere! Não certifique a eleição ainda — Gayoh gritou.

— Acabou filho! Kardner não apareceu em sua propriedade.

— Eu estou aqui, juiz Adam. — Kardner gritou mais ao longe.

— Você está geograficamente fora de sua propriedade!

— Não, Meritíssimo! Kardner chegou na hora. O problema foi que os repórteres democratas não o deixaram entrar.

— Bobagem, Excelência! Ele nem sequer está na calçada! A lei é clara, ele precisa estar geograficamente na propriedade — Sherman gritou.

Adam achou estranho Kardner não ter conseguido chegar a tempo. Aquilo era totalmente esdrúxulo para um candidato. De fato, houvera a briga e Kardner estava todo amassado, com os pés descalços. Como alguém que tinha sido chacoalhado dentro de uma batedeira.

Mas, acima de tudo, Adam era um homem da lei, e a lei dizia que, se o candidato estivesse em sua propriedade na chegada da urna, então ela deveria ser aberta. A coisa que ele mais temia era ver uma decisão sua derrubada por não seguir a lei.

— Você tem como provar isso? Kardner estava na propriedade? Ele não estava na calçada quando eu cheguei aqui.

Gayoh, que agachado estava, se levantou, pegou os sapatos de Kardner, mostrando a sola suja de uma lama muito preta.

— Juiz Adam, esse homem só pode estar drogado! — Stoltenberg zombou.

— Aquele que pisa no chão! — Gayoh gritou.

A expressão significa: "A propriedade pertence a quem pisa sua bota naquele chão." Famosa expressão jurídica cunhada dos primeiros migrantes do Oeste, que dava a eles o direito à propriedade se pisassem nela. Não havendo oposição ou contestação por ninguém, em dois anos eles ganhavam o direito à terra.

A delegação de Sherman berrou contra aquilo. Gayoh pedia para explicar, mas os ânimos se acirraram novamente entre os repórteres. O juiz Adam chamou as delegações para dentro da mansão de novo. Ele queria entender o ponto de Gayoh.

O ativista colocou os sapatos de Kardner sobre a mesa com a sola para cima.

— Excelência os sapatos de Kardner estavam sob a camada de lama antes da meia hora passada, e esta lama recostada à calçada se anexa naturalmente na propriedade. Veja essa lama é a mistura da areia que a chuva criou na frente da casa de Kardner com o piche de asfalto que os repórteres trouxeram em suas solas de sapato, quando souberam que haverá urna em análise aqui.

— E o que tem isso? Que bobagem! — Sherman continuava ridicularizando.

— A areia da frente da casa de Kardner é propriedade de Kardner! Pela lei do estado de Nova York, ela é o resultado do desvio das águas, resultante de fenômeno único da natureza. Trata-se de meio originário de aquisição de propriedade, imóvel por acessão, instituto mais conhecido como aluvião! Na maré baixa do rio Hudson, o antigo porto de Nova York ganhava dez metros com a margem que surgia! Aquela areia recostada na calçada que agora é lama pertence a Kardner! A lama preta do asfalto veio da sola dos repórteres. Já que eles só apareceram após a notícia da urna em análise, prova que somente dentro daquele espaço de tempo os sapatos de Kardner podiam estar lá...

Gayoh já ia sendo interrompido por Stoltenberg, quando Adam percebendo onde ia dar tomou a palavra.

— Aquele que pisa no chão é o princípio que você invoca certo? Os dois advogados, definam chão da propriedade.

Stoltenberg prontamente tomou a palavra.

— Bem, o qual se adquiriu onerosamente ou não com registro delimitado geograficamente em cartório. — Puro engodo. Não havia esse conceito, Stoltenberg queria ganhar na marra.

Na verdade, Stoltenberg tentava jogar com aquilo que ele ja antecipava serem os argumentos de Gayoh. A questão é que Paul Gayoh estava em seu elemento. Havia anos litigava em direito de propriedade para os menos favorecidos em Nova York. O projeto de moradia era dele.

— Excelência, nosso Código não define um conceito de chão de propriedade, advogo há mais de 10 anos em Nova York nessa área. Existe apenas o conceito de proprietário, ou seja, botas.

Adam e Stoltenberg desviaram o olhar, constrangidos.

— Mas que droga! Pois bem, definam a droga do conceito daquele que pisa no chão, para que eu termine esta maldita eleição ainda hoje!

Assustado e inseguro, Stoltenberg tentou voltar ao jogo alegando o mais óbvio e claro argumento que qualquer ser humano podia usar.

— Pisar com um pé físico, Excelência! Kardner estava descalço geograficamente fora de sua propriedade quando o senhor chegou na cena, apenas seus sapatos estava sobre a camada de lama.

Stoltenberg tinha ido direto para a armadilha preparada por Gayoh.

— A lei fala do ato de pisar! A lei não fala de pés físicos!

— Pra pisar na propriedade, é preciso ter pés físicos!

Gayoh fez uma pausa, virou o rosto, então piscou discretamente para Stoltenberg.

— Deficientes físicos, pessoas que tiveram de amputar as duas pernas! Essas pessoas têm direito a propriedade mesmo sem terem pisado com pés físicos.

Sherman se desesperou. Kardner olhou estupefato para Gayoh. Stoltelberg tinha de reagir rápido, mas ele estava totalmente intimidado por Gayoh.

— Mas Kardner não é deficiente físico!

— Será que Kardner precisa decepar as duas pernas para ter direito a propriedade da lama na sola de seus sapatos? Para um deficiente a cadeira de rodas que toca o chão é considerada uma extensão do corpo, assim como os sapatos na lama eram domínio e propriedade de Kardner. Ainda que não haja uma definição clara de propriedade, vendo que não há oposição, podemos inferir que o único proprietário possível e legítimo desta lama é Kardner

Deschamps! Pois seus sapatos tomaram a iniciativa de pisá-la. Se alguém aqui tem algo a contestar, chame os sapatos para depor! Kardner é proprietário até que os sapatos digam o contrário!

Stoltenberg colocou as mãos no rosto. Ele já não fazia ideia sobre que código, leis e regras ele estava argumentando. Gayoh o tinha deixado zonzo. Para aqueles que acham que tudo sabem e tudo podem dar jeito na malandragem... Uma hora alguém mais inteligente aparece.

Adam levantou a mão. Stoltenberg cruzou na sua frente.

— Excelência, não pode permitir isso! Kardner está fora do páreo. Gayoh não é advogado de Kardner, não possui procuração, nem é delegado de campanha! E eu exijo interrogar Kardner sobre os fatos da última meia hora.

Gayoh caminhou cinco passos ficando a um palmo de distância de Stoltenberg, encarando-o de acima a baixo.

— Eu sou advogado de Kardner Deschamps!

— Isso é conversa para boi dormir!

— Não é você quem decide a quem Kardner Deschamps outorga poder de representação. Se você questionar meu poder como advogado outra vez, vou reportar ao secretário geral da ordem e ferrar tanto a sua OAB com as brasas da quinta emenda que não ficará cinza para contar história da sua asquerosa, miserável vida de advogado!

Stoltenberg saiu da frente. Era o típico advogado valentão, truculento que quando não se faz valer na lei, tenta levar no grito. Mas Gayoh estava mais que acostumado a lidar com aquele tipo de gente.

— Considerando os sapatos de Kardner na lama — o legalista Adam retomou o assunto de forma presencial. Assim que saiu do recinto, declarou que ele estava geograficamente em sua propriedade antes da meia hora. — Agora tragam a urna. Vamos abri-la para acabarmos de vez com isso.

Kardner respirou aliviado. Estava vivo para lutar por mais uma urna, a última e decisiva. Graças a Gayoh e à camada de lama, ele tinha uma última chance.

Em meia hora, os quinze mil votos restantes foram contados por Adam e os demais servidores. Era a hora de anunciar o resultado.

Por um momento, um momento de transe, Kardner viajou para uma dimensão distante. O que significava ser o governador de Nova York? Ser um líder? Para liderar era preciso amar, para amar era preciso conhecer e para conhecer era preciso estar aberto.

Então, aquela velha filosofia não tinha mais lugar na sua vida. A coisa de estar sempre se adiantando aos fatos, aquela ansiedade de correr à frente do tempo e não se deixar em momento nenhum ser pego pelas surpresas, ser descoberto pela vida, ainda que a vida assuste um pouco.

A ansiedade de Kardner o havia colocado naquela situação. Ele poderia ter esperado as notícias pelo telefone. Mas ele teve medo de se atrasar; quando ele quis correr antes do tiro de largada, o tempo lhe mostrou que podia ser implacável com aqueles que só sabem correr, mas não sabem a hora nem o lugar.

— Com 1.646 votos, o vencedor é Kardner Deschamps!

Não foram poucos os gritos e o champanhe jogado no ar, quando em segundos o rádio lançou a notícia de que Kardner tinha virado a corrida. O que era impossível se confirmara. Os republicanos venciam em Nova York após mais de 20 anos.

Em estado de graça, Sils segurava a mão de um Kardner sorridente, mas ao mesmo tempo aturdido. A ficha não tinha caído direito. As pessoas olhavam o advogado e ele parecia mais assustado que feliz. Dom Deschamps estava no telefone aos berros.

O advogado negociador tinha obrado o milagre. O curioso fora que, justamente ao assumir Sils publicamente, virara a corrida.

Alguém já tinha falado e não era frase de efeito, era a verdade para quem tinha coragem de buscar a verdade:

"Grandes sonhos exigem grandes escolhas."

✶ ✶ ✶

Kardner havia vencido a eleição com um paradigma totalmente novo.

Não demorou e choveram repórteres e "amigos" na mansão Deschamps. A casa tinha virado um caos. Kardner tinha cumprimentado tantas pessoas que ele mal conseguia mexer os braços para acenar a todos.

Ele estava eufórico, não pela simples vitória, mas pelo público americano. Ele poderia ter vencido com mentiras e truques de marketing, mas ao invés disso havia decidido jogar com a verdade, acreditando que, sim, os americanos o veriam como ele realmente era, sem trejeitos ou frases fabricadas.

De fato, não foram os católicos que decidiram a eleição nem os protestantes brancos, nenhum grupo foi especialmente importante. A verdade era que todos deram uma pequena contribuição para a vitória.

Aquela não era e jamais seria a vitória deste ou daquele grupo. Era a vitória dos americanos, dos nova-iorquinos que, entrelaçados em várias raças e crenças, haviam decidido apoiar o projeto de forma unida.

"Somos todos nova-iorquinos."

A política americana estava longe de sua essência. Havia se tornado uma busca insana pelo poder. Em vez de ser o instrumento de melhoria de vida das pessoas comuns, os políticos tinham *entourages* dignas de uma companhia multinacional.

Cada palavra que os políticos diziam era medida como uma espécie de fala domesticada para satisfazer ouvidos, ainda que as palavras não fizessem sentido prático.

Kardner tinha abandonado aquele modelo. Ele nunca venceria de fato assim, ainda que levasse o resultado.

Quando o advogado pôde finalmente sair um pouco da multidão dentro da mansão, caminhou até o topo da escada e viu as pessoas olhando para ele no salão.

Ele estava lá, naquele lugar que sonhara a vida inteira. Não, não era no topo, olhando por cima das pessoas, era na posição de poder realmente fazer a diferença na vida das pessoas comuns. Do homem comum.

Olhando aquela cena, Kardner teve a certeza de que, por mais complexa que fosse sua personalidade, ele se importava com as pessoas.

★ ★ ★

No jardim da Mansão Deschamps, o advogado e Sils estavam sentados, balançando-se num banco de madeira, até que Sils resolveu puxar o assunto. Ainda havia um elefante sentado no sofá.

— Sobre o processo...

Kardner nem a deixou terminar.

— Vamos vencer, escute, escute bem! Nada nem ninguém vai ser capaz de nos derrotar. Nós lutamos ao lado da justiça. Vamos vencer esse processo, eu lhe prometo!

Talvez o óbvio que todo o público americano estivesse pensando era que Kardner ia se casar com Sils, mas aquilo não ajudaria em nada. Talvez só acarretasse tumulto social, e aquilo era tudo que eles não precisavam no momento.

Como Kardner já tinha explicado na entrevista, o juiz havia despachado o processo movido por Hewitt. Isso significava que o processo de deportação havia ganhado vida. Com o despacho inicial dado pelo juiz, seria considerada a condição de solteira de Sils.

Um casamento posterior ao desenlace do processo não tinha poder de extingui-lo, uma vez que seria muito fácil para qualquer imigrante ilegal se safar do processo de deportação utilizando esse truque.

Kardner tinha de ser capaz de traçar uma estratégia para vencer o processo. Ele não fazia isso em razão da humilhação que seria ter sua namorada deportada, sujeita a sofrer uma penalização de não entrada nos Estados Unidos por motivo de fraude.

Era mais do que uma batalha pessoal, era sobre os valores americanos de justiça e equidade.

— Olhe essas estrelas — Kardner falou apontado para o céu. — Sob essas mesmas estrelas, nossos pais fundadores declararam a independência. As estrelas ainda estão lá.

— Eu acredito que as coisas têm seu tempo de ser. Não é minha formação religiosa falando. A verdade está ao nosso lado, então... Se Hewitt está à frente agora, então, era para ele estar à frente!

De repente, aquela expressão chamou a atenção de Kardner. Era como se ele soubesse aquelas palavras a vida inteira e estivesse esperando por elas. Ele ficou repetindo e repetindo aquela expressão:

"Se Hewitt está à frente agora, então era para ele estar à frente"

— Era para Hewitt estar à frente!? — Kardner disse, num impulso.

— O quê?

— Não, nada! Essas palavras... significam alguma coisa! Eu não sei, tenho a impressão... Deixa pra lá!

✶ ✶ ✶

Quinze dias haviam se passado desde a eleição. Hewitt tinha enviado todas as provas da fraude documental contra Sils.

Na audiência de instrução, Kardner e Gayoh insistiram na tese de que Sils não poderia ser deportada, pois ao tempo dos fatos ela não teria consciência e capacidade de se autodeterminar perante o mundo, uma vez que era menor de idade.

O juiz ouviu tudo atentamente, recolheu as alegações finais de ambas as partes, prometendo uma decisão em dez dias.

Do lado de fora, uma procissão de repórteres e fãs se aglomeravam. Nada que espantasse os pombos nova-iorquinos, que teimavam em se pendurar nos ponteiros da torre de São Francisco.

Os pombos da torre de São Francisco já haviam ficado famosos na região. Rezava a lenda que eles defecavam na cabeça dos advogados mais ricos. Não tardou muito e as pessoas do bairro haviam desenvolvido a crença de que merda aleatória era sinal de riqueza.

É tempo de um sinal

A PRIMEIRA A SAIR FOI A GAROTA NOVA-IORQUINA. SILS ACE-
nou timidamente para a multidão.

Kardner e Gayoh davam entrevistas se mostrando falsamente otimistas com o processo.

Hewitt, por seu turno, declarou que o processo estava ganho, o juiz Adams era um legalista. Ou seja, era um juiz da linha conservadora que seguia as leis ao pé da letra.

Já não havia muito a ser feito. Agora, era esperar aqueles dez dias.

Nesses dez dias, Sils aproveitou para arranjar um novo encontro entre Carmem e Dom.

Àquela altura Dom Deschamps já havia investigado todos os homens do Harlem e de Little Italy.

Não havia o menor sinal de que Carmem tivesse namorado qualquer homem branco. Não havia sinal de que os homens negros fossem filhos de homens brancos, não havia nada que explicasse ela ter tido um filho branco de sete anos de idade, exceto Dom ter gerado.

Mas, ainda assim ele não se conformava. Parte dele queria simplesmente um sinal, um toque do céu que chegasse e simplesmente aniquilasse todas as dúvidas de forma absoluta.

Ele era um homem extremo e incrédulo. Mas, contraditoriamente, queria ter a fé, buscava a segurança dos sentimentos estáveis que as pessoas em famílias felizes pareciam compartilhar umas com as outras.

De fato, seria tão mais fácil simplesmente confiar e tentar construir uma nova família! Mas havia algo que o bloqueava, não era apenas a desconfiança crônica dirigida à natureza humana.

Era o medo de morrer e deixar uma família sozinha. Era a incapacidade de ser um homem, um homem compatível em idade com a mulher que amava... Algo que, com certeza, Carmem encontraria facilmente em qualquer lugar.

Mas, naquele momento, sua mente estava vazia. Ele manteve um espírito de abertura, enquanto via Sils e Carmem entrarem em sua mansão com Pedrinho, olhando por todos os lados.

— Então, espero que tenham uma boa conversa — Sils disse, se retirando.

Dom e Carmem falaram sobre trivialidades, o tempo estava muito frio, e Nova York sempre ficava bonita com a neve. Todos esses assuntos serviam para preparar o espírito antes de uma grande conversa.

— Parabéns pela vitória! — Carmem falou, trazendo um assunto real para a sala.

— Eu é que agradeço, sei que ajudou muito Sils e Kardner... Junto a sua comunidade também.

— Eu queria vir aqui falar sobre...

— Eu sei, eu sei — Dom interrompeu. — Você quer que eu ajude financeiramente os estudos do Pedrinho e plano de saúde, tudo bem, tudo bem. Muito justo, eu ajudo.

— Não! Não é isso! Eu queria mesmo era dizer que...

Dom, com a velha ansiedade Deschamps, voltou a interromper.

— Não! Eu insisto... Tenho muito carinho por você, e Pedrinho parece um bom garoto. Faço de coração, ainda que eu não seja o pai.

— Mas, senhor Deschamps, eu queria mesmo era...

— Não, Carmem!

— Queria que o senhor conhecesse outra pessoa! — Carmem falou rapidamente antes que Dom voltasse a interromper.

Ele olhou intrigado.

— Minha prima vem à cidade daqui a três dias, ela está trazendo meu outro filho, irmão gêmeo de Pedrinho... Hernandez.

O velho magnata arregalou os olhos, enquanto tremelicava as mãos apontando para Pedrinho. Aquela expressão "irmão gêmeo" estalara secamente dentro dos ouvidos de Dom.

Gêmeos eram uma marca conhecida da família Deschamps. Ele era gêmeo com Frank, sua mãe era gêmea, além de dois tios.

— Como assim gêmeos? — perguntou, arfando.

— Pedrinho tem um irmão gêmeo, mas, como era muito caro para mim sustentar os dois, deixei um com a minha mãe no México. Agora que as coisas melhoraram, ele vai voltar, desculpe não ter falado antes, é que...

— Gêmeos iguais?

— Sim! — ela respondeu.

— Não, não, não... Meu Deus!

Era o sinal.

Dom se levantou sem ar. Ele colocou as mãos na cabeça, atirando a bengala para longe, seu corpo se arrepiou todo e ele teve a impressão de leveza: seus membros estavam ágeis outra vez.

Ele saiu correndo da sala, pegou Pedrinho nos braços e o beijou. Depois voltou, olhou Carmem nos olhos e a beijou também. Então foi correndo até a cozinha, beijou Sils e uma por uma entre cozinheiras e camareiras. Ninguém escapou.

Sobrou até para o motorista.

Ele voltou correndo para a sala e imediatamente mandou sua secretária preparar o avião. Eles iriam para o México.

Tudo parecia o roteiro de um filme encantado. Mas aquele pequeno esforço físico logo cobrou um preço caro, e Dom sentiu um aperto forte no peito. Era a mesma dor que ele havia sentido quando discutira com Kardner.

Lentamente seus olhos se fecharam, o ar começou a faltar e ele olhou Carmem com tristeza. Ele sabia que era o câncer de pulmão lhe tomando os últimos fôlegos, mas aquilo era tão injusto!

Ele caiu de joelhos, gesticulando para a mexicana.

O que Deus tinha feito? Havia lhe dado apenas o resvalo, o cheiro da felicidade, era isso mesmo? Deus podia ser sádico, ou será que ele morreria justamente porque nunca houvera de fato um Deus para salvá-lo?

Naquele momento, um instante radioso transpassou seu peito. Ele sentiu como se uma paz tivesse descido e relaxado seus ombros. Havia algo ali. Uma presença forte a seu lado, e ele pôde sentir e até mesmo falar mentalmente com as mais claras palavras.

Deus, você está aí? Me ajude! Minha família precisa de mim!

— Meu Deus! Alguém ajude! — Carmem gritou, desesperada.

O Deus do qual ele negava a existência não podia salvá-lo, enquanto continuasse fumando, não importava o quanto contraditoriamente rezasse por um sinal.

Sils chegou à sala, encontrando Dom arfando nos braços de Carmem. A histeria tomou conta da cozinha, com as camareiras gritando e chorando.

Imediatamente, o motorista colocou Dom no carro e, se ele não morresse do câncer de pulmão, talvez morresse de um acidente de trânsito, tamanha a velocidade com que o chofer driblava o engarrafamento.

✦ ✦ ✦

Já no hospital, todos os Deschamps, Carmem e Sils esperavam na sala por algum boletim médico.

Quando as portas se abriram, todos se levantaram, o médico apontou no corredor com uma prancheta na mão.

Ele logo se aproximou de Davi e Frank, então sorriu alegremente.

— Está tudo bem! Essas dores foram apenas... gases presos.

— Gases? — Frank perguntou.

O médico tornou a confirmar.

— E quanto aos pulmões, doutor? — Carmem perguntou.

— Fizemos todos os exames — o médico respondeu em tom sério.

— E? — Kardner perguntou, impaciente.

— E o quê? — O médico respondeu como se não estivesse entendendo.

— O câncer — Carmem falou nervosa. — Como está, em que estágio está? O que o senhor pode nos dizer?

O médico olhou confuso.

— Que câncer?

— Ora, o de pulmão que ele tem.

— Aqui nos exames não vi nenhum câncer. Se ele teve algum câncer... foi curado.

A plateia se entreolhou pasma.

Kardner agarrou o jaleco do médico, falando alto com os olhos arregalados.

— O senhor tem certeza disso?

O médico experiente, com anos pesquisando sobre medicina do câncer esclareceu a todos.

— Fiz um primeiro exame que mostrava manchas similares a câncer no pulmão, mas quis me assegurar. Então, injetei nele outro radiofármaco mais novo para a tomografia e esse segundo exame não mostrou nada. Usaram o líquido radiofármaco velho, é um erro até comum, já que é uma tecnologia nova. Não há câncer!

Aquela palavra "curado" bailou nos olhos de Carmem, então ela sorriu! Começou a chorar indisfarçadamente. A emoção daquela pequena mulher pobre, mestiça, contagiou a todos. Ela tinha obrado o primeiro milagre de engravidar de um homem com caxumba.

Agora se via na posição de testemunhar outro milagre. Dom havia pedido um sinal a Deus, e Deus o havia trazido à beira do abismo, para que ele pulasse e então caísse nos braços da eternidade, e não era a eternidade do outro lado da vida.

Era um tipo diferente de eternidade, encerrado dentro de um sentimento de amor à vida sagrada, de gratidão pela existência. Dom Deschamps tinha alcançado a graça de sentir a presença de um Deus, não por um pequeno instante ou visão, mas por um sentimento de pertencimento, que agora iria perdurar a vida inteira.

Ele estava na cama de olhos fechados, quando foi informado da cura. Em sua mente aquelas palavras ressoavam naturalmente:

Deus sabe quem eu sou!

Foram poucos segundos de emoção, até que Carmem entrou correndo na direção de sua cama.

Ela chegou ainda com o rosto banhado em lágrimas e o abraçou forte.

— Você não tem câncer!

— Eu sei, eu sei — ele respondeu, emocionado.

Logo todos os outros chegaram e puderam abraçar e parabenizar o homem que havia sido salvo por Deus.

O médico tratou de proibir o cigarro de Dom, que prontamente assentiu.

— Doutor, posso lhe fazer uma pergunta?

— Claro.

— Por que fez um segundo exame? Eu sei que o médico anterior cometeu um erro, mas na minha idade, com meu histórico de fumante... Não seria mais fácil supor que eu tinha câncer?

— Quando você entrou aqui, olhei você na maca, olhei nos seus olhos. Você queria viver! Eu senti que tinha de lhe dar uma segunda chance.

A magia daquele momento fez todos lembrarem que os mistérios da vida estavam lá, sempre à sombra de nossa consciência tão frágil e inocente.

Se Dom havia conseguido, por que Kardner e Gayoh não conseguiriam com Sils?

✳ ✳ ✳

Cinco dias depois, livre dos gases e do cigarro, Dom Deschamps estava numa região próxima à Cidade do México. Ele não sabia bem.

Carmem tinha ido primeiro e uma parente sua acompanhava Dom no carro até uma igrejinha no topo de uma região de serra.

Era cedo, cinco horas da manhã, o sol estava para nascer, quando o carro de Dom parou de subir a serra. Ele desceu e viu encantado a belíssima arquitetura barroca daquela igrejinha pequena, postada já próximo ao cume da montanha.

O vento frio bateu em sua barba e ele fechou os olhos; quando abriu, viu Carmem sorrindo ao longe com as duas crianças defronte ao pátio da igreja.

O sol nasceu e Dom simplesmente deixou a luz bater em seu rosto, dentro da igreja. Dessas coincidências sem explicação, um coral começou a tocar o hino dos querubins, obra-prima de Tchaikovski.

Dom sorriu, então abriu os olhos para a luz; Carmem se agachou, apontando para as crianças seu verdadeiro pai.

De braços abertos eles correram, e Dom simplesmente se ajoelhou com os braços bem abertos à espera.

Quanto tempo ele havia esperado por aquele abraço, o quanto aquilo era forte e vigoroso, aquele sentimento de amor incondicional por aquelas crianças que o amavam gratuitamente, mesmo sem nem bem conhecê-lo. Mas sempre haviam sonhado com um pai.

Ele havia trazido presentes, não os velhos da garagem; presentes novos. Presentes escolhidos a dedo, após horas de entrevistas com outras crianças; presentes que haviam sido individualmente beijados e fotografados nos braços de Dom. Ele queria tudo, agarrou todos os momentos daquela vida, a verdadeira vida que por tanto tempo esperara.

Numa caixa ao lado, os três gatos chamaram atenção dos garotos, que fizeram menção de perguntar.

— Como se chamam?

— Jesus Cristo, Michelangelo e Tchaikovski! — respondeu um entusiasmado Dom.

Dentro da igreja todos os outros Deschamps, Sils, a turma Spettacolare e mais alguns funcionários de longa data de Dom.

Todos estavam lá para prestigiar aquele casamento simples, mas acima de tudo verdadeiro e emocionante.

Sils chorou de emoção ao ver a amiga realizando o sonho de que um dia talvez ela viesse a desistir.

E não foi com menos alegria quando Dom saiu da igreja de mãos dadas com Carmem.

Ele olhou para o céu, e como estava bonito! Depois beijou Carmem olhando-a nos olhos. A vida em família tinha começado, e ele tinha de se programar.

— Querida, já está perto do Natal... Enfeite a casa, compre todas as luzes, vamos ter peru, doces, bolos... Vamos ter tudo! Precisamos comprar uma árvore bonita, também.

Ela prontamente assentiu com a cabeça.

A plateia aplaudiu quando o carro saiu com os noivos rumo a uma breve lua-de-mel na França.

O homem digno de pena e gozação por ter tanto dinheiro e nunca parar de reclamar, aquele homem agora olhava o azul do céu com um tom que ele nunca tinha visto antes. Era como se sua visão tivesse alcançado uma clareza milagrosa...

Como o céu pode ter esse azul? Como é possível? Eu nunca vi um azul tão... Isso é diferente de tudo! De tudo!

Dom Deschamps havia conseguido, havia admitido seu amor e casado com uma católica latina, superando seus mais arraigados preconceitos, além de ter se reaproximado do irmão que o havia trazido para a América. Ele havia ajudado Kardner, quando todos os maiores doadores o tinham abandonado.

Ele havia superado sua idade e seus medos por amor.

E o mais importante, havia recebido o tal sinal. Alguém em algum lugar o amava e apoiava.

Ele ousou a felicidade e ela estava lá, cheia de presentes esperando por ele havia muito tempo.

Ele apostou no maior risco e ganhou.

Ouse, ouse tudo pela felicidade.

★ ★ ★

Quando chegou o dia da decisão judicial, Kardner e Gayoh estavam sentados no escritório remexendo papéis em busca de qualquer nulidade absoluta que pudesse ser arguida mesmo em caso de um resultado negativo no processo.

Em termos jurídicos, nulidades absolutas são os erros mais grosseiros e absurdos que o Judiciário pode cometer, ferindo tão gravemente o interesse público que todo o processo é simplesmente extinto.

A maioria dessas nulidades tinha relação com a perda de prazos. Um erro no qual muitas vezes o Judiciário incorria em razão da falta principalmente de infraestrutura jurídica e da avalanche de processos sob uma mesma Corte.

O problema era que Scott *Just in Time* Hewitt não tinha esse nome à toa. Ele era conhecido por trabalhar de forma obsessiva, esperando os policiais abrirem o Tribunal e protocolando processos no primeiro minuto de expediente.

Sils, Kardner e Gayoh foram ao Tribunal para ouvir a leitura da sentença.

O juiz Adam não fugiria da lei pura e simples, considerando-a culpada sem direito a recurso pela fraude documental, dando-lhe o prazo de três dias para se reapresentar à Corte, onde junto a um policial federal seria retirada do país.

✶ ✶ ✶

Na sua tribuna Hewitt comemorou. Kardner e Gayoh protestaram, mas foi inútil. Era a lei pura e simples, que já tinha lhes servido antes.

Sils abaixou a cabeça e simplesmente olhou e agradeceu Kardner e Gayoh por tudo que tinham feito. Era hora de encarar os fatos. Ela havia perdido.

Kardner olhou para ela com lágrimas nos olhos, enquanto tentava entender como aquilo podia estar acontecendo.

Eles saíram rapidamente, driblando a multidão de repórteres sem dar qualquer entrevista.

Destroçado, o advogado negociador apenas balançava a cabeça, sem se conformar.

— Querido, está tudo bem! Eu vou e abrimos um processo para que eu volte.

— Não está tudo bem — ele falou, convicto. — Isso não é justo! Esse maluco Hewitt pode impedir seu reingresso. Sils, escute, ouça, eu lhe prometo! Vamos vencer esse processo, eu não sei como, mas vamos dar um jeito de vencer esse processo. Sinto que vamos vencer!

Sils ficou empolgada com Kardner, que falava com segurança; mais que isso, ele falava com raiva, como alguém que iria entregar tudo de si pela causa.

No súbito, aquelas palavras retornaram à sua mente:
Se Hewitt está na frente agora, era porque ele devia estar.

Não era apenas sobre o amor da sua vida, era sim sobre os valores que ele acreditava permear o país em que vivia. Era sobre o exemplo de luta e perseverança, mas principalmente sobre desbravar novos caminhos, ser o pioneiro outra vez, porque era assim que novos mundos eram construídos.

✶ ✶ ✶

No dia seguinte, Kardner e Gayoh já estavam no escritório do advogado negociador em busca de quaisquer documentos, evidências, quaisquer tipos de erros cometidos pelo Judiciário.

Eles atravessaram a manhã, a tarde e agora caminhavam para adentrar a madrugada, quebrando a cabeça para encontrar uma solução.

A decisão de mérito já tinha saído. Agora eles precisavam de uma nulidade. Só isso os salvaria e nada mais. O Judiciário tinha de ter cometido algum erro.

Em algum lugar, havia um erro, Kardner sentia isso e ele escavaria uma pilha de papel do tamanho do Everest para descobrir aquilo.

O agora governador caminhou de um lado para o outro coçando a cabeça; tinha de haver alguma coisa.

A seu modo, Gayoh estava sentado lendo autos do processo.

— Meu Deus, não é possível. Isso simplesmente não pode estar acontecendo! — Kardner falou socando o ar.

— Kardner, eu já li todos os autos, vi todos os prazos, vi o dia da ação, era dia útil... Hewitt não cometeu nenhum erro. Eu li tudo de trás para a frente, de frente para trás... De cabeça pra baixo!

— Não é possível! Tem de haver alguma coisa. Esse cara tem de errar ao menos uma vez na vida. Confira de novo os prazos!

Gayoh se impacientou.

— Kardner, eu já conferi cinco vezes! Não tem nada de errado!

Os dois começaram uma rápida discussão.

— Não é possível, Gayoh! Tem de haver alguma coisa!

— Talvez não haja, Kardner!

— Eu sinto que há e sinto que está bem aqui! Bem diante de nossos olhos e nós não estamos enxergando... Só temos que trabalhar mais.

Kardner parou, colocou a mão na testa, como se estivesse esperando a dor de cabeça começar.

— Trabalhar mais? — Gayoh perguntou, surpreso. — Eu não durmo direito há dez dias.

Agora era a vez de Kardner se impacientar.

— Talvez isso explique por que todo dia você chega cinco minutos atrasado!

— Meus atrasos não têm a ver com sono. Aliás, eu não sei bem o que está acontecendo, mas parece que chego a todo lugar cinco minutos atrasado — Gayoh explicou, um pouco intrigado com aquela situação.

— Deixa, deixa, vamos encerrar por hoje.

Antes que eles recolhessem a papelada, Jiso e Sils chegaram com lanches.

Eles ainda contra-argumentaram que já estavam saindo, mas, como não haviam jantado e ninguém é de ferro, os canolis estavam com uma cara ótima. Era mais prático comer ali mesmo.

Jiso tentava animar o ambiente dançando seu hip hop, enquanto Sils lhe mostrava algumas fotos da Holanda que ela havia feito no Jardim de Keukenhof.

— Essa foto é linda! — Sils mostrou uma foto com ela sentada no jardim, no fundo um charmoso moinho de vento.

Enquanto mastigava, Kardner percebeu que havia três pombos pendurados numa única hélice do moinho.

Havia algo dentro dele que lhe causava aversão aos pombos. Talvez fosse apenas o medo de ser cagado enquanto caminhava próximo ao relógio da torre de São Francisco, ninguém saberia explicar ao certo.

Malditos pombos, estão por todo canto!

Sils mostrou outra foto sentada e Kardner tornou a ver os três pombos pendurados na hélice, só que dessa vez a hélice estava a meia altura, bem no meio do giro.

Subitamente, aquilo chamou sua atenção.

Se Hewitt estava na frente, então ele devia estar na frente.

Mais uma foto e dessa vez a hélice com os pombos estava rente ao chão.

O advogado negociador percebeu que o peso dos pombos fazia pressão nas hélices, por isso elas desciam.

Kardner se aproximou de Sils, tentando juntar os pontos daquilo, sua intuição passou como um raio na cabeça.

— Sils, quanto tempo foi entre uma foto e outra?

— Acho que não foram nem três minutos.

Kardner arregalou os olhos na direção de Gayoh, enquanto o agarrava pelos dois braços.

— Você acerta seu relógio pelos ponteiros do relógio da torre de São Francisco, certo?

— Sim!

— Você tem estado constantemente atrasado cinco minutos, correto?

— Sim! Não sei bem que diabos é isso, mas sim.

— É isso! — Kardner juntou as duas mãos em oração, olhando para o céu.

O trio de espectadores continuava perguntando sem entender ao certo o que se passava.

— Preciso dos melhores relojoeiros de Nova York com urgência! — Kardner gritou.

✶ ✶ ✶

Já no último dia de Sils em Nova York, ela teve de se apresentar ao Tribunal onde ia tomar ciência do embarque junto a um membro do Departamento de Imigração e entregar os documentos oficiais que havia adquirido como cidadã americana.

Ela chegou e se postou diante do juiz, que calmamente lia os termos de sua partida.

Quando os oficiais de Justiça a pegaram pelo braço, um grito surgiu de longe:

— Soltem-na! E soltem logo!

A Corte ficou em polvorosa; Kardner e Gayoh entraram sem pedir licença, com um laudo recém-feito nas mãos.

— Ordem no Tribunal! — o juiz gritou, batendo o martelo. — Doutores Kardner e Gayoh, posso saber o que os faz invadir meu Tribunal, assim, no meio do nada?

— Excelência, esse processo padece de nulidade insanável! — Gayoh falou, enquanto a plateia soltava um "Ooooh".

— Ordem! Ordem!

Hewitt não se conteve.

— Excelência, pelo amor de Deus, coloque esses dois barraqueiros para fora. Isso é ridículo! Não vê que dessa forma o Judiciá...

— Excelência! — Kardner interrompeu. — Eu prometo, se nos deixar explicar, se nos der a chance, nós provaremos nosso ponto. Apenas nos dê a chance de explicar por que esse processo deve ser extinto.

— Não seja ridículo, Kardner! Excelência, que circo é esse? Então, vejam... Esse é o nosso governador! — Hewitt gritou.

O juiz abaixou a cabeça, balançando negativamente. Ele sabia... era o governador eleito que estava pedindo.

— Tudo bem! — o magistrado respondeu.

Hewitt teve um piripaque nervoso, enchendo os ouvidos do juiz com lamúrias e reclamações.

— Procurador Hewitt, na minha Corte quem manda sou eu. Agora sente-se!

Kardner atacou.

— Hewitt protocolou o processo fora do horário forense!

O procurador riu alto.

— Você sabe que eu sou conhecido como o homem dos prazos certos, nunca atraso um processo, nunca perdi um, nem deixo meus assessores perderem!

— Estou contando exatamente com isso, Hewitt! Então me deixe explicar...

Kardner explanou à plateia que todos os membros do judiciário nova-iorquino da corte de apelações, todos os advogados que litigavam na corte tinham uma coisa em comum.

Nos últimos meses, eles sempre estavam atrasados cinco minutos, fosse para onde fossem. Isso porque todos ajustavam o relógio com base no relógio da torre de São Francisco, que era vizinha à corte de apelações, tendo sido por décadas um parâmetro fiel para referenciar os horários do tribunal.

O ponto era que por alguma razão mecânica, muito provavelmente por causa da idade, os ponteiros da torre tinham perdido força.

A ninhada de pombos que vivia no relógio gerava pressão nos ponteiros e isso estava reduzindo em milésimos de segundos cada giro do ponteiro todos os dias.

No acúmulo dos anos ninguém notava um atraso de dois, três minutos, mas as pessoas notavam quando o atraso chegava a cinco minutos, um atraso que agora já estava em sete.

Tudo devidamente comprovado pelo laudo dos relojoeiros que compararam o relógio com outros, além de analisarem seu funcionamento com e sem os pombos pendurados nos ponteiros.

O laudo não deixava dúvidas, os ponteiros do relógio tinham sido afetados pelo peso dos pombos.

O juiz arregalou os olhos na direção de Kardner apontando o dedo.

— Claro, é por isso que estou chegando todos os dias atrasado para o jantar da minha mulher. Ela nem fala mais comigo.

Hewitt levantou o braço.

— Ótimo, todos andam por aí cinco minutos atrasados... Sim e daí?

— E daí?! — Kardner redarguiu. — Meu caro Hewitt, você é o procurador *just in time* do Judiciário, o homem dos prazos, certo? Quando você protocolou o processo, eram oito e um pelo relógio da torre de São Francisco, está lá, está filmado, você chamou a imprensa e tudo. A questão, Hewitt, é que na verdade eram sete e cinquenta e cinco... Repetindo, eram sete e cinquenta e cinco quando você protocolou o processo...

Todos os advogados e membros do Judiciário que tinha conhecimento jurídico cobriram a boca, chocados.

— Gayoh, me ajude aqui, por favor...

Gayoh tossiu ironicamente para tomar a palavra.

— Isso significa que o procurador Hewitt, na sua sanha de chegar primeiro e fazer tudo antes dos outros, protocolou o processo fora do horário forense, e atos judiciais praticados fora do horário forense não são capazes de gerar efeitos jurídicos. Eles não são nulos, eles sequer existem! Eu posso protocolar um processo às três da manhã? É uma falha grosseira.

Hewitt balançou a cabeça, dando um soco na mesa.

— E tem mais — Gayoh continuou —, como o ato judicial praticado sequer existiu, é como se nenhuma ação judicial tivesse sido promovida contra Sils...

— Isso não, isso não é possível — Hewitt estava prevendo o que vinha.

— É isso mesmo, Hewitt! Nenhum dos seus atos judiciais é válido aqui. Mas há muito tempo você tem ciência dos indícios suspeitos e a Justiça não socorre a quem dorme. Logo, passaram-se mais de três meses entre o momento em que você teve ciência dos indícios até o dia de hoje. Você não entrou com nenhuma ação, você não pode mais entrar com outra ação pelos mesmos fatos e fundamentos jurídicos, seu direito decaiu... Cara, o que você está fazendo da vida?

Explicando em termos simples, pelas leis de imigração de Nova York, a partir do momento em que o membro do Ministério Público tomasse ciência do fato suspeito, ele tinha o prazo de três meses para entrar com uma ação.

Se ele perdesse esse prazo, ocorreria a decadência do processo, em que o promovente da ação já não pode entrar com uma segunda ação pelos mesmos fatos e fundamentos jurídicos que haviam embasado a primeira. Teria de haver fato novo.

Isso é feito no mundo jurídico para fomentar o chamado impulso processual. É uma forma de pressionar o Judiciário a se mover com agilidade e também dar às pessoas o direito de não passarem a vida inteira tendo de se proteger de um processo.

A primeira coisa que todo aluno de Direito aprende na faculdade é que a lei não socorre a quem dorme. Isso vale tanto para advogados quanto para juízes e promotores. Todos têm de respeitar prazos.

Hewitt havia cometido o pecado de protocolar o processo fora do horário de expediente do Judiciário. Sem querer ele havia utilizado um horário não oficial, em que nenhum cidadão é capaz de se defender, por isso mesmo o processo sequer existia como ato válido capaz de produzir quaisquer efeitos jurídicos.

Se Hewitt estava na frente, então ele devia estar na frente.

★ ★ ★

O juiz conferiu o laudo assinado pelos relojoeiros certificados, depois olhou para Sils. Nessa hora ele pôde ver nela algo que estava intrínseco em todo réu inocente: uma altivez e dignidade no olhar que simplesmente dissipava qualquer espaço de atuação manipuladora. Era um olhar onde não havia ternura, tampouco ódio, era o olhar de quem tinha a convicção de estar ao lado da verdade. Simples assim.

O juiz se levantou para falar, o público no Tribunal parou, não se ouvia um pio.

— Declaro o processo contra a senhora Gabrielle Gundrun Sils extinto!

O Tribunal veio abaixo, toda a plateia comemorou. Estavam todos lá torcendo pela garota nova-iorquina.

Gayoh, Kardner e Sils se abraçaram. Eles sabiam que haviam feito história.

Kardner olhou Sils nos olhos e a beijou. Foi quando todos no Tribunal se levantaram para aplaudir.

Sils era, agora, oficialmente uma cidadã americana.

Mas, logo que a poeira baixou, Kardner queria dar uma declaração.

— Quero dizer a todos que hoje uma pessoa inculpe foi declarada inocente. Mas não por mérito do sistema jurídico, ou de uma legislação razoável, por um erro muito raro do Judiciário. Eu queria pedir perdão a todos os imigrantes desta terra, pois contribuí para essa paranoia. Meus amigos, este país, esta nação foi fundada, foi levantada por imigrantes, de todas as cores, etnias e religiões... Aqui eles encontraram o mundo e aqui construíram o sonho americano! Mas não nos enganemos. A maioria esmagadora destes imigrantes não veio a esta terra por diversão. Olhem a história dessas pessoas! Ninguém quer deixar sua casa, sua família e amigos para trás por uma simples aventura! É a pobreza, a fome e a perseguição que moveu essas pessoas numa jornada, num navio, que muitas vezes sequer chegava a seu destino! É basicamente o direito a vida, que os leva a imigrar. Não existe outra opção! Precisamos nos lembrar de quem somos e o que pregamos! Quando milhares de imigrantes europeus do Oeste se moviam após a Segunda Guerra, as nações do mundo se reuniram o criaram o princípio da não devolução. É uma lei justa e bela, como tantas que regulam a matéria. Mas pouco valem essas belas palavras num pedaço de papel, se continuarmos a deixar nosso caráter ser contaminado pelo veneno do nacionalismo político, que lentamente se infiltra e corrói os pilares de nosso estado!

A plateia aplaudiu mais uma vez, para constrangimento dos membros do tribunal.

★ ★ ★

Quando entrou na mansão Deschamps com Sils nos braços, Kardner a deitou na cama e simplesmente pareou ao seu lado, olhando em seus olhos, sorrindo durante a noite até pegarem no sono. Ele também tinha recebido o sinal e, de fato, não poderia ser mais feliz deitado ao lado de Sils. Daquilo que parecia ser algum Deus do pleno existir.

Finalmente, o advogado negociador havia entendido que o sinal estava lá o tempo todo, bem debaixo do seu nariz, à espera de ser descoberto.

Ele nunca estivera tecnicamente atrasado. Era seu relógio que estava. E no fim das contas tudo aquilo fora ótimo, pois, dessa forma, o processo pôde evoluir os três meses na Corte em todas as suas principais fases, com as partes lançando tudo que tinham na mão. Finalmente, com a eleição passada, toda a poeira baixou e só então, no momento certo, Kardner pôde ver o Ás.

Ele sabia muito bem que, se tivesse percebido os cinco minutos de atraso da torre antes, ele, com toda a sua ignorância em Direito Público, teria invocado a nulidade logo no início do processo. O que daria à procuradoria o direito de mover pela segunda vez uma ação idêntica pelos mesmos fatos e fundamentos jurídicos.

Ou seja, não ocorreria decadência, pois seu prazo não teria corrido e Sils enfrentaria novo processo.

Graças a Deus, ele fora cego naquele ponto do tempo, graças a Deus ele não acreditara em si mesmo e sentira-se impotente na hora mais triste da vida, pois isso o mantivera parado e fizera o tempo correr para ele e para a procuradoria.

Tudo que ele precisou fazer foi basicamente não fazer nada e compreender que muitas vezes o erro está lá, não necessariamente para ser solucionado, mas para mudar nossa direção no sentido de desenvolvermos habilidades e ferramentas que, estas sim, servirão para combater os verdadeiros erros.

Mas essa é a parte difícil na vida de um ser humano proativo, quando o máximo a se fazer é simplesmente não fazer nada e ter paciência para esperar o momento certo.

Kardner era um Deschamps obcecado com a pontualidade. Ele sempre saía adiantado e no máximo chegava em cima da hora, como em seus encontros com Sils. Porém, diante de todo o turbilhão das eleições, em meio a todos os problemas, sua reflexão sobre valores, em meio às brigas e expectativas, era difícil notar o atraso.

Foi como se Deus tivesse feito uma grande manobra de distração para que ele jamais olhasse o relógio. Ele tinha de crer que estava no tempo certo. Mas, ainda sentindo que estava atrás dos outros. Era no meio dessa contradição que ele desvendaria o quebra-cabeças.

O universo tinha conspirado para fazê-lo correr contra o tempo, sem entender que, de fato, ele não estava lutando contra o tempo. O tempo tinha atrasado para fazê-lo ir à frente.

Pois, para sermos todos francos, não é difícil perceber que, se olharmos para trás, podemos ver o que Hewitt era; falando em termos gerais, um Kardner com um emprego público, a obsessão, a agressividade e ansiedade que colocavam em seus processos eram a marca registrada dos dois.

Enquanto Kardner tentou lutar, batendo de frente, enquanto ele entrou no jogo de Hewitt, ele sempre perdia, pois a obsessão e a ansiedade são a arma de quem ataca primeiro, além do fato de lutar com um adversário, cujas mentalidade e estratégia eram iguais às dele.

O ponto fraco de Hewitt era a jornada de aprendizado de Kardner, simplesmente. Parar, respirar, apreciar os pombos na torre e entender que, às vezes, o sinal está lá, esperando. Ainda assim é preciso calma, determinação e paixão para explorar e extrair tudo que ele pode nos dar.

Em meio a toda a cortina de fumaça, ele havia conseguido tantas coisas. Pôde recuperar sua amizade com Gayoh, reaproximar o pai e o tio, reformular seus valores, aprendeu a ter mais empatia, uniu as diferentes facções de Nova York, ajudou num projeto que melhoraria a vida de milhares de americanos...

Ele nunca iria esquecer que grandes sonhos exigem grandes escolhas. Ele havia aprendido que, às vezes, só podemos viver confiando naquilo que sentimos ser real, pois algumas respostas não podem ser ensinadas, algumas verdades não podem ser mensuradas, algumas verdades são tão sublimes que precisam nos beliscar para sentirmos que são reais.

Em alguns dos grandes momentos da vida, não haverá qualquer resposta, manual, ou sinal dos céus. É só você e um sentimento inexplicável de "isso é real!".

O único sinal ou sorte perceptível será se olhar no espelho e ver a autotransformação, sentindo-se no arrasto de uma paixão indomável. Só então seremos capazes de trocar as lentes da alma e ver além, bem além daquilo que víamos como real.

Vemos quem realmente somos e uma vez na posse da própria essência, estamos livres.

É a hora de abrir as asas.

O maior ensinamento estava aqui. O grande sinal ou sorte da vida não está num evento externo, isso é apenas consequência, mas, na disposição, no voto inquebrável de cada um de nós de lutar por quem somos em cada fibra de nosso ser. Lutar até o último fôlego, superando a nós mesmos, entregando toda a nossa fé, dando absolutamente tudo de nós, vivendo em total comunhão por tudo que somos e acreditamos, sem tempo para sermos afetados por qualquer tipo de luxo ou sofrimento.

Lutar e, se preciso for, morrer em combate, pois esta sim será uma morte gloriosa.

✶ ✶ ✶

No dia da posse, Kardner e Sils chegaram ao Parlamento. Kardner fez um breve discurso, gentilmente passando a palavra a Sils.

— Quero que conheçam a garota nova-iorquina... — ele falou brincando.

Ela agradeceu a presença de todos. Falou da importância e do simbolismo daquele novo governo, pela forma como tinha sido eleito. E para encerrar de forma emocionada:

Eu estudei um pouco e aprendi algo... Se observarmos ao longo da história da humanidade, houve mesmo um tempo em que sacrificávamos crianças em oferenda aos deuses. Nossos antepassados fizeram isso, não podemos negar. Depois, forjamos várias carnificinas em guerras completamente sem sentido. Matamos pela terra, pela religião, por nossa família e por nosso orgulho. Demos nosso sangue em revoluções e batalhas marcantes. Então, em meio ao sangue e à esperança, grandes homens vieram e falaram de paz e amor...

De fato, nunca lutamos por amor ou qualquer tipo de pátria ou ideologia. Na verdade, sempre lutamos com o coração partido.

Pois o amor está no simples: eu me apaixono pelos sorrisos, pelos abraços, eu me apaixono por esse mundo de paz. Eu acredito num mundo em que as pessoas assumam suas expressões, suas verdades, honrando todas as diferenças.

Eu acredito num mundo no qual quem tem mais possa ajudar quem tem menos, não por uma obrigação moral, mas pela disposição solidária de nos colocarmos no lugar do outro.

Eu acredito que amanhã o mundo será um lugar melhor. Não porque seja inocente ou otimista, mas pela história da saga humana de amor e superação durante os séculos.

Eu decidi olhar o que há de melhor e de bom em cada ser humano. Se eu me ferir, serei ferida pela realidade e nunca pela falta de fé.

Prometo ser fiel a mim mesma e a todas as pessoas que acreditam nos valores em que acredito.

Respeitemos as leis e os valores que nossos antepassados tanto lutaram para implantar, sem nos esquecer de dar nossa contribuição. Que estejamos sempre prontos para criar as leis e os valores de nosso tempo.

Sejamos ousados, arriscando sorrir nos momentos difíceis, lembrando ao nosso coração todos os momentos graciosos que tivemos ao longo da vida.

Sejamos pioneiros outra vez. Eu peço mais uma vez, que naveguemos pelos mares desconhecidos, pois um novo mundo nos espera.

É uma terra maravilhosa que nascerá dos sonhos de sonhadores, como eu e você. Talvez você não acredite nas minhas palavras.

Mas, aqueles que acreditarem, estes testemunharão o momento, eles farão parte e contarão para seus filhos, os quais passarão para os filhos de seus filhos...

Eles contarão com orgulho quando, no último instante, o vento mudou de direção e o campo verdejante surgiu no horizonte.

Senhoras e senhores, muito obrigada!

Deus abençoe a América.

Fim

INFORMAÇÕES SOBRE NOSSAS PUBLICAÇÕES E
ÚLTIMOS LANÇAMENTOS

editorapandorga.com.br
/editorapandorga
@pandorgaeditora
@editorapandorga